수선경

허담 新무협 판타지 소설

FANTASTIC ORIENTAL HEROES

수선경 9

허담 新무협 판타지 소설

초판 1쇄 찍은 날 § 2014년 3월 10일
초판 1쇄 펴낸 날 § 2014년 3월 17일

지은이 § 허담
펴낸이 § 서경석

편집부장 § 권태완
편집책임 § 박가연

펴낸곳 § 도서출판 청어람
등록번호 § 제387-1999-000006호
등록일자 § 1999. 5. 31
어람번호 § 제2-2474호

주소 § 경기도 부천시 원미구 부일로 483번길 40 서경B/D 3F (우) 420-822
전화 § 032-656-4452팩스 § 032-656-4453
http://www.chungeoram.com
E-mail § chungeorambook@daum.net

ISBN 979-11-5681-919-6 04810
ISBN 978-89-251-3391-1 (세트)

허담 新무협 판타지 소설

FANTASTIC ORIENTAL HEROES

수선경

水仙經

9

[혼돈의 계절]

도서출판 청어람

제1장	반역(反逆)	7
제2장	사슴을 잡다	75
제3장	소멸과 탄생	147
제4장	하나의 끝	207
제5장	모든 것의 시작과 끝인 곳으로	271

第一章 반역(反逆)

수
선
경

비왕진서가 가짜라는 사실이 밝혀지는 것은 그리 오래 걸리지 않았다. 애초에 몽후의 배후에 다른 사람이 있다는 것이 강호에 알려지는 순간 사람들은 비왕진서의 진위 여부를 의심했다. 이유는 간단했다. 세상의 그 누구라도 진본의 비왕진서를 다른 누군가에게 맡기지는 않을 것이기 때문이다.

그리고 그보다 더 확실한 증거가 나왔다. 비왕진서의 추격전에서 승리자가 될 뻔한 흑룡문주가 밀문삼왕의 놀라운 무공에 허무한 죽음을 맞이한 이후 그에게 있던 진서 세 권은 일시적으로 밀문삼왕에게 들어갔다.

그런데 놀랍게도 밀문삼왕은 그 자리에서 진서를 대충 훑어보더니 미련 없이 추격하던 고수들에게 세 권의 진서를 던져

줬다. 그러면서 그가 선언한 것은 비왕진서는 거짓이라는 것이다.

밀문삼왕이 던져준 진서는 다시 여러 조각으로 갈기갈기 찢어졌다. 진서의 한 쪼가리를 주운 사람 중 죽은 자도 여럿 있었다. 그러나 그 혈난은 채 반나절을 가지 못했다. 왜냐하면 찢어진 진서를 확인한 혈막오류의 노고수들이 진서의 내용이 거짓이라는 것을 다시 한 번 확인해 주었기 때문이다.

진서가 거짓으로 밝혀지자 태원에 몰려왔던 고수들이 썰물처럼 빠져나갔다. 마치 공동묘지가 된 것처럼 태원에선 무림인을 찾아보기가 힘들었다.

그리고 시간이 흐르자 사람들은 자연스레 도대체 이 일이 왜 일어났는지에 관심을 갖기 시작했다. 특히 흑룡문주에게 가짜 진서 세 권을 던져준 의문의 인물에 대한 호기심은 혈막오류는 물론 강호 전체로 퍼져 나갔다. 비왕진서를 쫓던 자들이 혈막의 고수만은 아니었기 때문이다.

그리고 그와 더불어 한 명의 이름이 강호인들 사이에 오르내리기 시작했다. 바로 밀문삼왕 타유라는 이름이다. 과거에는 우검이란 이름으로 알려졌던 그의 본명이 밝혀지고, 그와 죽은 흑룡문주와의 관계도 얼추 드러나기 시작했다.

그러나 사람들이 진실로 관심을 갖는 것은 그의 본명이나 그의 과거 따위가 아니었다. 사람들이 두려운 눈으로 주시하는 것은 그의 무공이었다.

흑룡문주 홍암을 벨 때 밀문삼왕이 벤 사람은 홍암만이 아니었다. 당시 그는 천마성의 저 유명한 천산오마 강홍을 베었고, 또한 혈마천의 팔천주 상검을 죽였으며, 살막 막주의 수족 중 한 명인 북불 여수를 단칼에 베어 넘겼다. 그리고 수하들에게 둘러싸인 흑룡문주에게 뛰어들어 일검에 그의 삶을 끝장냈던 것이다.

그날 밀문삼왕에게 죽은 이들 네 명의 고수는 모두 혈시를 소유한 자였고, 혈막오류 내에서도 쉽게 적수를 찾을 수 없는 고수요, 독심을 품은 야심가였다. 그런 그들을 일거에 죽인 밀문삼왕의 무공은 세상의 관심을 끌지 않을 수 없었다.

더군다나 그는 애써 얻은 비왕진서의 진위를 단번에 파악하고 그 실체를 세상에 밝혔으니 뛰어난 두뇌도 가지고 있다는 평이 자연스레 뒤따랐다.

덕분에 비왕진서의 쟁탈전이 끝나자 세상에 남은 것은 거짓 진서로 무림의 고수들을 태원으로 끌어들인 의문의 인물에 대한 두려움과 밀문 삼왕 타유의 이름뿐이었다.

그런데 의문의 음모자와 타유에게 정신이 팔려 사람들이 생각지 못하는 사실이 하나 있었다. 그건 바로 비왕진서의 쟁탈전에서 혈시를 소유하고 있던 혈막의 고수 중 죽은 자가 근 이십여 명에 달한다는 것이다.

그리하여 혈시 스무 개의 주인을 바꾸어 버린 비왕진서의 추격전이 결국에는 혼돈시의 풍파로 이어질 것이란 사실을 주시하고 있는 사람은 혈막의 고수 중에서도 겨우 몇몇에 지나지 않았다.

황하의 혼탁한 물결이 눈을 어지럽힌다. 서서히 노을이 지고 있어 본래 황톳빛인 강이 더욱 붉게 보였다.

그 노을빛 물결을 타고 몇 척의 배가 서서히 강기슭으로 다가오고 있었다. 그리고 그 모습을 작은 언덕 위에서 두 사람이 바라보고 있었는데, 그들 뒤에는 십여 채의 천막이 둥그렇게 원을 그리며 서 있었다. 잠시 후 누군가의 목소리가 들려왔다.

"과연 가능할까요?"

입을 연 사람은 강기슭으로 다가오는 배들을 바라보고 있는 둘 중 하나였는데, 중년의 기품과 고수로서의 강인함이 동시에 드러나는 여인이었다.

"오왕께선 불가능하다고 생각하시오?"

이번에는 초로의 사내가 되물었다.

"쉽지 않을 것 같더군요."

여인이 대답했다.

"허허, 지금껏 내가 알아온 오왕이 아닌 것 같소이다."

"저만 그렇게 느끼는 건가요?"

여인이 초로의 사내를 보며 다시 물었다. 그러자 사내의 표정이 어두워졌다.

"그렇지 않소. 솔직히 말하면 나도 과연 우리가 밀황님의 명을 받들 수 있을지 두렵기는 마찬가지요."

두 사람은 밀문의 다섯 왕 중 이왕 여선과 오왕 탄미였다. 밀문도들은 태원에서의 비왕진서 추격전을 마치고 밀문의 본

거지인 천중원으로 돌아가는 중이었는데, 황하를 앞에 두고 강을 건너기 위해 배를 준비하는 것에 차질이 생겨 며칠째 이렇게 강변에서 야숙을 하고 있었다.

"그렇다고 밀황께 불가능하단 답을 드릴 수도 없는 일 아닌가요?"

"그러게 말이오. 정말 곤란한 일이오. 위험하기가 짝이 없소. 사람들이 그를 뭐라 부르는지 들었소?"

"절대마검, 그렇게 부르더군요."

"맞소이다. 절대마검! 참으로 그를 제대로 드러낸 별호 아니오? 사실 난 그가 두렵소. 이런 두려움은 밀황님을 대할 때 말고는 느껴본 적이 없소. 그런데 그 두려움의 종류가 밀황님과는 또 다르오."

이왕 여선의 말에 오왕 탄미도 고개를 끄떡이며 대답했다.

"저 역시 마찬가지예요. 그는 참… 밀황께서도 그 점을 보고 계셨던 걸까요?"

"아마도 그러셨을 거요. 그 알 수 없는 두려움이 밀문도들을 장악한다면 밀황께선 혼돈시에서 혈막의 패권을 얻는 것보다 밀문을 지켜내시는 것에 더 많은 힘을 쏟아야 할 테니 말이오. 그래서 그가 천중원으로 돌아가기 전에 그를 제거하라 명하신 걸 거요."

"방책을 내야 해요."

탄미가 단호하게 말했다.

"그렇기는 한데……."

"그가 언제 돌아온다고 했죠?"

"삼 일 정도 걸린다고 했소."

"참으로 알 수 없는 사람이에요. 갑자기 수황사에 가겠다니… 그런 절이 근처에 있다는 것도 전 몰랐어요."

"나도 마찬가지요. 하지만 젊어서부터 인연이 있던 곳이라니… 천살문의 살수로 살던 시절 알았던 곳이라 하더이다."

"살수와 절이라… 어울리지 않는군요."

"다른 목적이 있다고 보시는 거요?"

여선이 굳은 표정으로 물었다.

"글쎄요. 이젠 도저히 그를 알 수 없어요. 그가 무슨 생각을 하는지, 이 밀문에서 원하는 것이 뭔지……."

"아무튼 기회는 두 번뿐이오. 그가 수황사에서 돌아오는 길목을 노리거나, 혹은 강을 건널 때를 노리거나. 다행히 그가 오기 전에 배가 마련되었으니 미리 준비를 해놓을 수도 있을 거요."

"어느 쪽이 좋을까요?"

"아무래도 배가 낫지 않겠소? 땅 위에서는 변수가 너무 많소. 더군다나 그의 무공을 생각하면… 혹여 그가 살망을 벗어나 도주하게 된다면 밀문에는 큰 후환이 될 거요. 당장은 우리가 천중원으로 무사히 돌아갈 수 있을지도 모르는 일이고."

"그렇군요. 그럼 강 위에서 승부를 보는 것으로 하죠."

"오후부터 새가 나는 모양으로 보아 곧 큰 폭우가 올 것 같기도 한데……."

여선이 수면을 낮게 나는 새들을 보며 중얼거렸다.
"폭우가 오면 더욱 좋죠."
"그렇구려. 아! 한편으로는 아쉬운 일이오. 그와 같은 고수를 버리지 않고 쓸 수만 있다면……."
"등에 칼을 꽂고 대업을 도모할 수는 없죠."
탄미가 단호하게 말했다. 그러자 여선도 무겁게 고개를 끄떡였다.

*　　*　　*

"어떤가? 이젠 거래를 할 수 있겠지?"
"기별이 늦었구려."
왕함보의 말에 타유가 되물었다.
"음, 처리할 일이 좀 있었네. 더군다나 그대의 곁에는 밀문 오왕 중 둘이 붙어 있으니 기회를 보기도 어려웠지. 다행히 이곳에 오래된 절이 있어 기회를 만들 수 있었네."
"처리할 일이라면… 역시 혈시를 거둬들이는 일이오?"
타유의 말에 순간 왕함보가 기습을 당한 듯한 표정을 지어 보였다.
"알고 있었나?"
"아무런 이득 없이 이런 혈난을 일으킬 이유는 없지 않겠소?"
"허허, 명석한 사람인 줄은 알고 있었지만… 맞아. 이번 일은 혈시를 좀 제대로 모아보자고 벌인 일이었다네. 소득은 좋았어. 대략 이십여 개를 얻었으니까."

"그 정도면 혼돈시에서 혈막을 장악할 수 있을 것 같소?"

다시 타유가 대담한 질문을 던졌다. 이 역시 왕함보가 예상치 못한 질문이라 그의 표정이 한순간 딱딱하게 굳었다.

"나에 대해 뭘 더 알고 있나?"

"난 그대에 대해 알지 못하오. 다만 그대가 하려는 일에 대해서 알 뿐이지. 그건 그대가 벌여온 일로 능히 추측할 수 있는 일이오. 그래서 거래를 하기 전에 묻고 싶소. 그대의 본명이 무엇이오?"

"음, 그걸 알 필요가 있을까?"

"내가 청부업을 하며 알게 된 중요한 사실이 하나 있소. 자신의 정체를 드러내지 못하는 자의 청부는 받지 말아야 한다는 거요. 왜냐하면 그런 자들은 항상 일이 끝나면 살수도 함께 제거하려 하기 때문이오. 이름을 말해주지 못하겠다면 우리의 거래도 없는 것으로 합시다."

타유가 미련 없이 법당에서 몸을 일으켰다. 그러자 왕함보가 손을 들어 타유를 제지하며 말했다.

"앉게."

"말해주겠소?"

"어려운 일은 아니지."

왕함보의 대답에 타유가 다시 자리에 앉았다. 그러자 왕함보가 타유를 물끄러미 보다가 입을 열었다.

"내 이름을 안다는 것은 목숨의 절반을 저승에 걸쳐 놓는다는 것과 같네. 그래도 알고 싶은가?"

"거래를 포기한다면 알 필요가 없는 일이오. 선택은 내가 아니라 그대가 하는 것이고."

"흠, 그렇군. 아쉬운 사람이 우물을 파야지. 난 함보라는 이름을 쓰네. 성이야 이미 알고 있을 것이고."

'왕함보라… 왕함보!'

한순간 타유가 화들짝 놀라 노인을 바라봤다. 그러자 왕함보가 빙그레 미소를 지으며 대답했다.

"어떤가. 일이 제법 재미지게 되었지?"

"진정 그대가……?"

"맞아. 내가 바로 혈막의 총사네. 물론 혈막의 사람들을 만날 때는 모습이 조금 다르긴 하지만……."

"음……."

타유가 나직한 침음성을 발했다. 구름에 가려진 달과 같은 존재가 혈막의 총사다. 오류의 주인들이 혈막의 태양 같은 존재라면 총사 왕함보는 구름 뒤의 달이다. 조용히 어둠 속에서 오류의 수장들을 대신해 혈막의 대소사를 실행하는 자. 권력은 없으되 혈막의 모든 것을 알고 있는 자가 바로 총사 왕함보다. 그런데 그자가 지금 타유의 눈앞에 있다.

'이제야 모든 것이 이해되는군.'

노인의 정체를 알고 나니 그가 행한 모든 일을 이해할 수 있었다. 물론 여전히 이십여 년 전 자신과 천살문의 살수들을 해

동으로 보낸 목적, 아니, 정확히는 당시 천살문주를 사주해 선승 묵철에게서 가져온 물건의 정체는 알 수 없지만 그 이후의 행보에 대해서는 모든 것을 이해할 수 있었다.

왕함보는 달이 아니라 해가 되고 싶은 것이다. 그것도 다섯 개의 해가 아닌 오직 하나의 태양이 되고자 하는 것이다.

"정말 무서운 분이셨구려."

"자네가 나에게 놀란 만큼 나도 자네에게 놀랐다네. 절대마검이라……. 그 별호는 정말 자네에게 어울리는 별호야. 그러나 내가 처음 자네를 보았을 때는 절대 그런 별호를 얻을 인물로 보이지 않았지. 뛰어난 살수이기는 해도 말일세."

"어떤 거래를 원하시오?"

타유가 물었다.

"하겠다는 말인가?"

"내게 뭘 줄 수 있느냐가 문제 아니겠소?"

"좋아, 터놓고 말하지. 내가 원하는 것은 혼돈시에서 혈막의 막주가 되는 것이네."

"그러자면 그대가 오류 중 한 곳의 수장이 되어야겠구려."

"보통은 그렇지. 그런데 난 그러지 않을 생각이네."

왕함보의 말에 타유의 눈빛이 번뜩인다.

"정말 대담하구려. 오류의 수장이 아닌 상태에서 혈막을 얻겠다니. 온전히 당신의 힘으로 혈막의 주인들을 제압할 자신이 있다는 말이구려."

"자네가 도와준다면 가능한 일이지."

"어떻게 도와주면 되겠소?"

"밀문을… 가지게."

입에서 뱉어내는 말 한마디 한마디가 충격적인 왕함보다.

"반역을 하란 말이오?"

"반역이라……. 밀문에선 힘 있는 자가 권력을 쟁취하는 것이 반역은 아닐 텐데? 그리고 어차피 자네는 밀황과 양립할 수 없어."

"무슨 말이오?"

"그는 지금 자넬 죽이려고 하고 있네. 그 명이 이미 자네와 동행한 이왕과 오왕에게 전해졌지."

놀라운 일이다. 물론 그 일은 타유도 알고 있는 일이다. 천중원의 비도와 이어진 밀실을 통해 밀황의 속내를 안 것은 천중원을 떠나기 이전이다. 그런데 그 사실을 어찌 왕함보가 알고 있을까.

"깊은 곳까지 들어와 있구려."

왕함보가 밀황이 두 명의 왕에게 내린 밀명을 알고 있다는 것은 왕함보의 사람이 밀황, 혹은 이왕과 오왕의 측근에 머물고 있다는 의미다.

"놀라지 않는 걸 보니 알고 있었나 보군."

"그 정도 눈치는 있는 사람이오."

타유가 심드렁하게 대답했다. 그러자 왕함보가 고개를 끄떡였다.

"물론 그러리라 생각했네. 그러니 자넨 결국 밀황에게 반기를 들어야 해. 그럴 바에야 아예 밀문을 차지하는 것이 좋지 않겠는가?"

복수치고는 최고의 복수일 수 있다. 그리하여 강호에서 밀문을 아예 그 흔적까지 없애 버릴 수도 있지 않은가.

"당신이 얻는 것은 무엇이오?"

"말하지 않았나."

"혼돈시에서 당신을 혈막의 막주로 인정하는 것 말이오?"

"그렇다네. 만약 그렇게 된다면 자네에게 일인지하 만인지상의 자리를 주겠네. 어떤가?"

흥미로운 일이다. 밀문에 대한 복수심에 시작한 행보지만 혈막의 끝을 보는 것도 나쁘지는 않다. 물론 이 일의 끝은 왕함보가 기대하는 것과는 다를 테지만 말이다.

'혈막의 공멸도 나쁘지는 않지.'

타유의 머릿속에 거대한 파멸의 그림이 그려졌다. 그리고 크고 화려한 복수의 결말도 그려진다.

"이왕과 오왕을 베고 밀황을 제거한다고 해서 밀문이 나의 것이 되는 것은 아니오."

"그건 걱정 말게. 자네에게 밀황을 베고 거기에 밀문의 전문도를 장악하라고 한다면 그건 자네에게 너무 큰 손해지. 내가 자네에게 해준 것이 없지 않겠는가? 자네가… 밀황을 벤다면 이후의 일은 내가 맡지."

"오왕 중에 누군가가 있구려."

타유가 불쑥 물었다. 그러자 왕함보가 눈을 가늘게 뜨면서 말했다.

"일단 이 거래에 동의하겠나?"

"그럽시다."

타유가 망설이지 않고 대답했다. 사실 그동안 밀문에 대한 복수의 방도가 마땅치 않았던 타유이다.

"조만간 일왕과 사왕이 반란을 일으킬 것이네."

"음, 그렇소?"

타유가 또 한 번 크게 놀랐다. 그와 자부진인 등나가 계획했던 일을 공교롭게도 왕함보가 입에 올리고 있지 않은가?

'우연이치고 무서운 우연이군.'

타유가 내심 이 기이한 우연의 의미를 음미하고 있는데 다시 왕함보가 입을 열었다.

"아마도 지금쯤 그들은 모가장을 장악하고 천중원으로 진격할 기회를 노리고 있을 걸세."

"당신의 힘이 작용한 것이오?"

"후후, 아니라고는 말 못하지. 그러나 사실 내가 그들을 움직이기 전에 그들이 먼저 움직였네. 나로서는 조금 언짢은 일이지만 어차피 나도 원한 일이니 그들의 반란을 돕기로 했지."

그러자 타유의 머릿속에 퍼뜩 금석촌이 떠올랐다.

"하면 금석촌은 어찌 되었소?"

"아하, 그 문제는 걱정 말게. 내가 자네의 힘을 얻고자 하는데 어찌 자네의 것이 된 금석촌을 욕심내겠는가."

"그 두 사람이 온전한 당신의 사람이었소?"

타유가 물었다.

"원왕련은 야망이 큰 자이고 이궐령은 재기할 힘이 필요했던 자지. 믿을 수 있는 자들은 아니지만 제법 유용하게 쓸 수 있는 칼들이지."

왕함보의 말에는 그가 어떻게 원왕련과 이궐령을 자신의 사람으로 만들 수 있었는지 그 내막이 담겨 있었다. 아마도 원왕련에는 지금과 비교할 수 없는 권력을 약속했을 것이고, 이궐령에게는 과거 청담에게 당한 큰 부상에서 회복할 수 있는 도움을 주었을 터였다.

"그 두 사람이 내가 밀황이 되는 것을 용납하겠소?"

그러자 왕함보가 정색을 하며 대답했다.

"앞서 자네의 검으로 밀황을 베게. 그러면 그들도 다른 소리는 못할 거야. 물론 나도 그들을 설득할 것이고. 그러나 마음으로 따르는 자들이 아니니 자네의 힘을 보기 전에는 내 설득도 소용없을지 모르네."

왕함보의 말에 타유가 잠시 침묵을 지켰다. 왕함보의 말이 맞을 수도 있지만 또한 자신에게 밀황을 베게 함으로써 밀문도의 반발을 유도하고 그사이 다른 자를 밀황의 자리에 앉히기 위한 술책일 수도 있었다.

"밀황은 그들의 반란 소식을 알고 있소?"

타유가 불쑥 물었다.

"흠, 지금쯤은 알고 있을 걸세. 누가 뭐래도 그는 오류의 수장 중 한 명일세. 그 정도 눈은 가지고 있을 거야."

"그렇다면 이왕과 오왕의 암습을 걱정할 필요가 없겠군."

타유가 혼잣말로 중얼거렸다. 그러자 왕함보가 고개를 갸웃하더니 맞장구를 쳤다.

"아, 그렇군. 원왕련과 이궐령이 반란을 일으켰다는 소식을 듣는다면 밀황은 반드시 자네로 하여금 그 두 사람을 막게 하려 하겠지. 그러자면 당연히 이왕과 오왕에게 내린 암살의 명을 거둘 수밖에. 이거 일이 무척 재미있게 되어가는군. 잘하면 손도 안 대고 밀문을 얻을 수 있겠어."

왕함보가 얼굴에 한줄기 미소가 드리운다.

"일단 밀문을 얻은 뒤 다시 만납시다."

타유가 툭 자리를 털고 일어났다. 그러자 왕함보가 고개를 끄떡였다.

"좋을 대로 하게."

"그럼 다음에 봅시다."

타유가 신형을 돌려 법당 밖으로 나갔다. 그러자 왕함보가 물끄러미 타유를 바라보다 중얼거렸다.

"강호의 일이야 두 근 머리로 해결할 수 있으나 다섯 노인네는 어찌 상대할까. 그들이 죽기를 기다리는 것은 너무 늦고… 묵경의 무공을 완성할 방도는 이제 더 이상 없다. 한둘이면 모를까, 셋 이상은 상대하기 힘든데……. 그저 아버님, 당신께서 골육의 상쟁은 원치 않기를 바랄 뿐입니다. 당신과 독경주만 출도하지 않는다면 다른 자들은 능히 이 아들이 감당할 수 있지요."

왕함보가 가만히 턱을 괴며 중얼거렸다.

*　　*　　*

"서둘러라!"

밀문 이왕 여선과 오왕 탄미가 타유가 돌아오면 황하에 띄울 두 척의 배를 둘러보며 소리쳤다. 그런데 배를 둘러보는 그들의 눈에 살기가 가득하다.

사실 그들은 배를 타고 황하를 건널 준비를 하는 것이 아니라 배 안에서 타유를 암습할 준비를 하고 있었다. 살인을 계획한 자들의 눈빛이 범상할 리 없었다.

"독과 암기, 강호에서 고수를 제거하는 데 가장 확실한 방책이지."

여선이 중얼거렸다.

"그가 살수 출신이란 것을 간과해서는 안 되오."

"그렇기는 하지만 그래도 이 함정을 빠져나갈 수는 없을 거요. 그가 탈 배에는 모두 우리 쪽의 사람들을 숨겨놓았으니."

"그가 의심하지 않을까요?"

탄미가 걱정스레 물었다.

"그가 돌아오면 길을 재촉하도록 합시다. 밀황께서 회군을 서두르라는 명을 내렸다고 하면 그도 별 의심 없이 급히 배에 오를 거요."

"그렇군요."

탄미가 고개를 끄떡인다. 그런데 그때 멀리서 한 필의 말이 질풍처럼 질주해 왔다.

"그가 오는 모양이군요."

탄미의 말이 끝나기가 무섭게 말을 달려온 사내가 훌쩍 말에서 뛰어내려 배 위의 여선과 탄미에게 고개를 숙이며 고한다.

"삼왕께서 반 시진 후에 도착하십니다."

"알겠다. 돌아가서 전하라. 밀황님의 명으로 회군을 서둘러야 한다고. 삼왕이 오면 바로 배를 타고 떠날 것이라고."

"알겠습니다."

사내가 고개를 숙여 보이고는 숨 돌릴 틈도 없이 다시 말에 올라 온 길을 되짚어갔다.

"진인사대천명! 이젠 하늘의 뜻을 기다릴 차례군."

여선이 고개를 들어 낮게 드리워진 먹구름을 보며 중얼거렸다.

"이미 강을 건널 준비를 모두 마쳤다고 합니다. 돌아가시면 바로 배에 오르시랍니다."

전령의 전갈을 들으며 타유가 묵묵히 고개를 끄떡였다. 겉으로 보아서는 아무런 생각이 없는 듯 보이지만 이미 타유의 육감은 뭔가 일이 잘못되었음을 느끼고 있었다.

'먼 길을 다녀오는 사람에겐 아무리 각박해도 차 한 잔 마실 시간은 주기 마련이지. 그런데 그 시간도 아까워 바로 배에 오

르라니… 그들이 드디어 밀황의 밀명을 따를 생각인가 보군.'

타유로서도 곤란한 일이었다. 생각보다 빨리 여선과 탄미가 칼을 빼 든 것이다. 적어도 일왕 원왕련과 사왕 이궐령의 반란이 먼저 알려지기를 바란 타유다. 그 일이 전해지면 여선과 탄미도 타유를 향해 살수를 펼칠 수는 없을 것이기 때문이다.

"어쩐다?"

"무슨 고민이라도 있으신지요?"

타유의 중얼거림에 왕사미가 물었다. 그러자 타유가 퍼뜩 잊고 있던 사실을 떠올렸다. 여선과 탄미만이 문제가 아니라 왕사미 등 그를 호위해 온 세 명의 삼전 사자도 있다는 것을 잠시 잊고 있었던 것이다.

'멍청하군.'

어쩌면 홍암을 베었기 때문일지도 몰랐다. 홍암을 벤 이후 타유는 청풍에 대한 복수를 끝냈다는 안도감에 몸과 마음의 긴장이 많이 풀려 있었다. 그래서 그의 곁에 가장 가까이 있는 밀황의 측근들, 왕사미와 유창, 그리고 갈목생에 대한 경계심이 약해진 상태였다.

그러던 것이 여선과 탄미의 암습에 대한 경계심이 생기는 순간 갑자기 세 사자에 대한 경계심도 불쑥 되살아난 것이다.

"음, 길이 멀어 모두 지쳤는데 쉴 시간이 없을 것이라니 하는 말이오."

"길이 급하면 어쩔 수 없는 일이지요. 전장에서는 며칠 밤을 새우기도 하지 않았습니까?"

왕사미가 별일 아니라는 듯 대답했다.

'이들과 상의된 일은 아닌 모양이군.'

적어도 왕사미의 표정에서 세 명의 사자가 여선 등과 말을 맞춘 것은 아니라는 것을 읽을 수 있었다.

"그래도 나로 인한 사찰행이었는데 형제들에게 미안한 마음이 드는구려. 강변에 도착하면 일각이라도 쉬어 가도록 해야겠소."

타유에게는 시간이 필요했다. 저들이 어떤 암습을 준비했는지 그 내막을 살핀 연후에 배를 타야 대비가 가능하다.

"수하들을 살펴주시니 모두 감사할 것입니다."

왕사미가 진심으로 말했다. 사실 타유는 청풍이 죽은 이후 삼전의 고수들에게 큰 관심을 두지 않았다. 그들의 사정을 살펴주는 대신 전장으로 매몰차게 내몰았다. 그런 그가 수하들의 사정을 살피고 있으니 왕사미로서는 놀랄 수밖에 없었다. 왕사미가 타유의 내심을 알 리 없기에 벌어진 일이다.

"밀황께서는 연락이 없소?"

타유가 무심한 듯 물었다. 그러자 왕사미가 고개를 저었다.

"며칠 연락이 없습니다."

"이상한 일이군. 적어도 삼 일에 한 번은 태원의 사정을 묻지 않으셨소?"

"그랬지요. 하지만 태원의 일이 일단락되었으니 크게 관심을 두지 않으시는 모양입니다."

"하긴 그렇지."

타유가 고개를 끄떡였다. 그러는 사이 일행의 눈에 멀리 강변 숙영지의 모습이 보인다. 물론 이미 여선과 탄미에 의해 말끔히 정리된 숙영지다. 타유가 도착하면 바로 떠날 것이라는 말이 허언이 아닌 것이다.

"이곳에서 잠시 휴식을 취한다. 그대들은 날 따라오시오."

타유가 삼전의 고수들에게 명을 내리고는 왕사미 등 세 명의 사자를 대동하고 강변으로 향했다. 왕사미 등은 타유가 왜 이렇게 멀리 떨어진 곳에서 휴식을 명하는지 의아했지만 아무 말 없이 타유의 뒤를 따랐다.

"어서 오시오, 삼왕. 그런데 왜 삼전의 형제들을 뒤에 남겨두셨소?"

타유가 두 척의 배가 있는 곳에 도착하자 여선이 훌쩍 배에서 뛰어내려 타유를 맞으며 물었다. 그의 시선이 타유의 등 뒤 멀리 떨어진 곳에서 휴식을 취하고 있는 삼전 고수들에게 향했다.

"먼 길을 다녀왔는데 바로 배에 태우기가 뭣해 조금 시간을 주었소이다. 귀환 길이 바쁘기는 해도 일, 이각은 시간을 낼 수 있겠지요?"

타유가 물었다. 그러자 여선이 떨떠름한 표정으로 대답했다.

"물론 그렇지요. 어찌 그 정도 시간도 내지 못하겠소? 그러나 쉴 것이라면 배에 올라 쉬어도 될 것을……."

"뭍에서 살던 친구들이 배에 오르면 편히 쉬지 못하는 법이 아니오. 이각 정도만 시간을 주시구려."

타유의 말에 여선이 어쩔 수 없이 동의했다.

"그리하시구려. 어려운 일도 아닌데……."

여선의 말에 타유가 가볍게 고개를 숙여 보이고는 천천히 두 척의 배를 바라봤다. 기이한 배다. 상선 같기도 하고 전선 같기도 한 것이 배의 높이가 다른 배들에 비해 조금 높다는 느낌이 든다.

"기이한 배군요."

타유가 두 배를 살피며 말하자 여선이 얼른 대답했다.

"급히 배를 구하느라……. 솔직히 말하자면 인근의 수채에서 빌려 온 것이오."

수채라면 황하를 배경으로 수적질을 하는 자들을 말함이다. 빌려 왔다는 말은 좋게 둘러댄 말일 터이고 아마도 수채를 압박해 배를 받아냈을 것이다.

'굳이 수채의 배를 빌릴 필요가 무엇이겠는가. 이 배에 사람을 숨기기 유용하기 때문이겠지.'

타유가 가볍게 미소를 짓는다. 그리고 배의 하단을 살핀다. 두 배의 크기는 같았지만 오른쪽에 있는 배가 왼쪽의 배보다 조금 더 물에 잠겨 있다. 고개를 들어보니 짐은 양쪽 배에 고르게 실려 있다. 그렇다면 오른쪽 배에 보이지 않는 사람들이 타고 있단 말이 된다.

"다른 형제는 모두 배에 오른 것이오?"

문득 타유가 물었다.

"그렇소이다. 급히 서두느라 이미 배에 올라 있소."

"음, 그렇다면 나와 삼전의 형제들은 이 배에 오르면 되겠소이다."

타유가 손을 들어 왼쪽 배를 가리켰다. 그러자 여선의 얼굴에 잠시 당황한 기색이 어린다.

"이미 이쪽 배에 삼전 식구들의 자리를 마련해 두었소이다만……."

여선이 급히 오른쪽 배를 가리킨다. 그러자 타유가 손을 들어 배의 하단을 가리키며 말했다.

"그럼 짐을 싣는 자들이 실수를 한 모양이오. 보시구려. 오른쪽 배가 더 많이 물에 잠겨 있지 않소이까? 거기에 삼전의 무사들이 탄다면 배가 느려질 것이오. 역시 가벼운 쪽에 오르는 것이 좋지 않겠소?"

타유의 말에 여선이 눈동자가 살짝 흔들린다. 물에 많이 잠긴 배에는 그와 오왕 탄미가 숨겨둔 살수들이 있다. 그런데 타유가 배의 무게를 짐작하고는 다른 배를 타려 한다. 그렇다고 마땅히 타유를 살수들이 타고 있는 배로 유인할 방책도 없다.

이리되면 여선과 탄미는 선택을 해야 한다. 그가 배에 타기 오르기 전 강변에서 그를 공격할 기회를 찾는 것이 나을 수도 있었다. 일단 살수들이 없는 배에 오른다면 타유를 공격할 기회는 적어도 배 위에서는 더 이상 찾을 수 없었다.

"뭐… 좋으실 대로 하시구려."

여선이 심드렁하게 대답했다. 그러자 타유가 고개를 끄떡이고는 신형을 돌려 삼전의 무사들이 휴식을 취하고 있는 곳으로 걸어가며 말했다.

"수하들을 데려오겠소."

타유가 멀어지자 배 위에서 두 사람의 모습을 지켜보고 있던 탄미가 훌쩍 여선의 곁으로 뛰어내렸다.

"어쩌죠?"

"배에 오를 때 후방을 막고 공격해야겠소. 배가 물에 뜨면 공격은 어렵소."

"아, 일이 참으로 복잡하게 되어가는군요."

"하지만 오늘이 아니면 기회가 없을 수도 있소. 지금 밀문의 형제들에게 삼왕은 두려우면서도 우상 같은 인물이 되어 있소. 암중에 그를 따르려는 자들도 적지 않소. 그러니 천중원에 들어가서 그를 제거하려 한다면 문도들이 크게 흔들릴 거요."

"밀황께서 걱정하시는 것도 바로 그 점이지요."

탄미가 고개를 끄떡인다.

"살수들은 불러내시오. 그가 배에 오르는 순간 공격합시다."

"삼전의 고수들이 어찌 반응할지……. 삼전 육사자들이야 밀황님의 심복이지만 다른 자들은……."

"어느 정도 피를 보는 것은 어쩔 수 없는 일이오."

"그렇겠지요."

탄미가 어두운 안색으로 대답하고는 훌쩍 몸을 날려 살수들을 숨겨둔 배에 올랐다.

“출발한다!”

삼전의 고수들이 휴식을 취하는 곳으로 돌아온 타유가 휴식의 끝을 알렸다. 그러자 삼전의 고수들이 분분히 자리에서 일어났다. 삼전의 고수들이 떠날 준비를 마치자 타유가 갈목생에게 명을 내렸다.

“육사자가 앞에 서시오.

“제가요? 알겠습니다.”

갈목생이 의아한 표정을 지으며 대답했다. 그냥 배를 타고 황하를 건너면 되는 일이다. 그러니 굳이 길을 열 사람이 필요한 이유가 없었다. 그러나 일단 명이 떨어졌으니 갈목생이 앞장서서 일행을 이끌고 강변으로 다가가기 시작했다. 모양새로 보면 마치 두 척의 배에 탄 사람들을 공격하려는 듯한 형세다.

그러나 다가가는 사람들이나 기다리는 사람들이나 서로 싸울 생각이라고는 전혀 없었다. 단지 몇몇을 제외하고는.

타유는 삼전의 고수들 사이에서 걷고 있었다. 그 또한 다른 때와는 다른 모습이다. 다른 때라면 가장 앞에 서거나 혹은 가장 뒤에서 걸음을 옮겼을 타유다. 그러나 오늘은 웬일인지 삼전 고수들 사이에서 걷고 있다.

이유는 간단했다. 혹여 여선과 탄미가 암기나 화살로 공격할 것을 대비한 것이다. 삼전 고수들 속에 섞여 있다면 암기와

화살의 공격을 쉽게 피할 수 있다.

'결국 이렇게 파국을 맞는 건가.'

타유가 걸음을 옮기면서 단천마검을 움켜쥐었다. 살의를 읽은 이상 타유 역시 사정을 보아줄 생각은 없었다. 더군다나 이미 일왕과 사왕을 끌어들여 밀문을 뒤엎을 생각을 하고 있는 타유다. 이곳에서 이왕 여선과 오왕 탄미를 제거한다면 밀황을 공격하는 일은 한결 쉬워진다. 그리되면 오왕 중 그의 곁을 지킬 자는 없으니까.

그런 면에서 보자면 여선과 탄미가 먼저 도발해 주는 것도 나쁜 일은 아니다. 그들이 밀황을 호위해 타유에게 대적하는 것에 비하면 한결 상황이 낫다고 할 수 있었다.

멀리 여선과 탄미가 보인다. 여선은 여전히 뭍에서 타유를 기다리고 있고, 탄미는 살수들이 들어 있을 배에 올라 다가오는 삼전의 고수들을 기다리고 있었다.

타유는 그들의 모습을 보고 단번에 여선과 탄미가 배를 몰아 강으로 나가기 전에 결판을 내려 한다는 것을 눈치챘다. 자연스레 몸의 근육이 긴장한다. 일의 성패는 얼마나 빨리 저 둘을 벨 수 있느냐에 달려 있다.

일이 벌어지고 시간이 지나면 자연스레 왕사미 등 세 명 역시 자신을 공격할 것이다. 그리되면 자연히 다른 삼전의 무사들은 이 싸움에 관여하지 않으려 할 것이다. 삼전의 무사들은 타유나 저들 중 어느 쪽에도 서지 않을 터였다. 그것이 밀문 삼전의 특징이고, 그것이 또한 밀문 삼전이 밀문에서 가장 약한 이유다.

그들이 비록 흑룡문과의 싸움과 태원행을 통해 타유를 중심으로 정예화되었다고는 해도 타유와 죽음을 같이할 사람이라고는 할 수 없었다. 이유는 간단했다. 그들이 속한 곳은 밀문이고, 밀문은 누군가에게 목숨을 걸고 충성을 하는 자들이 모인 곳이 아니기 때문이다.

힘과 야망을 추종해 모여든 자들에게서 어찌 목숨을 건 충성심을 기대할까. 그들이 이 싸움에 관여할 때는 오직 한 경우뿐이다. 타유가 여선과 탄미의 목을 벤다면 그때는 아마도 삼전의 고수들이 타유를 도와 암습자들과 싸울 것이다. 그러니 그 기회를 만드는 것은 타유의 몫이다.

"후욱!"

타유가 깊이 숨을 들이마셨다. 이제 여선과의 거리는 겨우 이십여 장에 지나지 않았다. 타유는 장내에 도착하는 즉시 여선을 베어버릴 생각이다.

이 기습은 타유를 공격하려는 여선은 물론 장내의 그 누구도 예상치 못하고 있을 것이다. 그러니 여선이 타유의 기습을 피할 가능성은 거의 없었다. 평소 여선의 경공을 생각하면 그를 제압하는 것은 그리 쉬운 일이 아니다. 그래서 빠른 승부를 봐야 하는 타유에게 여선은 무척 까다로운 상대인 것이다. 그러니 결국 여선을 가장 먼저 베어야 하고, 그러기 위해서는 기습밖에는 방법이 없었다.

타유와 여선의 거리가 점점 좁혀졌다. 싸늘해지는 타유의 기세에 그의 곁에서 걷고 있던 삼전의 무사가 흠칫 놀라며 한 걸음 타유에게서 멀어진다. 순간 타유가 단천마검의 손잡이를 콱 움켜쥐었다.

그런데 그때였다. 누구도 정확히는 그 사정을 알지 못하지만 또한 누구나 느낄 수 있는 알 수 없는 팽팽한 긴장감을 깨는 일이 벌어졌다.

문득 한 마리 흰 비둘기가 강을 건너 사람들 머리 위로 날아와 삼전 무사들 사이로 사뿐히 내려앉는 것이었다. 삼전 고수들의 발걸음이 자연스레 멈춰졌다.

'이런!'

타유가 내심 크게 당황했다. 잔뜩 끌어올렸던 전의가 순식간에 사라졌다. 이런 상태에서는 기습이 쉽지 않다. 그런다면 결국 여선과 탄미가 원하는 방식으로 싸워야 하는데 그건 결코 쉬운 일이 아니다.

타유의 시선이 자연스레 자신의 계획을 틀어지게 만든 비둘기에게로 갔다. 비둘기는 왕사미의 손에 있었다.

"밀황께서 보내신 전서구입니다."

왕사미가 타유를 보며 말했다. 물론 그녀의 목소리는 여선과 탄미에게도 들렸다.

"어서 읽어보시오!"

여선이 타유보다 먼저 소리쳤다. 다른 사람들은 모르지만 이 흰 비둘기는 사실 밀황이 여선이나 탄미, 혹은 삼전의 육사자와 같은 심복들에게 긴급한 명을 전할 때 보내는 전서구였던 것이다.

왕사미가 급히 전서구에서 전서를 떼어내 읽었다. 그리고는 나직하게 탄식을 흘렸다.

"아!"

"무슨 일이오?"

다시 여선이 물었다. 그러자 왕사미가 창백해진 얼굴로 말했다.

"문에 반란이 일어났답니다."

"반란? 누가 감히!"

"일왕과 사왕이 모가장을 장악하고 밀황께 반역을 일으켰답니다. 그들이 지금 동조자들을 모아 천중원으로 진격하고 있으니 세 왕께서는 촌각을 다퉈 복귀하라는 명입니다."

왕사미가 세 왕이라는 말에 힘을 주어 말했다. 그건 곧 태원으로 출행할 때 밀황이 내린 타유에 대한 암살 밀명이 거둬들여졌다는 것을 의미했다.

"그들은 지금 어디에 있다고 하오?"

배 위에서 탄미가 급히 물었다. 타유를 암습하려는 계획은 이미 물거품이 됐다. 사왕과 일왕이 반란을 일으켰다면 지금은 오히려 타유의 힘이 절실히 필요한 때였다.

"천중원으로부터 닷새길이랍니다."

"아, 우리보다 가깝군."

탄미가 나직하게 탄식을 흘렸다. 그러자 여선이 침착하게 말했다.

"너무 걱정 마시오. 비록 닷새길이라 하나 그들이 함부로 천중원을 치지는 못할 거요. 모두 알다시피 천중원이야말로 난공불락의 험지가 아니오. 일이 이렇게 되고 보니 천중원에 밀문의 본거지를 만든 것은 정말로 잘한 일인 것 같소."

여선이 타유를 보며 말했다. 천중원을 밀문의 본거지로 만든 것은 타유이니 그 공을 치하하는 것이다. 그러나 타유는 그런 여선의 공치사에 별반 관심을 드러내지 않았다. 대신 그는 심각한 표정으로 중얼거렸다.

"어렵군."

"무엇이 말이오?"

여선이 물었다.

"밀문이 무척 위험하단 말이오."

타유의 대답에 여선이 살짝 아미를 모은다.

"설마 밀황께서 그들에게 패할 거라 보시는 거요?"

"그럴 리야 있겠소."

"그럼 뭐가 위험하단 거요?"

"이 내분이 밀문에 큰 손실 없이 수습된다면 모를까, 이로 인해 밀문의 전력이 축나게 된다면… 혼돈시를 어찌 치를 것이오?"

타유의 물음에 여선이 그제야 낙담한 표정이 되었다.

"그렇구려. 반역이 문제가 아니라 혼돈시가 문제구려. 이런 망할 작자들 같으니라구!"

여선이 뒤늦게 원왕련과 이궐령에게 욕설을 토해낸다.

"지금으로썬 서둘러 돌아가는 수밖에 없어요!"

배 위에서 탄미가 소리쳤다. 그러자 여선이 고개를 끄떡이며 타유에게 말했다.

"삼왕, 어서 가십시다."

"그러지요."

타유가 고개를 끄떡이고는 삼전의 고수들에게 명을 내렸다.

"서둘러 배에 오르라!"

타유의 명이 떨어지자 삼전의 고수들이 분분히 신형을 날려 배에 오르기 시작했다.

철썩철썩!

밤바람에 몸을 일으킨 강물이 거칠게 배를 때린다. 타유는 어둠 속에서 괴물처럼 지나가는 강변의 풍경을 바라보고 있었다. 두 척의 배가 나란히 강을 거슬러 올라가고 있었는데 밤이 깊었지만 잠을 자는 사람은 거의 없었다. 건너편 뱃전에도 여선과 탄미가 나와 두런두런 이야기를 나누고 있었다.

'베어야 했어.'

기회를 놓친 것이 못내 아쉽다. 이곳에서 두 사람을 베었다면 밀문은 한순간에 무너질 수도 있었다. 후회가 밀려오는데 그의 등 뒤로 왕사미가 빠르게 다가왔다.

"삼왕!"

"무슨 일이오?"

타유가 물었다. 그러자 왕사미가 조심스레 입을 열었다.

"밀황께서 다시 전서를 보내셨습니다."
"무슨 명을 내리셨소?"
"그것이……."
"말해보시오."
"밀황께선 삼왕께서 일군의 고수를 가려 뽑아 반역자들의 목을 베시기를 원하십니다."
순간 타유의 눈이 가늘어졌다.
"그 말은 지금 나보고 암습을 하라는 거요?"
"아마도……."
왕사미가 말꼬리를 흐린다. 그녀가 생각해도 이는 타유에게 사지로 들어가라는 명과 같다. 타유의 침묵이 길어졌다. 그러다가 갑자기 실소를 흘리며 말한다.
"밀황께서 내가 과거 살수였다는 것을 잊지 않으신 모양이군. 그래서 내가 다시 한 번 예전처럼 살수의 능력을 쓰길 원하시는군. 하긴 조용히 그 두 사람을 제거할 수만 있다면 그것이야말로 지금으로썬 최선의 방책이기는 하지."
"하지만 무척 위험한 일이기도 하지요."
왕사미가 슬쩍 타유의 눈치를 살핀다. 물론 그녀는 밀황의 심복이므로 타유가 밀황의 명을 따르기를 바라고 있다. 그러나 그럼에도 불구하고 이 밀명이 타유가 받아들기 쉽지 않은 것임을 인정할 수밖에 없었다.
타유가 누구인가. 이젠 밀문에서 그 누구도 부정할 수 없는 고수 중 한 명인 밀문 삼왕이다. 흑룡문을 멸하고 살막 막주의 양보를 받아낸 그이며, 비왕진서의 진위 여부를 가려낸 사람이기도 하다. 그 명성이나 밀문도에게 끼치는 영향력은 다른 왕들에 비할 바가 아니었다.

그런 타유에게 그가 가장 미천했던 시절의 일, 살수의 업을 다시 시행하라 명하는 것은 타유의 체면을 크게 깎는 일이었다. 그럼에도 불구하고 밀황이 타유에게 이런 명을 내린 것에는 두 가지 이유를 생각해 볼 수 있었다.

하나는 밀황은 여전히 타유가 그저 언제라도 불러 쓸 수 있는 수하 중 하나라고 생각하고 있는 것이고, 또 다른 하나는 타유에게 그런 명을 내릴 정도로 작금의 상황이 급박한 위기일 수도 있었다.

물론 누구라도 그 이유가 후자라는 것은 알고 있다. 이미 밀황은 타유를 경계하고 있었고, 이왕과 오왕에게 태원에서의 귀향길에 암습하여 제거하라는 명까지 내렸으니 그가 타유를 가볍게 생각하고 있을 리는 없기 때문이다.

'그가 일왕과 사왕을 설득할 수 있을까?'

타유는 문득 왕함보를 떠올렸다. 만약 왕함보가 그의 약속대로 원왕련과 이궐령을 설득해 타유와 힘을 합치도록 한다면 밀황의 이번 명은 타유에게 무척 좋은 기회를 제공할 수도 있었다. 암습을 핑계 삼아 자연스레 일왕과 사왕을 만날 수 있기 때문이다. 일단 그들을 만나고 나면 밀황을 상대할 좋은 계책이 나올 것이다.

"어찌하실지……?"

타유의 생각이 길어지는 듯하자 왕사미가 물었다. 그러자 타유가 감정을 드러내지 않은 얼굴로 대답했다.

"이왕과 오왕에게 전하시오. 적당한 곳에 배를 세우고 밀황님의 명을 상의하자고."

"하면……?"

"어찌 명을 따르지 않을 수 있겠소."

"아! 밀황님이 크게 고마워하실 겁니다."

"그야 일왕과 사왕의 목을 베었을 때의 일이지."

"그렇지가 않습니다. 지금 상황에서 누가 감히 두 사람의 목을 베러 그들의 진영에 들어가겠습니까?"

그러자 타유가 문득 신형을 돌려 왕사미를 보며 물었다.

"그대들은 어떻소?"

"무슨 말씀이신지……?"

갑작스런 타유의 물음에 왕사미가 당황한 듯 되물었다.

"나와 함께 그들을 베러 갈 수 있느냐는 말이오?"

"그, 그건… 명이시라면 당연히 가야지요."

잠시 망설이던 왕사미가 얼른 고개를 숙이며 대답한다.

"명이라면이라……. 이런 일을 어찌 강요할 수 있겠소. 이건 명이 아니라 부탁이오. 가서 오사자와 육사자의 생각도 들어 오시오. 나로서는 모두 가도 좋고 가지 않아도 상관없소. 만약 세 사람이 함께 가겠다면 다른 사람은 필요 없소. 아! 오왕 정도는 데려갈까? 아무래도 나 혼자 가는 것은 억울한 면이 있어서……."

타유의 말에 왕사미가 고개를 숙여 보이고는 서둘러 배 안쪽으로 모습을 감췄다. 그러자 그런 왕사미를 보며 타유가 중얼거렸다.

"밀황이 스스로 패착을 두는군. 운이 좋아!"

이왕 여선과 오왕 탄미가 곤혹스런 표정으로 타유를 맞이했다. 이미 왕사미로부터 밀황의 명을 전해 받은 그들이고, 타유의 뜻 역시 전달받은 후다.

배는 포구가 아닌 사람의 인적이 닿지 않은 강변에 닻을 내렸다. 밀황의 명이 워낙 급했으므로 포구를 찾을 여유를 갖기 어려웠던 것이다.

"가시겠다고요?"

탄미가 타유에게 확인하듯 물었다. 그러자 타유가 고개를 끄떡였다.

"명이니 따르지 않을 수 없지 않소?"

"밀황께서 크게 고마워하실 겁니다."

탄미가 마치 자신이 밀황이나 된 듯 말했다. 그러자 타유가 되물었다.

"그래, 두 분께서는 어찌하실지……?"

그러자 여선이 끼어든다.

"아무래도 내가 가는 것이 좋을 것 같소."

"아니에요. 제가 가죠."

탄미도 자신이 타유와 함께 일왕과 사왕을 암습하겠다고 나섰다.

"두 분 모두 가실 수는 없소. 한 분은 후방을 지켜야지 않소?"

"평소 밀황님의 명을 받들고 그 옆을 지키는 일은 지난 세월 이왕께서 하신 일이니 제가 삼왕과 함께 가지요."

다시 탄미가 입을 열었다. 탄미의 말이 맞기는 했다. 사실 그간 밀황의 곁을 지킨 것은 밀황전의 사자들을 제외하고는 거의 여선의 몫이었던 것이다.

"그러나… 어찌 오왕을 보낸단 말이오?"

여선이 곤란하다는 듯 고개를 저었다.

"무림에서 남녀의 구분이 있나요? 그런 것이 아니라면 제가 가는 것이 맞지요."

탄미의 말에 여선이 대답을 하지 못한다. 그가 탄미가 아니라 자신이 가겠다고 한 것은 탄미가 여인이기 때문인 것이 맞았다. 그러나 그렇다고 그런 말을 드러내 놓고 할 수도 없었다. 오왕 탄미는 남녀의 구분으로 일의 선후를 정하는 사람이 아니기 때문이다. 오히려 그런 배려는 그녀의 노기를 일으킬 수도 있었다.

타유는 두 사람의 언쟁을 그저 묵묵히 지켜보고 있을 뿐 달리 말을 하지 않았다. 그로서야 둘 중 누가 동행해도 나쁠 것이 없었다. 둘 모두라면 몰라도 하나라면 충분히 타유가 제어할 수 있었다.

결국 고집이 더 센 쪽은 탄미였다. 여선이 어쩔 수 없이 뒤에 남기로 하고 탄미가 타유와 함께 일왕과 사왕을 암습하는 것으로 일이 정리됐다.

"언제 떠나나요?"

자신이 가는 것으로 결정을 본 탄미가 타유에게 물었다. 위험한 일을 하려는 사람이 종종 드러내는 조급함이 탄미에게서도 묻어난다.

"내일 새벽에 떠납시다. 힘든 여정이 될 테니 오늘 하루는 푹 쉬도록 합시다."

"그러죠."

탄미가 고개를 끄떡였다.

일행은 단출했다. 타유를 포함해도 일곱이 전부였다. 삼전에서는 타유와 세 명의 사자 중 왕사미와 갈목생이 동행에 나섰고, 탄미를 따르는 오전의 사자 세 명이 포함된 일행이다.

여선은 배 위에서 일행을 전송했다. 그런 그의 눈에 근심이 가득했는데 타유 등의 행로가 길보다는 흉이 많을 것이란 것을 알고 있기 때문이다.

반면 타유는 아주 오랜만에 자유로움을 느꼈다. 비록 그의 옆에 여전히 밀문의 고수들이 있었으나 무리에서 벗어난 것에 대한 자유로움이 그들의 방해를 받을 정도는 아니었다.

반면 탄미를 비롯한 밀문의 고수들은 배를 벗어나는 순간부터 긴장한 기색이 역력했다. 더군다나 밀문의 고수로 살아오면서 이렇게 은밀한 살수의 행보를 하는 것은 모두에게 처음 있는 일이라 그들은 마치 어미 오리를 쫓는 새끼 오리들처럼 배를 내리는 순간부터 타유의 뒤를 따르고 있었다.

"그들의 위치는 정확히 파악했소?"

걸음을 옮기며 타유가 왕사미에게 물었다. 그러자 왕사미가 얼른 대답한다.

"그렇습니다."

"어디요?"

"이틀 거립니다."

"숫자는 얼마나 되오?"

"정확치는 않지만 대략 일백여 명 정도랍니다."

"일백이라……. 많지는 않군."

"그러나……."

"문제가 있소?"

"드러난 숫자가 전부는 아니지요. 후위에 복병을 숨겨두었을 수도 있고, 그리고… 사실 천중원 안에도 그들의 동조자가 있을 수 있습니다. 그렇지 않다면 겨우 그 숫자로 밀황님을 도모하겠다고 나설 수는 없을 겁니다."

"그렇겠군. 아무튼 말이오, 그 둘의 목을 베면 끝나는 일 아니겠소?"

"그렇기는 하지만……."

왕사미가 말꼬리를 흐린다. 당연한 말이고, 그래서 이렇게 그들이 일왕과 사왕을 베러 가는 길이지만 과연 이 일이 성공할 수 있을지에 대해선 회의가 드는 왕사미였다.

"혹 특별한 방법이 있나요?"

이번에는 탄미가 물었다. 그러자 타유가 잠시 침묵을 지키다가 대답했다.

"난 내가 죽을 자리를 찾아온 것은 아니오."

타유의 대답에 탄미와 왕사미의 얼굴에 조금의 여유가 생겨난다. 타유에게 무슨 수단이 있을 거란 의미로 받아들인 것이다.

"일단은 그들이 보이는 곳으로 갑시다."

타유의 말에 갈목생이 앞으로 나서며 말했다.

"제가 길을 열겠습니다."

일단 갈목생이 길을 열기 시작하자 일행의 속도가 바람처럼 빨라졌다. 그들이 새벽 공기 가득한 숲으로 빠르게 사라졌다.

* * *

숲의 기운이 차갑다. 그러나 세 사람이 흘려내는 기운은 더욱 차갑다. 모두들 살기를 품은 사람이라는 의미다.

"그래서 그가 우리 쪽에 선다는 말입니까?"

잘린 한 팔을 감싼 소매를 바람에 날리며 밀문 사왕 이궐령이 문득 물었다. 그러자 그의 앞에 비스듬히 선 채 먼 곳을 바라보고 있던 노인이 고개를 저으며 말했다.

"그가 두 사람 쪽에 서는 것이 아니라 두 사람이 그의 곁에 선다고 생각해 주시오."

"우리보고 그의 수족이 되란 말입니까?"

이번에는 밀문 일왕 원왕련이 노기 서린 목소리로 물었다. 그러자 노인이 슬쩍 고개를 돌려 그를 바라본다. 왕함보다.

"문제가 있소?"

"왕 대인께서는 이 원 모를 너무 무시하는군요. 그를 따를 바에야 차라리 밀황을 따르겠습니다. 겨우 살수 출신에게 머리를 조아릴 정도로 나 원왕련이 비굴한 사람은 아닙니다."

원왕련의 말에 왕함보가 잠시 그를 바라보다 고개를 끄떡인다.

"물론 일왕의 입장에서 보자는 그는 비루한 출신일 거요. 그대는 혈막의 오랜 수뇌로 백혈랑에도 포함되었던 사람이니 말이오. 그러나… 그를 얻지 못한다면 결코 밀황을 넘을 수 없소. 물론 결정은 일왕이 하시오. 일시적인 불쾌함을 참아 밀문을 얻든지, 아니면 지금처럼 영원히 밀황의 견제를 받으며 그의 수하로 살아갈지."

순간 원왕련의 눈빛이 번쩍인다.

"방금 일시적인 불쾌함이라고 말씀하셨습니까?"

"그렇소."

왕함보가 고개를 끄떡인다.

"그 말씀은……?"

"인정하기 싫지만 그는 뛰어난 자요. 내 평생 그와 같은 자는 몇 보지 못했소. 일왕은 그의 출신이 비천함을 말하지만 난 생각이 다르오. 출신이야 무슨 상관이오. 능력만 있다면. 그럼에도 불구하고 내가 그와 영원히 할 수 없다고 생각하는 것은 그의 성정 때문이라오. 그는 영원히 누군가에게 복종할 사람이 아니오. 그의 그 살검이 언제 어느 때 내 목을 향할지도 모른다오. 그러므로 일단은 그를 쓰되 결국 그는 제거되어야 할 거요. 그러니… 당장은 두 사람도 그를 받아들여 주시오."

"일시적인 것이라면 어찌 그를 마다하겠습니까? 밀황을 상대하기 위해선 그처럼 적당한 자도 없지요."

원왕련이 말했다. 그러자 이궐령도 고개를 끄떡인다.

"일시적인 선택이라면 저 역시 반대할 이유가 없습니다."

그러자 왕함보가 미소를 지으며 대답했다.

"두 분 모두 내 뜻을 따라주어 고맙소. 아마 조만간 그가 찾아올 것이오. 듣기로는 밀황이 그에게 두 분에 대한 암살의 명을 내렸다고 하더구려. 모두에게 아주 좋은 기회요. 더군다나 그는 밀문 오왕과 동행하고 있다니 이 기회에 오왕을 제거하면 밀황 곁에 남은 왕은 오직 이왕뿐이오. 그리된다면야 대세는 결정된 것이나 마찬가지지요."

왕함보의 말에 이궐령이 고개를 갸웃하며 물었다.

"이상하군요."

"무엇이 말이오?"

"정면대결을 벌인다면 밀황 쪽이 훨씬 유리할 터인데 왜 무리해서 암습자를 보낸 것일까요? 그들이 실수하는 순간 오히려 밀황 자신이 불리해질 수 있다는 것을 잘 알고 있을 텐데."

이궐령의 의문에 왕함보가 낮은 웃음을 흘린다.

"후후, 그게 바로 야망을 지닌 자의 함정이라오. 밀황은 두 분을 상대하는 데 밀문의 정기를 소모하고 싶지 않은 거요. 그는 여전히 혼돈시에서 혈막의 주인이 되기를 꿈꾸고 있소. 그러기 위해서 최소한의 손실로 이번 반란을 잠재우고 싶은 것이오."

"음, 그렇군요. 그의 야망이 결국 스스로 무덤을 파게 만들었군요."

이궐령이 고개를 끄떡인다. 그러자 왕함보가 진중한 표정으로 말했다.

"그러니 두 분은 이제 돌아가서 그를 맞을 준비를 하시오. 의심 없이 오왕을 제압하려면 그래도 작은 준비가 필요할 것이오."

"알겠습니다. 그럼 일이 끝나면 다시 뵙지요!"

"그러시구려. 보자, 다음 만남은 천중원 아래에서 이뤄지겠구려."

"하하하, 대인께서 이끌어주시니 정말 일이 수월해지는군요. 이 은혜는 절대 잊지 않을 것입니다."

원왕련이 공손히 머리를 조아린다.

"은혜랄 게 뭐 있겠소? 결국 천하는 우리 세 사람이 향유하게 될 터인데……."

"실수 없이 일을 처리하겠습니다."

"그럼 조심해서 가시구려."

왕함보가 고개를 끄떡이자 원왕련과 이궐령이 순식간에 그

자리에서 사라졌다. 그러자 왕함보가 혀를 차며 중얼거렸다.

"용렬한 자들 같으니라구. 저래서야 어디 삼왕은커녕 밀황이라도 상대할까. 하긴 그러하니 내가 마음 놓고 부릴 수 있는 것이겠지. 율모!"

"예, 대인!"

왕함보의 수족 팔방천장 중 오천장 율모가 어둠 속에서 홀연히 나타나 왕함보 앞에 시립한다.

"그의 위치는?"

"거의 도착했습니다."

"좋아, 그와 은밀히 연락을 유지하라."

"알겠습니다."

"흠, 밀문을 얻게 되면 이제 제대로 시작이다. 밀문을 얻는 동시에 묘문이 살막의 얻을 것이니 오류 중 두 개의 세력이 나의 것이 된다. 이후… 독곡을 끌어들이면 천마성과 혈마천 두 곳을 능히 감당할 수 있으리라!"

왕함보의 얼굴에 한줄기 야망의 빛이 스치고 지나갔다.

* * *

타유와 그 일행은 쉬지 않고 이틀을 걸어 드디어 일왕 원왕련와 사왕 이궐령이 진을 치고 있는 작은 산봉우리에 도착했다. 사방이 훤히 보이는 곳에 진을 쳐 은밀히 뚫고 들어가 기습을 하기에는 거의 불가능한 지형이다. 적의 진영을 살펴보고 있던 오왕 탄미가 낭패한 얼굴로 입을 열었다.

"저런 곳에 진채를 세운 이상 잠입하기는 거의 불가능할 것 같은데… 어떤가요?"

지금 일행을 주도하는 사람은 타유다. 그리고 왠지 모르게 타유에게는 어떤 방법이 있을 것 같다는 생각이 드는 탄미였다.

"아무리 단단한 성이라도 결국은 틈이 있게 마련이오."

타유가 무심하게 말했다.

"그들에게 접근할 방법이 있다는 말인가요?"

그러자 타유가 되물었다.

"본래 성채를 세울 때 험한 산 위에 세우면 적의 침입을 막기가 수월하오. 그런데 그럼에도 불구하고 특별히 전쟁 중에 조성하는 성채가 아닌 이상 산 위에 성을 세워 도읍을 정하는 제후는 없소. 또한 어떤 거부도 산 위에 장원을 세우지는 않소. 그 이유가 뭐겠소?"

"그야 당연히 교통의 어려움 때문이지요. 교통이 어려우면 물품을 들이기가 어려우니 일단 고립이 되면 결국에는 성을 내놓을 수밖에 없게 되기에……. 하지만 저들을 고립시킬 인원이 우리에겐 없지 않습니까?"

탄미가 물었다. 그러자 타유가 고개를 저으며 말했다.

"저들을 고립시키겠다는 말이 아니오. 저들이 산 위에서 살아가려면 반드시 물이 필요할 터인데 산 위에서 물이 날 리는 없고 아마도 근처의 계곡에 내려와 매일 소용되는 물을 길어

갈 거요. 더군다나 인원이 많으니 물을 나르는 자들을 따로 두었을 거요."

"하면……?"

"그들이 길을 열어줄 거요."

타유의 말에 탄미와 다른 밀문의 고수들이 탄복한다.

"과연 밀황께서 삼왕께 이 일을 맡기신 이유를 알겠군요."

탄미의 말에 타유가 씁쓸한 미소를 짓는다.

"이야말로 살행의 경험에서 나오는 생각이니 그리 칭찬받을 일은 아닌 것 같소. 자, 물을 나르는 자들을 찾아봅시다."

타유가 툭툭 손을 털며 자리를 뜨기 시작했다.

타유의 말처럼 과연 산 위로 물을 나르는 자들이 숙영지 북쪽 비탈을 내려와 물을 긷는 샘이 있었다. 숙영지와는 대략 반 시진이면 오고 갈 수 있는 거리라 숙영지 위에서도 그들의 움직임을 살필 수 있었다. 그러니 그들을 제압하고 그들로 위장해 산 위로 올라가는 것은 거의 불가능해 보였다.

"이래 가지고서야… 가능할까요?"

샘에서 물을 깃는 자들을 보며 탄미가 실망스런 표정을 짓는다. 그러자 타유가 대답했다.

"밤까지 기다려 봅시다."

"설마 밤에도 물을 길러 올까요?"

"그렇지 않다 해도 결국은 어둠을 이용해 접근해야 할 거요."

그러고 보면 맞는 말이기는 했다. 물 긷는 자들을 이용하지 못한다면 결국 어둠을 이용할 수밖에 없었다.

시간이 빠르게 흘러갔다. 어느새 산에 어둠이 깃들었다. 그런데 마침 산 위에서 십여 명의 무사가 물통을 메고 샘으로 내려왔다.

"잘되었군요."

탄미가 얼굴에 희색을 띠며 말했다.

"나 혼자 가겠소."

문득 타유가 말했다.

"그게 무슨 말이죠? 왜 혼자 가겠다는 건가요?"

탄미가 의심 어린 표정으로 물었다.

"저들을 모두 없애고 우리 모두가 올라갈 수 있겠소? 산 위에서 저들이 물을 길어 오길 기다리는 자들의 눈을 몇이나 속일 수 있겠소. 아마 서넛만 얼굴이 바뀌어도 금세 들키고 말 거요."

"하지만……."

탄미가 여전히 타유를 혼자 보내는 것이 꺼림칙한지 말꼬리를 흐린다. 그러자 타유가 말했다.

"좋소, 정 가고 싶다면 오왕도 함께 갑시다. 다른 사람들은 퇴로를 확보하고 기다린다."

더 이상은 양보할 수 없다는 듯 단호한 명이다. 그러자 엉겁결에 오왕 탄미만 타유의 동행자로 결정됐다. 오왕 탄미로서는 타유를 경계하고자 한 말이 오히려 그녀 스스로 타유의 함정에 온전히 빠져들게 되고 만 꼴이다.

그러나 이제 와서 가지 않는다고 할 수도 없고, 또 더 많은 사람을 데려가자고 고집할 수도 없었다. 더군다나 탄미로서는 타유를 경계하기는 했지만 설마 타유가 배신을 할 거라고는 전혀 생각지 못하고 있었다.

"갑시다."

타유가 탄미를 재촉하고는 먼저 걸음을 옮겼다. 그러자 탄미가 왕사미를 돌아보며 급히 말했다.

"남쪽으로 퇴로를 확보해 두시게."

"알겠습니다. 그리하겠습니다."

왕사미가 타유에게보다도 더 친밀하게 대답했다. 이들이야말로 밀황의 오래된 심복이기에게 나눌 수 있는 교감이었다.

타유가 자신의 뒤로 바싹 다가선 탄미의 기척을 본능으로 느끼며 걸음을 멈췄다. 기척은 있지만 그녀의 숨소리가 들리지 않는다. 밀문 오왕의 자리가 거저 얻어진 것이 아니다.

타유와 탄미가 멈춰 선 곳은 대략 샘에서 대략 이십여 장 떨어진 곳이었다. 눈앞에 산비탈을 타고 오르는 길이 있어서 결국 물을 길으러 온 자들은 두 사람 앞을 지나야 한다.

타유는 작은 바위 뒤에 몸을 숨기고는 그 자리에 편하게 주저앉았다. 반면에 탄미는 잔뜩 긴장한 표정으로 물을 긷는 자들에게서 시선을 떼지 않았다. 무공은 절대고수의 반열에 올랐지만 이렇게 살수행을 하는 것은 탄미에게 낯선 일이다.

"어이, 서둘러!"

물을 긷는 자들 중 우두머리로 보이는 자가 소리친다. 그러자 물 긷는 자들의 손길이 빨라졌다. 그러기를 일각여, 이내 짐승 가죽으로 만든 수통 십여 개에 물이 가득하다.

"가지!"

다시 우두머리의 목소리가 들렸다. 그러자 물 긷는 자들이 하나둘 수통을 메고 자리에서 일어나 산비탈을 타고 오르기 시작했다.

비록 밀문의 고수들이 하나같이 무공이 뛰어난 자라 해도 수백 근에 이르는 수통을 멘 걸음이 빠를 리 없다. 더군다나 가파른 산길이라 자연히 산을 오르는 자들의 간격이 멀어졌다.

중간중간 물통을 내려놓고 쉬는 자들도 있어서 가장 뒤를 따르는 자들과 선두에 선 우두머리의 간격이 어둠에 가려 서로를 보지 못할 정도로 멀어졌다.

타유와 탄미가 바위 위에 좀 더 깊이 몸을 묻었다. 어둠이 이불처럼 그들을 덮어주었다.

저벅거리는 걸음 소리가 연이어 두 사람의 눈앞을 통과했다. 그리고 잠시 후 일행의 가장 뒤에 섰던 자들이 나타났다.

"휴우, 이거 괜히 따라온 것 같아."

문득 타유의 귀에 물통을 멘 채 헐떡거리며 투덜대는 사내의 목소리가 들렸다.

"그러게 말일세. 그냥 장원에 남아 있을 걸 그랬어."

"이 싸움에 승산이 있을까?"

"썩… 좋아 보이지는 않네. 내가 귀담아들어 보니까 밀황은 천하에서 그 적수를 찾을 수 없는 고수라고 하더군. 휴, 장주님이 잘못 생각한 것 같아. 좌호법께서 있었으면 이런 결정은 하지 않으셨을 텐데……."

"이 사람아, 좌호법은 이미 우리 모가장의 사람이라고 할 수 없어. 밀문 삼왕이 되어 금석촌을 빼앗았는데 어찌 모가장의 사람이라고 할 수 있겠는가?"

듣다 보니 이들은 애초에 밀문의 고수들이 아닌 모가장의 무사였음이 분명하다. 그렇다면 일은 좀 더 수월하다고 할 수 있었다. 모가장 무사들의 무공이야 밀문에서 보자면 하찮을 뿐이다. 타유가 탄미를 보며 고개를 끄떡였다. 그리고 두 사람이 거의 동시에 신형을 날렸다.

툭!

미세한 소음과 함께 물통의 주인이 바뀌었다. 샘에서부터 물통을 지고 온 자들은 혼절한 채 타유와 탄미가 숨어 있던 바위 뒤로 던져졌고, 물통은 타유와 탄미의 손에 들어갔다. 그때 마침 길 앞쪽에서 호통 소리가 들린다.

"어이, 두 사람! 서둘러! 거기서 자고 올 건가?"

"알겠습니다."

타유가 얼른 대답을 하고는 수통을 들어 어깨에 메고 부지런히 걸음을 옮기기 시작했다.

산봉우리에 올라서자 제법 너른 공터가 눈에 들어온다. 아래에서 볼 때보다 훨씬 공터의 면적이 넓다. 진채는 원을 그리며 수십 채의 천막이 목책처럼 서 있는 형태로 만들어져 있었는데, 남쪽과 동쪽에 출입문이 나 있고 북쪽으로는 작은 통로를 만들어 물을 길어 오는 자들이 출입하게 되어 있었다.

당연히 북쪽 출입로의 경계는 다른 두 개의 출입구보다 허술했다. 겨우 무사 둘이 물을 길어 오는 자들을 맞이할 뿐이다.

"어서 들어가시오."

경계를 서는 자들의 목소리가 사뭇 위압적이다. 그것으로 보아 물을 길어 오는 자들과 경계를 서는 자들이 다른 부류의 사람임을 알 수 있다.

당연히 물을 길어 오는 자들은 모가장에서 차출되었을 것이고, 경계를 서는 자들은 애초부터 원왕련과 이궐령을 따르던 밀문의 고수일 터였다.

덕분에 타유와 탄미는 별 의심 없이 진채 안으로 들어갔다. 일행의 우두머리는 진채의 동북쪽에 나무를 이어 붙여 만든 거대한 수통으로 일행을 데려갔다.

"수통에 물을 붓고 오늘은 그만 돌아가 쉬어라. 내일 아침 일찍 다시 물을 길어야 하니 해가 뜨기 전 이곳으로 모여라!"

우두머리의 말에 물주머니를 진 자들이 무표정한 얼굴로 고개를 숙여 보이고는 각자 길어 온 물을 나무 수통에 붓기 시작했다. 타유와 탄미 역시 깊게 고개를 숙여 어둠에 얼굴을 가리면서 수통에 물을 붓고 서둘러 일행에게서 멀어졌다.

타유는 진채의 곳곳에서 타오르는 횃불의 불빛을 피해 이동했다. 그의 뒤를 따르는 탄미가 간간이 탄복하는 눈으로 타유를 바라보고는 했는데, 그리 많지 않은 어둠을 이용해 진채 안을 제 집처럼 이동하는 타유의 움직임이 새삼스레 놀라웠기 때문이다.

그러다가 한순간 타유가 걸음을 멈췄다. 그리고는 손을 들어 진채의 동쪽에 치우쳐 있는 두 채의 천막을 가리켰다. 탄미가 눈을 들어보니 다른 천막들과 달리 다섯 명씩의 무사가 경계를 서고 있을 뿐 아니라 그 크기도 다른 것에 비해 두 배는 커 보였다.

"저긴가요?"

"그런 것 같소."

타유가 고개를 끄떡였다.

"이젠 어쩌죠?"

아무리 밀문 오왕 탄미라도 이렇게 적진 한가운데 들어와 적의 수장을 암습하는 일은 처음이다. 당연히 모든 것을 타유에게 의지할 수밖에 없었다.

"들어가서 베면 되오."

"그냥 이대로요?"

탄미가 뭔가 다른 방법이 있지 않느냐는 투로 물었다. 그러자 타유가 고개를 저었다.

"시간이 많다면 독살을 생각할 수도 있고, 혹은 그들이 움직이는 길목에 매복했다가 기습을 할 수도 있으나 지금 우리에겐 시간이 없소. 그러니 불식간에 치고 들어가 그들의 목을 베는 것이 최선이오.

"그럼 그 뒤에는?"

기습으로 원왕련과 이궐령을 베었다고 쳐도 일단 사단이 나면 사방에서 적들의 공격을 받을 것이 자명하다. 적을 죽인다 한들 자신들이 죽는다면 이 싸움은 아무런 의미가 없다.

"일단 그들을 베고 나서 우리의 정체를 드러내면 감히 우리에게 검을 들이댈 자들이 있겠소?"

"그건 모르는 일이지요."

비록 원왕련과 이궐령이 죽는다 해도 이미 이곳에 있는 자들은 모두 반역의 이름이 덧씌워졌다. 그러니 그들이 최후의 순간까지 저항할 가능성도 많았다.

"설혹 저들이 우릴 공격한다 해도 두 왕이 죽은 충격에서 쉽게 벗어나지는 못할 것이오. 그 틈을 노려 탈출한다면 뒤에 남은 사자들이 호응할 것이니 탈출은 어렵지 않소."

"휴, 생각보다 투박한 방식이군요."

"가끔은 영활한 계책보다 우직한 행동이 유리할 때가 있소."

타유의 말에 탄미가 어쩔 수 없다는 듯 고개를 끄떡인다.

"좋아요. 삼왕의 뜻에 따르죠."

"적을 공격하는 방법은 두 가지요. 하나는 우리 둘이 각자 한 사람씩 맡아 암습하는 방법과 둘이 함께 한쪽을 먼저 제거하고 다른 쪽을 공격하는 거요. 어느 방법을 선택하겠소?"

타유의 물음에 탄미가 오기가 생기는 표정을 짓다가 이내 고개를 젓고는 신중하게 대답했다.

"각기 한 사람씩 맡아 상대하다가는 자칫 싸움의 승패가 나지 않아 문제가 생길 수도 있어요. 그리되면 낭패가 아닐 수 없는 일이지요. 함께 차례차례 한 명씩 제거하는 것으로 하죠."

탄미로서는 굴욕적인 대답이다. 타유는 홀로 둘 중 하나를 제거할 수 있다는 자신감을 드러냈다. 반면 탄미는 스스로 혼자서 빠른 시간 내에 원왕련이나 이궐령 둘 중 하나를 처리할 자신이 없었기에 두 사람이 함께 움직이는 방법을 택할 수밖에 없었던 것이다.

"좋소, 그럼 오른쪽부터 처리합시다. 후방 좌측의 경계가 허술하오. 그곳을 뚫고 들어가겠소. 따라오시오."

타유의 말에 탄미가 순순히 고개를 끄떡이고는 타유의 뒤를 따르기 시작했다.

타유의 신형이 그림자처럼 움직였다. 어둠을 벗 삼아 화려한 천막으로 접근하는 움직임에 경비를 서는 무사 중 누구도 그의 존재를 알아채지 못했다. 탄미는 이제 자신의 운명을 타유에게 맡기다시피 하고 있었다. 타유의 움직임대로 타유가 밟은 자리를 그대로 밟아 나가니 그녀 역시 경비무사들로부터 자유로웠다.

계속 타유의 이 놀라운 움직임에 놀라면서도 탄미는 가끔 그런 타유를 향해 살기를 드러내기도 했다. 그를 살려두는 것이 너무도 위험한 일이라는 생각 때문이다. 그러나 지금은 타유를 향해 검을 뽑을 수 없다. 그 일은 원왕련과 이궐령의 반란을 진압하고 난 이후에 해도 늦지 않은 일이다.

슥!

탄미가 타유의 갑작스런 움직임에 화들짝 놀랐다. 천막으로 접근한 타유가 망설이지 않고 쑥 천막 안으로 들어갔기 때문이다. 도무지 조심성이라고는 없는 것처럼 보이는 타유다. 그러나 이미 벌어진 일, 탄미가 서둘러 타유의 뒤를 따라 천막 안으로 들어갔다.

은은한 불빛이 천막을 뚫고 들어와 실내를 밝힌다. 한쪽에 화려한 침구가 놓여 있고 그 위에서 한 명의 노인이 눈을 감은 채 잠들어 있다. 일왕 원왕련이다.

탄미는 원왕련의 얼굴을 보자 차갑게 표정이 굳었다. 반면 타유는 전혀 긴장하는 기색이 보이지 않았다. 그걸 탄미는 타유의 경험 때문이라고 생각했다. 오랜 살수 생활로 인해 이런 상황에 익숙해진 자의 여유라고 판단한 것이다.

스릉!

문득 타유가 검을 뽑아 들었다. 그러자 탄미 역시 긴장한 기색으로 검을 뽑는다. 타유가 그런 탄미를 일별하고는 성큼성큼 잠든 원왕련에게로 다가갔다. 탄미는 대담한 타유의 행동에 놀라면서도 뒤질세라 타유의 뒤를 쫓아 원왕련에게 다가갔다.

편안한 얼굴, 이렇게 죽으면 아무런 한도 없을 것 같은 얼굴로 원왕련이 자고 있다. 그런 원왕련을 응시하던 탄미가 타유를 바라본다. 그러자 타유가 고개를 끄떡이며 검을 들었다. 탄미 역시 원왕련을 향해 검을 들었다.

팟!

한순간 타유의 검이 허공을 갈랐다.

"헉!"

순간 한마디 낮게 억눌린 비명이 터져 나왔다. 그리고 그 순간 잠들어 있던 원왕련이 깨어나 일장을 후려쳤다.

"컥!"

다시 숨 막히는 비명 소리가 흘러나온다. 그리고 한 여인, 자신에게 일어난 일을 도저히 받아들일 수 없는 여인 탄미가 바닥에 나뒹굴었다.

"기다리고 있었소."

문득 원왕련이 타유를 보며 말했다.

"사왕께선?"

타유가 되물었다. 그러나 천막의 입구가 열리면서 이궐령이 안으로 들어선다.

"이런, 벌써 끝났구려."

이궐령이 천막 한쪽에서 나뒹굴고 있는 탄미를 보며 아쉬운 듯 중얼거렸다.

"다, 당신들……?"

탄미의 몸은 한순간에 피로 물들어 있었다. 그러나 그녀는 자신의 부상을 돌볼 여유가 없었다. 그녀가 분노보다는 의혹이 가득한 눈으로 타유를 바라봤다. 그러자 타유가 무심한 어조로 말했다.

"참으로 어리석은 일 아니오?"

"무엇이……?"

탄미가 되물었다.

"자신이 죽이려고 했던 자가 자신을 위해 목숨을 걸 거라 생각하는 것 말이오."

타유의 말에 탄미의 얼굴이 붉게 달아오른다. 뒤늦게 일어난 노기와 자신들이 한 행동에 대한 수치심 때문이리라. 생각해 보면 타유의 말처럼 어리석은 일일 수밖에 없었다. 타유와 같은 자가 자신들이 그를 죽이려 했음을 모를 리 없건만 원왕련과 이궐령을 상대하기 위해 타유의 능력을 포기하지 못한 실수를 저지른 것이다.

"언제부터였느냐?"

탄미가 분노를 표출시키기 시작했다. 그러자 타유가 탄미를 물끄러미 바라보다 그녀의 물음에 대답하는 대신 원왕련에게 물었다.

"어찌 처리하면 좋겠소?"

탄미의 말은 더 이상 들을 필요도 없다는 의미다.

"놈!"

탄미가 노성을 토해내며 부상을 입은 몸으로 타유을 향해 달려들었다. 순간 타유가 가볍게 손을 휘둘렀다. 그러자 그의 손에 검은 수영이 생기는가 싶더니 단숨에 탄미의 어깨를 가격했다.

"크!"

탄미가 타유의 장력을 버텨내지 못하고 바닥에 내동댕이쳐졌다.

"이……!"

탄미가 쓰러진 채 버둥대며 타유를 노려봤다. 그러나 타유는 여전히 탄미에게 시선도 주지 않았다.

"삼왕의 생각은 어떻소? 그녀를 살려두는 것이 좋겠소?"

원왕련이 탄미의 처분을 타유에게 되묻는다. 그러자 타유가 고개를 저으며 대답했다.

"지금으로써는 이득과 손실을 예측할 수가 없구려. 어쨌든 난 이만 가봐야 할 것 같소. 지체했다가는 우리의 계획이 드러날 수도 있소."

"그렇구려. 오왕의 처리는 우리가 알아서 하겠소."

"그러시오. 그런데… 누굴 벤 것으로 하리까?"

그러자 이번에는 이궐령이 대답했다.

"그야 당연히 내가 죽은 것으로 해야 할 거요. 우리 밀문 오왕의 무공을 밀황은 손금 보듯 알고 있으니 내가 살고 일왕께서 죽었다고 한다면 반드시 그의 의심을 사게 될 것이오."

이궐령이 말을 하면서 타유에게 자신의 혈시를 넘겨준다.

"알겠소이다. 그럼 다음에 봅시다."

"다시 만날 때는 큰 잔치를 열게 될 것이오."

원왕련이 희미한 미소를 짓는다. 타유가 그런 원왕련의 말에 고개를 끄떡이고는 미련 없이 천막을 벗어났다. 그러자 원왕련이 잠시 기다렸다가 소리쳤다.

"살수다! 놈을 잡앗!"

원왕련의 명이 떨어지자 천막 밖에 대기하고 있던 원왕련의 심복들이 일제히 소리를 지르며 타유를 쫓기 시작했다.

"살수다! 모두 놈을 쫓아라!"

한순간에 진채 전체가 소란스러워지기 시작했다. 그리고 그 소란이 타유가 달아난 방향으로 폭풍처럼 이어졌다. 그 소란을 잠시 지켜보고 있던 원왕련이 이궐령에게 말했다.

"수고를 하셔야겠소이다."

"하하, 숨어 가는 것이 뭐가 어렵겠습니까? 오히려 홀로 이들을 이끄셔야 하는 일왕께서 고생이시지요."

"무슨 말씀을. 그나저나 그에게 이런 비정한 계책을 세울 지모가 있는 줄을 몰랐소이다."

그러자 이궐령이 고개를 저으며 대답했다.

"어디 그의 계책이겠습니까? 모두 왕 대인의 머리에서 나온 것이겠지요."

"음, 그렇기도 하구려. 그런데 오왕은 어찌하면 좋겠소?"

원왕련이 한쪽에서 입도 열지 못하고 숨을 헐떡이고 있는 탄미를 보며 말했다. 그러자 이궐령이 탄미의 곁으로 다가가더니 손을 들어 미련 없이 그녀의 정수리를 내려쳤다.

"내 경험에 의하면 대업을 위해서는 단 한 올의 후환이라도 남기는 것이 아니지요."

이궐령의 손아래 탄미가 숨을 멎고 싸늘한 시신으로 변했다.

"음, 하긴 세상일이란 건 모르는 거니까."

원왕련은 아쉬운 빛을 보였으나 그렇다고 이궐령을 손속을 탓하지는 않았다.

"이제 내일 새벽이면 이 소식이 밀문 전체에 퍼질 것이니 밀황이 직접 천중원을 벗어나 일을 매듭지으러 올 것입니다. 그리되면… 결국 밀문은 우리 차지가 되겠지요."

이궐령이 싸늘한 미소를 지으며 말했다.

타유가 차가운 밤공기를 가르며 무서운 속도로 산비탈을 달려 내려갔다. 그의 뒤쪽으로 검은 인영 수십 명이 달려오고 있다. 원왕련의 수하들이다.

그러나 추격자들은 타유를 미처 따라잡을 수 없었다. 타유의 경공이 뛰어난 것도 있지만 이미 원왕련으로부터 밀명을 받은 그의 심복들이 추격자들의 선두에서 속도를 조절하고 있기 때문이다.

"삼왕님! 이쪽입니다!"

타유가 산을 다 내려와 작은 계곡을 날아 넘자 그의 앞에 갈목생이 나타나 타유를 불렀다.

"말은?"

"준비해 두었습니다. 이쪽으로!"

갈목생이 길을 열기 시작했다. 그러자 타유가 지체하지 않고 갈목생의 뒤를 따랐다.

갈목생을 따라 십여 장을 이동하자 과연 왕사미 등이 말을 십여 필이나 준비하고 타유를 기다리고 있었다. 일행보다 많은 수의 말을 준비한 것은 중간에 추격자들을 따돌리기 위해 술책을 쓰려는 의도일 터였다.

타유는 장내에 도착하자마자 훌쩍 한 필의 말에 날아올랐다. 그리고는 급히 명을 내렸다.

"이곳을 벗어난다!"

순간 밀문 오전의 사자들이 당황한 표정으로 물었다.

"오왕님은 어찌 되셨습니까?"

"오왕은 죽었다."

"예?"

오전의 사자들은 물론 삼전의 사자들까지 놀란 눈으로 타유를 바라본다. 그러자 타유가 짧게 대답했다.

"원왕련을 당해내지 못했다. 살고 싶은 자는 서둘러라!"

타유는 명을 내리고는 따를 사람은 따르고 머물 사람은 머물라는 듯 더 이상 입을 열지 않고 홀로 말을 몰기 시작했다. 그러자 밀문의 고수들이 잠시 당황스런 빛을 보이다가 이내 타유를 따라 달리기 시작했다.

도주는 근 반나절 동안 이어졌다. 그사이 날이 밝아 아침 햇

살이 이슬을 모두 말렸을 때에야 타유는 말을 세웠다. 그가 멈추자 그를 따라 달리던 밀문의 고수들 역시 말을 세웠다.

말들이 거친 숨을 내쉬며 푸르륵거린다. 타유가 말 위에서 내려 높다란 나무 위로 올라갔다. 그리고 잠시 후방을 살피고는 이내 다시 나무를 내려왔다.

"좋아, 추격자는 더 이상 없다. 쉬어 간다."

타유의 말에 일행이 안도의 숨을 내쉬며 말에서 내려 각자 자리를 잡고 휴식에 들어갔다. 개중에는 급히 운기를 하는 자들도 있었다. 그러나 휴식보다는 적의 진채에서 일어난 일을 궁금해하는 사람이 더 많았다. 왕사미 등 삼전의 고수들이 타유의 곁으로 다가오더니 유창이 조심스레 질문을 던졌다.

"어쩌다가 오왕께서 그리되신 겁니까?"

"우리가 방심했소."

"방심이라면……?"

"일왕과 사왕은 두 채의 천막에 각기 떨어져 잠을 자고 있었소. 그래서 기습이라면 한 사람이 한 명씩 제거할 수 있다고 생각하고 각기 나눠서 저들을 암습하러 들어간 것이 실수였소."

"아!"

왕사미가 나직하게 탄식을 흘린다. 타유의 말만으로도 어떤 일이 벌어졌는지, 타유와 탄미가 어떤 실수를 했는지 짐작하겠다는 표정이다. 두 사람이 일왕의 무공을 너무 경시한 것이다.

비록 기습이고 적이 잠들어 있다 해도 상대는 일왕이다. 원왕련은 밀문에서 밀황을 제외하고는 가장 강한 자다. 그는 그 옛날 송백림을 멸한 백혈랑의 일원으로 활동했을 때부터 밀문에서는 절대적인 무위를 자랑하는 고수였던 것이다.

"그럼 사왕은 어찌 되었습니까?"

유창이 다시 묻는다. 오왕 탄미가 원왕련을 공격했다면 필시 타유가 사왕 이궐령을 기습했을 것이기 때문이다. 유창의 질문에 타유가 말없이 품속에서 혈시 하나를 꺼내 들어 보였다.

"아, 그는 죽었군요."

"그는 원왕련이 아니지."

타유가 무심하게 대답했다. 하긴 원왕련과 이궐령이 같은 오왕이라도 무공에서는 제법 차이가 난다고 할 수 있었다. 더군다나 이궐령은 한 팔이 없지 않은가.

"절반의 성공이군요."

왕사미가 우울한 표정으로 말했다. 오왕 탄미가 죽은 것이 못내 마음이 좋지 않은 것 같다.

"오왕이 죽어 손실이 크지만 일의 성패로 따지만 팔 할은 성공한 것이오."

타유가 여전히 무심한 어조로 말했다.

"어째서 그렇게 생각하시는지요?"

오왕 탄미가 죽고 적은 사왕 이궐령이 죽었다. 더군다나 반란의 원흉이랄 수 있는 원왕련이 살아 있다면 오히려 이번 기습은 실패한 것이나 마찬가지였다. 그런데 타유는 이 실패한 기습을 팔 할의 성공으로 보고 있으니 그 이유가 궁금할 수밖에 없었다.

"둘일 때는 셋의 힘도 낼 수 있지만 하나일 때는 오직 하나의 힘만 낼 수 있소. 이제 홀로 남은 원왕련이 과연 이 반란을 성공으로 이끌 수 있겠소?"

타유가 왕사미를 보며 물었다. 그러자 왕사미가 곰곰이 뭔가를 생각하다가 결국 고개를 끄떡였다.

"그렇군요. 듣고 보니 삼왕님의 말씀이 지당하십니다. 그들이 두 사람일 때는 세력을 끌어모아 힘의 균형을 얼추 맞출 수 있었겠지만 이제 원왕련 홀로 남은 상태에서는 결국 가지고 있는 전력의 삼 할을 쓰기도 어렵겠군요."

"혼자라는 것은 외로운 일이지. 그들을 따랐던 자들도 지금쯤 무척 의기소침해져 있을 것이오. 만약 일왕이 그럼에도 불구하고 천중원으로 진격한다면… 천중원에 도착할 때쯤 그를 따르는 자는 모두 도주하고 지금의 절반도 되지 않을 것이오. 그러니 이 싸움은 사실 끝난 것이라 할 수 있소."

"그렇군요. 그렇다면 이왕님을 불러 아예 우리 쪽에서 이 싸움을 끝낼 수도 있지 않을까요?"

왕사미가 물었다. 굳이 밀황이 나설 일이 아니라고 생각하는 모양이다. 그러나 타유는 그녀의 말에 고개를 저었다.

"밀문을 위해서는 그가 천중원까지 진격하는 것이 좋소."

"어째서죠? 이런 반란은 빨리 정리하는 것이 좋지 않나요?

외부에 이 일이 알려지기라도 하면…….”

“이미 벌어진 반란이오. 숨기려야 숨길 수 없는 일이오. 그렇다면 이 기회에 차라리 밀황님의 절대적인 힘을 보여주는 것도 나쁘지 않을 것이오. 밀황께서 일왕을 완벽하게 제압하고 나면 외려 밀문은 반란 이전보다 더 단단하게 결속할 수 있을 것이오. 더불어 밀황님에 대한 두려움과 충성심 역시 강해질 것이오. 그쪽이 나와 이왕이 이 일을 정리하는 것보다 훨씬 이득이 아니겠소?”

타유의 물음에 왕사미가 부끄러운 기색을 보인다.

“과연 삼왕님의 말씀이 맞습니다. 제 생각이 짧았습니다. 부끄러운 일이군요. 그런 이치를 생각지 못하다니.”

“부끄러워할 일은 아니오. 모두 밀황님에 대한 충심에서 나온 생각일 테니. 아무튼… 서둘러 천중원으로 돌아갑시다. 그는 반드시 천중원으로 올 것이오.”

“그가 도주를 할 수도 있지 않습니까?”

이번에는 유창이 물었다. 그러자 타유가 고개를 저었다.

“아니오. 그는 반드시 천중원으로 올 거요.”

“어찌 그리 확신하시는지요.”

유창이 다시 묻자 타유가 시선을 돌려 그들이 도주해 온 방향을 보며 말했다.

“그는 자존심이 무척 강한 사람이오. 그가 애초에 사왕을 데리고 반란을 일으킨 것은 스스로 능히 밀황님을 상대할 수 있을 거라 자신했기 때문일 거요. 그런데 지금 도주를 하면 그의 곁에는 아무도 남지 않을 것이오. 그래서야 아무리 스스로 밀황님을 능가하는 무공을 지니고 있다고 자신해도 어찌 다시 밀문을 도모할 수 있겠소. 그는 도주하기보단 밀황님을 만나 건곤일척의 승부를 보려 할 거요. 아마도 일대일의 겨룸을 원할 것이오. 사실… 그게 그의 유일한 방책이기도 하오."

타유의 말에 왕사미 등이 고개를 끄떡이다가 문득 걱정스런 표정으로 물었다.

"삼왕께선 어찌 보시는지요?"

"무엇이 말이오?"

"그와 밀황님의 무공을 평하신다면……?"

왕사미의 질문에 타유가 아주 오랜만에, 그로서는 최근 들어 처음인 듯한 실소를 흘렸다.

"후후, 그야말로 어리석은 질문이구려."

타유의 대답에 왕사미가 어리둥절한 표정으로 되물었다.

"왜 그리 말씀하시는지요?"

"그대는 나보다 수십 년은 더 혈막에 몸을 담아왔고 또한 아주 가까운 거리에서 밀황님과 오왕을 보아왔소. 그런데도 그런 질문을 하니 어찌 어리석은 질문이 아니겠소. 오류의 주인들은 말 그대로 천외천! 결코 타인의 도전을 받을 사람들이 아니오. 간교한 계책이라면 모를까. 그러나 일왕이 계책을 쓰기에는 너무 늦었소. 그러니 사실 일왕은 도주하여 목숨을 부지하는 게 최선인데… 어리석은 사람은 항상 자신의 능력을 실제보다 높게 생각하는 편이지. 그는 반드시 밀황님의 손에 죽고 말 거요. 뭐, 밀문을 위해 나쁘지 않은 일이지."

타유의 말에 왕사미가 빙그레 미소를 짓는다. 밀황에 대한 타유의 평가가 만족스러운 모양이다. 그 덕분인지 타유에 대한 왕사미 등의 경계심도 한결 누그러졌다. 타유로서는 다행스런 일이기도 했다. 삼사자가 믿는다면 아마도 밀황 역시 그를 믿을 것이기 때문이다.

第二章 사슴을 잡다

밀황 사불이 벽을 밀었다. 그러나 반 장 정도 넓이의 벽이 열렸다. 그 안에 거무스름한 도 한 자루가 걸려 있다. 도는 도갑도 없이 맨살을 드러낸 채 벽에 걸려 있다.

"오랜만이구나."

마치 도가 살아 있는 생명인 것처럼 사불이 말했다. 사불의 말을 들은 도가 더욱 검은 빛을 낸다.

"사람은 믿을 것이 못 돼. 언제든 배신할 수 있거든. 고난을 함께한 자도 영광은 함께하지 못하고, 영광을 함께한 자는 고난을 나누지 못한다. 이것이 인간의 본성이다. 하지만 넌 날 배신하지 않지."

사불이 손을 뻗어 도의 손잡이를 잡았다. 그러자 방 안 전체가 어두워지는 느낌이 들었다.

“밀문의 후계자가 되어 숱한 암투를 이겨내고 밀문의 제왕이 되어 수많은 도전을 물리친 것은 오로지 네가 있었기 때문에 가능했다. 나의 길에 굴곡이 질 때마다 넌 항상 내 곁에 있었지. 그런데 오늘 다시 네가 필요하게 되었구나. 또 한 사람, 고난을 함께하지 못할 자를 베어야 하니까.”

사불이 도를 들고 천천히 신형을 돌려 방문을 향해 걸어 나갔다. 그러자 천중원 천룡전의 문이 좌우로 활짝 열렸다.

“가자! 일왕의 얼굴을 봐야겠다.”

사불이 명을 내리자 어디에서 나타났는지 십여 명의 고수가 순식간에 나타나 사불을 호위하기 시작했다.

타유는 멀리서 걸어 나오는 사불을 보며 숨이 막히는 듯한 느낌을 받았다.

‘더 강해진 건가?’

태원을 떠난 이후 수개월 만에 보는 사불이다. 그런데 사불은 타유가 태원으로 떠날 때와는 또 다른 기도를 흘리고 있었다. 좀 더 무거워졌고, 좀 더 강해진 듯 보인다.

사불과 같은 노고수가 단 몇 개월 사이에 눈에 띄게 무공이 진보하는 경우는 대체로 특별한 행운을 잡았을 때나 가능한 일이다. 그사이에 사불에게 어떤 기연이 있었던 걸까 하고 생각하던 타유가 잠시 후 자신의 생각이 잘못되었다는 것을 깨달았다.

'사람은 그대로다. 단지 그의 손에 도가 들렸구나.'

타유의 시선이 자연스레 사불의 손에 들린 거무스름한 도로 향했다. 순간 그의 허리춤에서 단천마검이 기이한 떨림을 일으킨다. 마치 천적을 만난 듯한 요동이다. 검이 스스로 움직일 수는 없으니 아마도 타유의 마음속에 사불의 도에 대한 경계심이 생긴 모양이다.

"밀황을 뵙습니다!"

타유의 앞에 서 있던 이왕 여선이 정중하게 허리를 숙여 보인다. 그러자 타유도 허리를 숙이며 입을 열었다.

"밀황을 뵈오!"

"좋아, 모두 수고들 하셨네. 특히 삼왕은 위험을 무릅쓰고 적진에 들어가 이궐령의 목을 베었으니 고마울 다름이네."

"명을 따를 뿐입니다."

타유의 대답에 사불이 모호한 눈빛으로 타유를 바라보다 이내 주위로 시선을 돌리며 물었다.

"일왕은?"

"반나절 거립니다."

밀황 사불의 오랜 심복이자 밀황전의 사자인 비검이 대답했다.

"반나절이라… 내려가서 맞는다."

"그러나 밀황께서 굳이 직접 그를 상대하실 필요는……."

여선이 말꼬리를 흐린다. 그러자 사불이 고개를 저었다.

"아니, 일왕은 충분히 그 자격이 있다. 비록 지금이야 서로 다른 길을 걸으려 하지만 그래도 그동안 밀문의 성장에 기여한 그의 공을 간과할 수 없다. 그러니 어찌 내가 그를 다른 사람의 손에 맡기겠는가. 가자!"

사불의 명에 비검 등 밀황전의 고수들이 다시금 사불을 철통같이 호위했다. 동시에 타유와 여선이 좌우로 물러나 밀황에게 길을 열어주었다. 그러자 사불이 천천히 천중원의 화려한 정원을 가로지르기 시작했다.

"갑시다."

밀황이 멀어지자 여선이 뭔가를 골똘히 생각하고 있는 타유에게 말했다. 그러자 타유가 문득 정신을 차리고는 고개를 끄떡이며 걸음을 옮겼다.

"그런데 무슨 생각을 그리 골똘히 하시오?"

여선이 탐색하듯 타유에게 물었다.

"밀황님의 도(刀), 못 보던 것이구려."

"아, 삼왕께서는 처음 보시겠구려. 하긴 밀황께서 흑도를 꺼내 드신 지도 벌써 이십여 년이 지났구려."

"흑도라……. 이전부터 가지고 계셨던 도인가 보구려."

"그렇소이다. 밀황께서 처음 밀문의 후계자가 되셨을 때는 항상 저 흑도를 들고 다니셨소. 아시겠지만 이 밀문이란 곳이 강자존의 문파라 처음 밀황께서 밀문의 주인이 되셨을 때는 밀황께 도전하는 문 내의 고수가 제법 많았소이다. 그런 자들을 밀황께선 저 흑도로 모두 제압하셨소."

"기병이구려."

타유의 말에 여선이 살짝 고개를 갸웃했다.

"솔직히 잘 모르겠구려. 흑도가 기병인 것인지, 아니면 밀황께서 워낙 뛰어나신 분이라 평범한 흑도가 기병이 된 것인지."

그러자 타유가 대답했다.

"평범한 도(刀)라면 지금까지 고이 보관해 두었을 리 없지 않소?"

"음, 듣고 보니 그도 그렇구려. 아무튼 밀황께서는 더 이상 밀문 내에서 분란을 일으키는 자가 없자 흑도를 거두어 깊은 곳에 보관하시고는 더 이상 도를 잡지 않으셨소. 그런데… 오늘 다시 흑도를 잡으셨구려. 일왕은 결국 죽을 것이오."

여선이 확신하듯 말했다. 그러자 타유가 말했다.

"오늘 밀황님의 새로운 모습을 보겠구려."

"아마도 놀라실 거요. 밀황님의 손에 흑도가 들렸을 때의 무위란……. 어서 갑시다."

여선이 말을 하다 말고 걸음을 재촉해 밀황에게로 다가갔다. 밀황이 흑도를 쓸 것이라 생각하니 밀황에 대한 두려움이 새삼스레 생긴 모양이다.

"그래도 좋군. 최후를 자신의 애병과 함께하게 되었으니."

타유가 무심하게 중얼거리고는 여선의 뒤를 따랐다.

천중원이 머리에 이고 있는 거대한 절벽을 내려오자 우거진 숲이 일행을 맞이한다. 그 숲 사이로 허름한 길이 보였는데, 예전에는 마차도 다닐 수 있던 길이 이제는 수목이 우거져 사람도 다니기 힘든 지경이다. 천중원을 세상의 눈에서 감추고 싶어 하는 밀황의 명에 의해 일어난 변화다.

밀황이 절벽 아래 숲에 내려선 지 이각여가 지났을 때 사내 하나가 험한 길을 나는 듯이 달려왔다. 타유의 눈에도 익은 자다. 밀황전 사사자 중 한 명인 환보다. 과거 타유에게 한 팔이 잘린 자다.

"계곡을 앞에 두고 진을 쳤습니다."

"응?"

환보의 보고에 밀황이 고개를 갸웃한다. 타유는 밀황의 의문을 충분히 이해할 수 있었다. 사왕 이궐령이 죽은 이후 반란자들의 세력은 크게 꺾이고 있었다. 도주한 자도 여럿일뿐더러 사기도 말이 아니었다. 비록 오왕 탄미가 죽기는 했으나 밀문에서 탄미가 차지하는 비중과 반란자들에게서 이궐령이 차지하는 비중이 같을 수 없었다.

이렇게 전력이 급격하게 약화되는 경우라면 기습만이 승리를 취할 수 있는 유일한 방책이다. 싸움을 오래 끌면 끌수록 원왕련의 세력은 약해질 것이기 때문이다.

그런데 그걸 모를 리 없는 원왕련이 계곡을 앞에 두고 진을 쳤다. 그건 곧 장기전을 벌이겠다는 것인데, 그야말로 스스로 패배를 자초하는 일이었다.

"무슨 의도인고? 배수진도 아니고."

밀황이 스스로에게 질문을 던졌다. 그러자 곁에 있던 여선이 입을 열었다.

"혹, 항복을 하고 용서를 구하려는 것이 아닐지요."

"항복?"

"그렇습니다. 항복에도 준비가 필요한 법이니……."

"음, 그건 아닐 걸세. 자넨 일왕을 모르는가?"

"물론 평소 일왕의 성정이라면 절대 항복할 리 없지만……."

여선이 말꼬리를 흐린다. 밀문 오왕 중 일왕 원왕련은 자존심이 가장 강한 사람이다. 그런 그가 수세에 몰렸다고 당장 무릎을 꿇을 리는 없다. 명분을 주면 모를까.

"명분을 기다리고 있을지도 모르지요."

타유가 말했다.

"명분?"

밀황이 타유를 보며 되물었다.

"항복을 할 명분 말입니다."

"글쎄… 어쩌면 그럴지도 모르겠군. 그런데 어떤 명분을 기다릴까?"

"그가 항복을 하면 받아주실 생각은 있으신지요?"

다시 타유가 물었다. 그러자 밀황이 잠시 생각에 잠겼다가 슬며시 미소를 지으며 고개를 저었다.

"역시 어렵겠어. 여러모로 그는 죽는 것이 나아."

"저도 같은 생각입니다."

타유가 미소를 지으며 고개를 조아린다. 그러자 밀황이 기이한 표정으로 타유를 보며 말했다.

"삼왕의 미소를 보는 것이 참으로 오랜만이군. 아니, 처음인가?"

"아마도 밀황님과 생각이 같다는 것이……."

"하하, 이거 기분 좋군. 내 마음을 알아주는 사람이 곁에 있다는 것은 즐거운 일이야. 하지만 또 아쉽군. 이렇게 기쁜 날 누군가를 베어야 한다는 것이. 일왕을 만나러 간다. 그가 오지 않으면 내가 가야지!"

밀황이 한바탕 호탕한 웃음을 터뜨리고는 성큼성큼 무너진 숲길을 향해 걸어가기 시작했다.

십여 개의 막사가 계곡 건너편에 여기저기 흩어져 있다. 깊은 숲이라 제대로 된 진영을 갖출 수가 없기에 그저 나무와 바위를 방패 삼아 만들어진 진영이다. 그래도 제법 험준한 곳에 위치해 있으니 바로 공격해 들어가기는 꺼려지는 진영이기도 했다.

"일왕! 내가 왔소!"

문득 숲과 계곡을 함께 뒤흔드는 목소리가 흘러나왔다. 그 서늘한 기운에 초목이 놀라고 짐승들이 달아난다. 그러자 십여 개의 막사 중 한곳에서 홀연히 원왕련이 모습을 드러냈다.

"밀황께서 오셨군요. 참으로 황공한 일입니다. 그저 아랫사람이나 보내면 되실 것을……."

"후후후, 그럴 수야 있겠소. 일왕으로 말할 것 같으면 밀문도이기 이전에 과거 송백림의 난 때 함께 싸운 형제와 같은 사람, 어찌 그 마지막을 다른 사람 손에 맡기겠소."

죽이겠다는 말을 참으로 정중하게도 하는 밀황이다.

"밀황께서 흑도를 드신 모습은 오랜만에 보는군요."

원왕련의 시선이 밀황이 들고 있는 검은색 도로 향했다.

"그러게 말이오. 오랜만에 잡아보니 낯이 설구려."

"손에 익지 않은 병기로 절 감당하실 수 있겠습니까?"

"하하하! 일왕의 호기는 과연 명불허전이오. 이런 지경에서도 그런 호기를 부리다니. 한 수 겨뤄보겠소? 애꿎게 수하를 모두 죽일 필요야 없지 않겠소. 누가 이기든 결국 모두 밀문의 소중한 형제인데……."

"그야말로 기다리던 바입니다. 세력으로야 어디 상대가 되어야지요."

"음, 역시 일왕이시오. 나 사불의 도를 받을 용기가 있는 사람이 과연 밀문에 몇이나 되겠소?"

"칭찬에 감사드립니다. 하면!"

한순간 원왕련이 허리춤에서 검을 뽑았다. 비록 사불의 흑도에는 미치지 못하나 한눈에 보아도 천하의 명검이다. 서릿발 같은 검광이 눈부시게 사방을 비춘다.

원왕련이 검을 뽑자 사불이 천천히 도를 들어 올렸다. 세상의 모든 빛을 빨아들일 듯 사불의 흑도가 요기롭게 번뜩인다.

두 사람이 만들어내는 기운이 계곡을 오가며 팽팽하게 대치했다. 그러던 한순간 누가 먼저랄 것도 없이 두 사람이 서로를 향해 날아갔다.

차앙!

사불의 흑도와 원왕련의 검이 계곡 위에서 충돌했다. 순간 그 충격을 이기지 못하고 계곡 물이 하늘로 솟구쳤다. 그러자 피어오르는 물안개에 휩싸인 두 사람은 그 속에서 눈 깜짝할 사이에 십여 번의 초식을 겨루었다.

그리고 그 한 번의 격돌에서 승패의 추는 여실히 기울어졌다.

팟!

한순간 일왕 원왕련이 튕겨지듯 뒤로 물러났다. 그러면서 그가 재빨리 가슴 앞에 검을 세웠다. 그러자 사불이 허공에서 원왕련을 향해 도를 내려찍으며 날아내렸다.

콰앙!

사불이 일으킨 거무스름한 도기가 원왕련이 만들어내는 검기를 강타했다. 그러자 원왕련의 두 발이 땅속으로 밀려들기 시작했다.

"우욱!"

원왕련의 입에서 다급한 신음성이 흘러나왔다. 그러자 여전히 원왕련을 찍어 누르며 사불이 말했다.

"일왕, 그대는 자신의 한계를 너무 과신했소. 사실 오류의 수장이 된다는 것은 전혀 다른 세계의 무공을 얻는다는 말과 같은 것이오. 당신은 한 번 오류의 수장이 된 사람이 죽기 전에는 절대 그 자리에서 내려오지 않았다는 사실을 생각해야 했소. 그 이유가 권위가 아니라 힘이라는 사실을 알았다면 결코 이런 무모한 일을 벌이지 않았을 것인데…….”

이제 원왕련은 사불에게 고양이 앞의 쥐와 같은 신세였다. 언제라도 사불이 조금의 힘만 더하면 그의 도가 단번에 원왕련의 검기를 깨고 들어가 그의 목을 벨 것이다. 사불은 이미 승부가 난 싸움의 여운을 즐기는 듯 손속에 사정을 두며 원왕련의 잘못을 꾸짖고 있었다.

그런데 사불의 말을 듣고 있던 원왕련의 입가에 기이한 미소가 감돌았다.

“밀황의 말이 맞습니다. 내 오늘에서야 나의 무공이 밀문이 주인이 되기에는 턱없이 부족함을 알겠군요.”

“깨달음이 너무 늦은 것이 아쉽군.”

사불이 죽음을 앞에 두고도 제법 태연한 원왕련을 싸늘한 시선으로 보며 말했다. 그러자 원왕련이 다시 입을 열었다.

“그래도 그나마 다행입니다.”

“뭐가 말이오?”

“나도 나름대로 대비를 해두어서 말이지요.”

“대비?”

사불의 얼굴에 의혹이 떠올랐다. 그리고 그 순간 검은 물체가 사불의 등으로 떨어져 내렸다.

“밀황! 그대는 너무 방심했어!”

원왕련이 무릎을 꿇는 와중에도 빙그레 미소를 지었다. 순간 사불은 자신이 원왕련을 벨 수 없음을 깨달았다. 원왕련을 베는 순간 등 뒤에서 날아내리는 자의 공격을 피할 수 없기 때문이다.

"놈!"

사불의 입에서 노성이 터져 나왔다. 동시에 그의 신형이 땅에서 밀려나듯 허공으로 치솟았다.

삭!

한 가닥 미세한 파열음이 사불의 다리 끝에서 일어났다. 사불을 기습한 자의 검이 사불의 종아리 부근을 아슬아슬하게 베고 지나갔다. 상처는 무척 미세해서 사불의 행동에 제약을 줄 정도는 아니었다. 그러나 그럼에도 불구하고 사불은 물론 장내의 밀문 고수들이 느끼는 충격은 적지 않았다. 사불이 밀문의 밀황이 된 이후 누구도 사불의 몸에 상처를 입힌 적이 없기 때문이다.

그러나 사불의 몸에 상처가 난 것보다 더 경악할 만한 일이 그들을 기다리고 있었다.

"이궐령! 네놈이?"

허공에 잠시 멈춘 듯하던 사불의 입에서 놀람과 분노가 함께 묻어나는 목소리가 흘러나왔다.

"문주, 인사는 나중에 하시지요!"

사불의 발아래에서 이궐령이 비릿한 미소를 짓더니 이내 신형을 날려 다시 사불을 공격하기 시작했다. 그러자 지금껏 수세에 몰려 있던 원왕련 역시 사불의 뒤쪽으로 날아들며 협공을 가했다.

"간교한 함정을 팠구나! 그러나 너희쯤이야!"

사불이 어느새 평정심을 되찾고는 가소롭다는 표정을 지으며 원왕련과 이궐령을 상대하기 시작했다.

"이게 어찌 된 일이오?"

여선이 타유를 돌아보며 추궁하듯 물었다. 그러자 타유가 무심하게 대답했다.

"그의 운이 좋았던 모양이오."

"설마 죽은 것을 확인하지 않고 나왔단 말이오?"

"그는 분명 나의 칼에 찔렸소. 그 와중에 그의 숨이 끊어지는 것까지 확인하고 나왔어야했다는 거요? 설마 이왕은 내가 그곳에서 오왕과 함께 죽기를 바랐던 거요?"

타유가 냉랭한 시선으로 여선을 보며 물었다. 그러자 여선이 당황한 표정으로 대답했다.

"그렇다는 것이 아니라… 일이 어렵게 되어 하는 소리 아니요."

"기우요. 설사 이궐령이 살아 있다 해서 상황이 변하겠소? 밀황께서 저들 두 사람을 감당하지 못할 거라 생각하시는 거요?"

"그렇기야 하겠소."

여선이 얼른 고개를 저었다.

"그렇다면 뭐가 걱정이오. 모르긴 해도 이궐령의 몸은 결코 성치 않을 것이오. 그러니 밀황께서는 충분히 저 둘을 베실 것이고, 그리되면 밀황님의 명성은 더욱 위대해질 것이오. 외려 잘된 일일 수도 있지 않소?"

"그야……."

모두 이치에는 맞는 말이다. 그러니 여선도 타유의 말을 반박할 수는 없었다. 그러나 말과 현실은 언제나 다른 법이다. 이 싸움도 그러했다. 이궐령의 몸은 생각처럼 그리 나빠 보이지 않았다. 물론 그럼에도 불구하고 싸움의 승기를 잡고 있는 쪽은 밀황이었다.

밀황의 무공은 실로 놀라워서 원왕련과 이궐령 둘을 상대하면서도 오히려 여유가 있어 보였다. 덕분에 원왕련과 이궐령은 밀황과 거리를 벌리고 상대의 공격을 막으며 기습을 노리는 방책을 취하고 있었다. 당연히 싸움이 길어지고 있다. 우위를 점하고 있다고는 해도 방어에 치중하는 원왕련과 이궐령을 밀황도 쉽게 제압할 수는 없었던 것이다.

그런데 싸움이 길어지자 다른 곳에서 문제가 발생하기 시작했다. 그동안 이 싸움에 대해 어떤 의문도 품고 있지 않던 밀문의 고수들, 정확히는 밀황을 따르는 자들 사이에 알 수 없는 동요가 일어나기 시작한 것이다.

애초에 그들은 오왕 중 단 한 사람, 원왕련만 상대하면 되는 것으로 생각했기에 싸움의 승패를 그리 중요하게 생각하지 않고 있었다. 승패는 이미 결정된 것이고, 단지 밀황이 어떤 대단한 무공으로 원왕련을 베는가에 모든 관심이 쏠려 있었다. 그러니 당연히 자신들의 목숨을 걱정할 일 따위도 없었다.

그런데 이궐령의 등장으로 싸움이 얼추 균형을 맞추기 시작했다. 이리되면 장내의 고수들도 구경꾼이 아니라 생사전을 치러야 할 당사자가 될 가능성이 많았다. 물론 그럼에도 불구하고 대부분의 사람은 결국 밀황의 승리로 이 싸움이 끝날 거라 생각했지만 승패와 상관없이 자신들이 목숨을 걸어야 하는 싸움이 시작된다는 사실만으로도 밀문도들은 충분히 동요할 수밖에 없었다. 그리고 그런 변화를 모를 리 없는 여선이다.

"좋지 않구려."

여선이 어두운 기색으로 말했다.

"뭐가 말이오?"

또 무슨 트집을 잡으려 하느냐는 듯 타유가 물었다.

"이궐령이 살아 있는 한 전면전은 피할 수 없을 것 같소. 그리되면 양쪽의 피해가 극심해 이후 밀문의 세가 크게 약화될 것이오. 더군다나 문도들이 싸움에 대해 두려움을 갖기 시작한 것 같소."

여선이 주위를 돌아보며 말했다. 그러자 타유가 말했다.

"방법이 없는 것은 아니오."

"무슨 방법이 있겠소?"

여선이 물었다.

"밀황의 한손을 거들어 드리는 것이오. 그리하여 저들을 한 순간에 베어낼 수만 있다면 전면전은 없을 것이오."

"그건… 밀황께서 진노하실 수도 있소."

밀황의 싸움에 함부로 끼어드는 것은 죽음을 자초하는 일이다. 그러니 비록 여선이라 해도 밀황을 돕기는 쉽지 않았다.

그러나 타유의 생각은 다른 모양이다.

"밀황께서 일의 대소를 구분하지 못하실 분은 아니잖소? 밀황님이 부족해서가 아니라 전면전을 막아 밀문의 힘이 약해지는 것을 방비하기 위해 싸움에 간여했다 하면 밀황께서도 충분히 납득하실 것이오."

타유의 말에 여선이 잠시 생각에 잠겼다가 고개를 끄떡인다.

"삼왕의 말이 옳은 것 같소. 하면 삼왕께서 나서주시겠소?"

"나보다야 이왕께서 나서시는 것이 좋을 듯하오."

"그건 또 어째서 그렇소?"

여선이 의심 어린 표정으로 물었다.

"간단한 이치요. 밀황께선 나보다 이왕을 더 믿으시기 때문이오."

타유의 말에 여선이 할 말을 잃고는 고개를 끄떡였다. 믿는 사람과의 합공은 큰 힘을 발휘할 수 있지만 조금이라도 의심이 있는 사람과의 합공은 자칫 둘 모두를 위험에 빠뜨릴 수 있었다.

"그럼… 뒤를 부탁하오!"

여선이 결심을 굳힌 듯 말했다. 그러자 타유가 다시 입을 열었다.

"싸움에 간여하기 전에 문도들에게 명을 내려주시오. 성급하게 적을 공격하지 말라고. 자칫 그런 일이 일어나면 이왕께서 싸움에 끼어든 의미가 없지 않겠소? 나 역시 문도들을 제지하기는 하겠지만 나야 삼전의 형제들에게나 힘이 있는 사람이라……."

타유의 말에 여선이 타유를 한번 날카롭게 바라보고는 고개를 돌려 밀황전의 사자들을 보며 말했다.

"절대 먼저 저들을 공격하지 마시오. 전면전이 벌어지면 밀문은 한순간에 몰락할 수도 있소."

여선의 말에 밀황전의 사자 중 우두머리인 비검이 고개를 숙여 보인다.

"명대로 하겠습니다."

비검의 대답을 들은 여선이 다시 시선을 타유에게 주었다.

"뒤를 부탁하오!"

"문도들이 동요치 않는다면 뒤는 걱정 마시오."

타유의 대답에 여선이 고개를 끄떡이고는 슬쩍 상의를 젖혀 옷자락을 허리 뒤춤에 넣었다. 그러자 그의 허리가 드러나면서 빼곡하게 비도를 꽂은 복대가 나타났다.

여선은 경공으로 유명한 인물이지만 오히려 그 무서움은 그의 비도술에 있었다. 지금껏 그가 비도를 날려 죽이지 못한 자가 없다는 말이 돌 정도로 그의 비도술은 뛰어났다.

비도를 드러낸 여선이 한 걸음 계곡을 향해 걸어 나갔다. 드디어 밀문의 모든 절대자가 한 싸움에 모여들고 있었다.

팟!

계곡에 다다른 여선이 가볍게 땅을 찼다. 그러자 그를 유명하게 만든 그 놀라운 보법이 시전되었다. 여선이 마치 물위를 걷듯 계곡을 날아 넘었다. 그리고 그가 계곡을 다 날아 넘었다 싶은 순간에 그의 신형이 사람들의 시야에서 사라졌다. 이후 여선이 다시 모습을 나타낸 것은 사오 장 위쪽의 허공이었다.

"무례를 용서하십시오!"

여선이 허공에서 소리치며 어느새 두 손에 빼 든 비도를 각기 원왕련과 이궐령을 향해 날렸다. 그러자 비도가 기이한 소리를 내며 빛과 같은 속도로 허공을 갈랐다.

"헛!"

이궐령의 입에서 다급성이 터져 나왔다. 동시에 그가 훌쩍 뒤로 물러나며 땅 위를 나뒹굴었다.

퍼퍼퍽!

이궐령이 움직인 흔적을 따라 여선이 날린 비도들이 땅에 박혔다. 이궐령이 놀란 메뚜기처럼 이리저리 몸을 날려 계속해서 날아드는 여선의 비도를 피해냈다.

반면 원왕련은 처음 자신을 향해 날아든 비도를 검으로 쳐낸 이후에는 더 이상 비도의 공격을 받지 않았다. 여선의 의도는 분명했다. 원왕련과 이궐령의 합공을 깨는 것으로 이 싸움의 승패가 난다고 생각하고 있는 것이다.

"이젠 더 이상 살아날 방도가 없겠군."

밀황이 여선의 등장에 살짝 눈살을 찌푸렸으나 이내 여선이 왜 이 싸움에 끼어들었는지를 깨닫고는 무심한 표정으로 원왕련에게 말했다. 그러자 원왕련이 한줄기 비웃음을 흘렸다.

"밀황께서도 늙으셨구려. 겨우 우리 두 사람을 상대하는 데 수하의 도움을 받아야 한다니……."

"그대와 같은 간교한 자들이 어찌 진심으로 밀문을 생각하는 이왕의 뜻을 알랴!"

사불이 벌레 보는 듯한 눈길로 원왕련을 보며 말했다. 그러자 원왕련이 수치심을 느낀 듯 벌겋게 단 얼굴로 말했다.

"당신의 그 오만이 결국 당신을 패망의 길로 이끌 것이오."

"그럴지도 모르지. 그러나 오늘 당장은 그대가 내 손에 죽을 것이다. 이젠 도와줄 사람도 없으니 어찌 나의 흑도를 피하랴! 죽여주마!"

사불이 결심을 한 듯 흑도를 들어 올렸다. 그러자 일순간 주위의 빛이 사불의 흑도로 모여드는 듯한 착시가 일어났다. 원왕련이 두려움을 느낀 듯 서너 걸음 뒤로 물러나며 검을 고쳐 잡았다.

"운이란 놈은 한 번으로 족해!"

사불이 단호하게 말을 내뱉고는 원왕련을 향해 뛰어들었다.

콰아아!

사불의 흑도가 일으키는 파공음이 폭풍과 같다. 계곡 주변의 초목들이 사불이 일으키는 도풍에 잎을 휘날렸다. 원왕련도 입술을 굳게 물고는 검에 진기를 주입했다. 그러자 그의 검에서 일 장 길이의 검기가 생겨났다. 한순간 사불이 검기를 일으켜 자신에게 대항하려는 원왕련을 향해 흑도를 내려쳤다.

콰앙!

강력한 파열음이 일어나며 원왕련의 한쪽 무릎이 푹 꺾였다.

"으음!"

원왕련의 입에서 작은 신음 소리가 흘러나온다. 그의 머리 바로 위에 사불의 흑도가 다가와 있다. 원왕련이 모든 진기를 끌어올려 그의 도를 막았지만 사불의 흑도는 점점 더 원왕련을 향해 내려오고 있었다. 이대로 있다가는 그대로 사불의 흑도에 두개골이 갈라질 판이다.

원왕련이 죽음의 위협을 느끼며 자연스레 계곡 너머의 타유를 바라봤다. 그러자 타유가 고개를 끄떡이며 천천히 계곡으로 다가섰다.

"어쩌시렵니까?"

밀황전의 비검이 물었다.

"한손 거들까 하오."

"그럴 필요가……?"

비검이 보기엔 굳이 타유까지 싸움에 끼어들 필요가 없어 보였다. 사불과 원왕련의 싸움은 끝이 난 것이나 마찬가지이고 여선과 이궐령의 싸움이 제법 팽팽하지만 사불이 원왕련을 베고 나면 그 또한 쉽게 끝날 싸움이다.

"모든 것은 완벽한 것이 좋소."

타유가 무심하게 말했다. 타유의 말에 비검도 달리 반대할 이유를 찾지 못했다. 타유의 말이 틀린 것은 없었다. 그러나 여선까지는 몰라도 타유까지 밀황이 용납할지는 알 수 없었다. 하지만 밀황의 분노를 받아낼 사람은 자신이 아니라 타유다. 그러니 타유의 행동을 더 이상 왈가불가할 수는 없었다. 비검이 입을 다물자 타유가 신형을 돌려 다시 걸음을 옮기기 시작했다.

저벅저벅!

타유는 진기도 끌어올리지 않고 계곡을 걸어서 건넜다. 그의 무릎까지 물이 찼지만 그는 일정한 속도로 걸음을 옮겨 계곡을 건넜다. 그리고 계곡을 모두 지나 다시 땅 위에 올라서는 순간 타유가 단천마검을 빼 들었다.

우웅!

타유가 하려는 일을 알고 있는 것일까. 단천마검이 맹렬하게 진동한다. 그만큼 타유의 진기가 강력하게 주입되었다는 증거일 터였다. 검을 빼 든 타유가 밀황과 원왕련이 싸우고 있는 곳으로 향했다. 순간 사불의 은은한 목소리가 터져 나왔다.

"이왕을 돕게."

원왕련을 찍어 누르면서도 어느새 타유가 계곡을 건너 싸움에 간여하려는 것을 알고 있는 사불이었다. 원왕련의 이마에는 어느새 가는 혈선이 그어졌다. 반각도 더 버티지 못할 상황이다. 그러니 굳이 도우려면 이왕 여선의 싸움을 도우라는 사불의 명은 당연한 것이었다.

그런데 타유가 마치 밀황 사불의 명을 듣지 못한 것처럼 검을 들어 원왕련을 겨누었다. 그리고는 곧장 원왕련을 향해 검을 찔러갔다. 그러자 사불도 원왕련도 모두 동공이 흔들렸다. 사불은 자신의 명을 듣지 않고 원왕련을 공격하는 타유의 행동에, 원왕련은 서로의 밀약을 깨고 자신을 공격하는 타유의 행동에 당황할 수밖에 없었다.

그러나 급한 것은 밀황 사불보다는 역시 죽음을 목전에 둔 원왕련이었다.

"삼왕!"

원왕련이 자신도 모르게 벼락같은 고함을 질렀다. 그러자 그 순간 놀라운 일이 벌어졌다. 마치 원왕련이 강력한 음공을 펼친 것처럼 타유의 검이 순식간에 휘어지며 벼락같이 사불의 심장을 찌른 것이다.

"컥!"

사불의 입에서 억눌린 듯한 신음 소리가 터져 나왔다. 아무리 타유의 무공이 대단하다고 해도 이런 기습적인 변초가 아니라면 결코 사불이 이렇게 쉽게 자신의 심장에 일검을 허용하지는 않았을 것이다.

"하앗!"

모두가 도대체 무슨 일이 벌어진 것인지 정신을 차리지 못하는 사이 원왕련이 벼락같은 기합 소리를 내지르며 사불의 흑도를 밀어내더니 그대로 타유의 검이 꽂혀 있는 사불의 가슴에 자신의 검을 다시 박아 넣었다.

"크악!"

사불의 입에서 격렬한 신음성과 함께 붉은 피가 솟구쳤다.

그러자 원왕련이 발을 들어 그대로 사불의 가슴을 걷어찼다.

팟!

사불의 심장에 박혀 있던 두 개의 검이 동시에 빠지면서 사불이 삼사 장 뒤로 날려가 땅 위에 나뒹굴었다.

"꺼억!"

사불의 입에서 다시금 신음성이 일어난다. 사불이 부들부들 몸을 떨며 겨우 고개를 들어 원왕련과 타유를 노려봤다.

"네놈들이?"

"밀황, 잘 가시오! 밀문은 걱정 마시오. 우리가 지금까지보다 더 대단하고 강력한 밀문을 만들 것이니."

"크아악!"

원왕련의 말에 사불이 분노에 찬 고함을 지르며 원왕련과 타유를 향해 달려들려는 순간 한 자루 비도가 날아와 사불의 목을 꿰뚫었다. 타유가 사불의 저항을 용납하지 않겠다는 듯 날린 비도였다.

비정한 타유의 손속에 원왕련조차도 낯빛이 어두워졌다. 그런 원왕련에게 타유가 말했다.

"후환을 남기면 안 되오."

타유의 말에 원왕련이 무슨 말이냐는 듯 바라보자 타유가 여전히 이궐령과 싸우고 있는 이왕 여선을 가리켰다. 그러자 원왕련이 이내 고개를 끄떡였다.

"맞는 말이오. 그는 발이 빠른 자이니 틈을 내주면 도주할 것이오. 그와 같은 자가 몸을 숨기고 복수를 노린다면 골치 아픈 일이지."

원왕련이 훌쩍 몸을 날렸다. 그리고는 단번에 여선의 등 뒤에 내려서며 검을 휘둘렀다.

창!

여선이 원왕련의 기습을 받고 재빨리 몸을 틀어 단도로 원왕련의 검을 막았다. 그러나 그건 곧 그의 죽음을 불러오는 행동이었다. 여선의 빠른 발에 고전을 면치 못하고 있던 이궐령이 여선에서 자유로워지자 그동안 당한 것에 대한 분노를 담아 여선을 향해 매서운 일검을 뻗어냈다.

팟!

이궐령의 검에서 흘러나온 검기가 여선의 등을 할퀴고 지나갔다. 여선은 이궐령의 검이 다가오는 것을 알면서도 몸을 뺄 수가 없었다. 자신이 든 단도를 내리누르고 있는 원왕련의 검 때문이다.

"웃!"

등에 일검을 허용한 여선이 나직한 신음성을 흘려냈다. 그리더니 다른 한 손으로 재빨리 한 자루의 비도를 뽑아 들어 번개처럼 원왕련의 복부를 찔렀다.

순간 원왕련이 재빨리 검을 회수하며 여선의 비도를 피했다. 그러자 여선이 더 이상 원왕련을 상대하지 않고 특출 난 경공을 발휘해 장내에서 도주하기 시작했다.

팟!

여선이 그림자만 남기며 계곡을 날아 넘기 위해 달렸다. 그의 움직임이 워낙 빨라서 원왕련도 이궐령도 미처 그의 앞을 막지 못했다. 만약 여선이 계곡을 넘어 밀문도 사이로 들어간다면 타유 등은 여선을 중심으로 뭉친 밀문도를 상대해야 한다.

그 사실을 알고 있는 원왕련과 이궐령의 낯빛이 다급해졌다. 그러나 그들이 추격하기에는 여선의 움직임이 너무나 빨랐다. 가뜩이나 밀문 내에서는 경공으로는 따를 자가 없는 여선이다.

그런데 여선이 막 계곡을 날아 넘으려는 순간 불쑥 그의 복부 쪽으로 검 한 자루가 들어왔다.

삭!

미세한 파열음이 일어났다. 여선이 급히 뒤로 물러났다.

"네놈!"

여선의 눈에 분노가 인다. 그의 앞을 막고 그의 복부에 검상을 입힌 자는 타유였다. 여선은 노련한 자다. 그는 이미 오늘 일어난 이 모든 일의 내막을 짐작하고 있었다. 타유와 반란을 일으킨 나머지 두 왕이 한통속임이 여실히 드러난 상황이다.

"죽여 버리겠다!"

여선이 소리쳤다. 그러자 타유가 냉혹하게 물었다.

"할 수 있겠소?"

타유의 물음에 여선이 이를 갈며 소리쳤다.

"설혹 내 목숨과 맞바꾸는 한이 있어도 네놈을 죽이겠다!"

"따르면 살려주겠소."

타유가 항복을 권했다.

"놈, 반역자 따위에게 무릎을 꿇을 일은 없다!"

여선이 크게 소리치며 타유를 향해 달려들었다. 그러자 타유가 나직하게 중얼거렸다.

"밀문도 따위에게 충성심이 어울리기나 하나?"

어느새 여선이 타유의 앞에 도달해 있다. 여전히 여선의 보법은 무섭다. 여선의 손에는 날카롭게 빛나는 두 자루의 단도가 들려 있다. 여선은 비도술에 일가견이 있지만 또한 이렇게 단도를 손에 쥐고 펼치는 단도술도 무림 일절이다.

타유가 귀영팔보를 펼쳐 여선의 도를 피해냈다. 그리고는 매섭게 단천마검을 횡으로 휘둘렀다.

웅!

타유의 단천마검이 폭풍처럼 여선의 허리를 가른다. 그러자 여선이 급히 두 손에 든 단도를 열십자로 교차하며 타유의 단천마검을 막았다. 그런데 여선으로서는 믿을 수 없는 일이 일어났다. 분명 모든 진기를 동원해 두 개의 단도로 타유의 검을 막았음에도 불구하고 타유의 검이 쑥 자신의 단도를 지나쳐 그의 옆구리를 베어버린 것이다.

"큭!"

여선의 입에서 나직한 신음성이 터져 나왔다. 여선이 비틀거리며 두어 걸음 계곡의 차가운 물속으로 걸어 들어갔다. 그러자 순식간에 그의 발아래 물이 붉게 변했다. 상처에서 피가 폭포수처럼 쏟아졌다.

"어, 어떻게……?"

여선이 자신에게 일어난 일을 믿지 못하겠다는 듯 타유를 보며 중얼거렸다. 그러다가 다시금 자신의 손으로 시선이 향했다. 타유의 검을 막아내지 못한 자신의 손과 단도를 바라본 것이다.

그리고 그제야 여선은 자신에게 일어난 일을 이해할 수 있었다. 그의 손에 들린 단도 두 개 모두 매끄럽게 잘려 있는 것이다.

"당신……?"

여선이 다시 타유를 바라본다. 타유의 무공이 대단한 것은 알았지만 설마 이 정도로 강한 자일 거라고는 생각지 못한 것이다.

"죽기를 원했으니 죽여주는 것이오. 그대의 충성심은 이 밀문에선 참으로 보기 드문 것이었소. 잘 가시오."

타유의 말에 여선이 뭔가 대답을 하려다 말고 급격하게 동공이 풀리면서 그 자리에 쓰러졌다. 여선의 상체는 땅에, 하체는 계곡물에 잠겼다. 그렇게 밀문 이왕 여선이 죽었다.

밀황에 이어 여선까지 죽자 장내가 무거운 침묵에 휩싸였다. 계곡 너머 비검을 비롯한 밀문의 고수들은 큰 충격에 빠져 어찌할 바를 모르고 있었다. 그러자 타유가 낮은 목소리로 말했다.

"변한 것은 없다. 밀문은 여전히 밀문이다. 밀문의 법칙은 오직 강자존! 우리 세 사람은 오직 그 율법에 따라 행동한 것이다. 그래서… 여전히 그대들에게도 기회가 있다. 도전할 자는 도전하라. 그러나 부디 그 도전이 죽은 자들에 대한 복수심이 아니라 자신의 야망을 실현하기 위한 것이기를 바란다. 그렇지 않다면 밀문도로서는 너무나 아까운 죽음이 아니겠는가. 그대들이 밀문에 처음 들어왔을 때의 초심을 생각하기 바란다. 오직 사내의 야망을 이루기 위한 밀문행이었음을 기억하라."

밀황 사불에 대한 충성심으로, 그를 위한 복수심에 도검을 들려는 자들의 행동을 미리 막기 위한 타유의 말이다. 또한 설혹 그런 자들이 여전히 존재한다 해도 그 반발을 무리가 아닌 개인의 일로 만들어 버리려는 타유의 말이었다.

덕분에 이젠 장내의 밀문도 중 복수를 꿈꾸는 자가 있어도 사람들을 충동해 큰 싸움을 일으키기는 어려운 상황이 되어버렸다. 타유의 말에 의해 밀문도들은 그들의 율법을, 강자존이라는 밀문의 율법을 다시금 떠올렸기 때문이다.

일이 그리되자 곤란한 것은 밀황을 따르던 비검 등 그의 심복들이었다. 그들로서는 홀로 나서서 타유와 원왕련, 혹은 이궐령을 상대할 자신이 없었다. 믿을 것은 밀문도들을 부추겨 집단으로 타유 등과 맞서는 것이었는데, 그조차 어렵게 되었으니 진퇴양난의 지경에 빠졌다고 할 수 있었다.

"거취를 결정하는 것은 자유다. 그러나 그 누구도 밀문에서 벗어나지는 못한다. 따르거나 혹은 도전하라. 결정하라!"

원왕련은 좀 더 고압적으로 밀문도들을 다뤘다. 그의 강요가 밀문도들을 동요케 한다. 타유도 타유지만 오랜 시간 밀문의 일왕으로 군림해 온 일왕 원왕련의 냉혹함을 모르는 자는 없었다. 그러나 그중에도 제법 용기를 내는 자는 있다. 물론 목숨을 걸 용기는 아니지만.

"한 가지 여쭙겠습니다."

주군을 잃은 자치고는 정중한 물음이다. 나선 자는 밀황전의 일사자 비검이다.

"말하라!"

"더 이상의 죽음은 없다고 약속하실 수 있으신지요?"

"복종하면 피는 없다."

원왕련이 망설이지 않고 대답했다.

"그럼 이제 밀문의 밀황은 어느 분이 되십니까?"

다시 비검의 질문이 이어졌다. 순간 원왕련의 얼굴이 살짝 찌푸려진다. 그 스스로 자신이 새로운 밀황이라고 말할 수 없는 상황이 불쾌한 모양이다.

밀문도들의 시선이 모두 원왕련에게로 향했다. 원왕련의 침묵이 길어졌다. 그와 이궐령은 이미 왕함보로부터 타유가 새로운 밀황이 되어야 한다는 지시를 받은 상태이다. 그러나 그 사실을 인정하는 것은 그리 쉽지 않았다.

애초에 원왕련은 이 반란이 성공하면 왕함보의 지시를 무시하고 타유를 벨 생각까지 하고 있었다. 그러나 오늘 밀황 사불과 이왕 여선을 상대하면서 본 타유의 무공은 감히 원왕련조차도 도전하기 힘들 만큼 강했다. 그러니 이젠 약속을 따를 때인 것이다.

"새로운 밀황은… 삼왕이시다!"

원왕련이 입에서 태산처럼 무거운 말이 흘러나왔다. 그러자 장내의 모든 사람이 경악스런 표정으로 타유와 원왕련을 번갈아 바라봤다. 대부분의 밀문도는 원왕련이 새로운 밀황이 될 것이라 생각하고 있었다.

비록 타유의 무공이 다른 이왕을 뛰어넘는다고 해도 타유는 여전히 밀문에 들어온 지 두어 해밖에 되지 않는 사람이다. 그런 그에게 원왕련이 밀황의 자리를 양보할 것이라고는 누구도 생각지 못한 것이다.

그런데 그때 당황한 밀문도들의 귀에 문득 타유의 목소리가 들린다.

"지금부터의 밀문은 과거의 밀문과는 다를 것이다. 물론 혼돈시를 치러야 하니 새로운 밀황을 아니 세울 수 없다. 그러나 오직 그뿐, 새로운 밀황은 전대의 밀황처럼 독존하지는 않을 것이다. 오늘부터 밀문은 우리 세 사람이 함께 지배한다. 또한 조만간 새로운 왕을 뽑아 오왕의 자리를 채울 것이다. 밀황과 오왕의 권위는 같을 것이며 밀문은 한 사람이 아닌 밀황과 오왕이 함께 지배하는 문파가 될 것이다!"

자신이 밀황이 되는 것에 대한 반발을 최대한 억제하고자 하는 타유의 말이었다. 물론 타유의 속내를 모를 사람은 없다.

그러나 장내의 그 누구도 타유의 말에 반발하는 사람은 없었다. 오히려 밀문도 사이에는 어렴풋이 야망의 열기가 술렁이기 시작했다.

그동안 밀문은 밀황의 제국이었다. 밀황의 말 한마디에 오왕조차도 목이 달아나는 곳이 밀문이었다. 그런데 믿기는 어렵지만 타유의 말대로라면 밀문의 권력은 여러 사람에게 나뉠 것이고, 누구라도 그 권력을 향유할 기회를 갖게 될 터였다. 더군다나 타유가 밀황이 된다면 오왕 중 세 명의 자리가 비게 되니 장내의 야망가들은 오히려 밀황이 살아 있을 때보다 더 좋은 기회를 맞게 되는 것이다.

반발은 불가능해졌다. 비검 등 밀황전의 네 사자는 물론 처음부터 지금까지 타유를 죽일 듯 노려보고 있는 왕사미 등 삼전의 사자들 역시 그 사실을 인정하지 않을 수 없었다. 그렇다고 몸을 숨겨 후일을 도모할 수도 없었다. 이미 밀문도에게 큰 기회를 주기로 약속한 타유와 다른 이왕의 권력은 순식간에 공고해질 것이다. 그게 밀문이다. 권력과 이득이 만들어내는 힘으로 존재하는 무리가 바로 밀문이 아니던가.

"인정하겠다면 당장 무릎을 꿇으라. 새로운 밀황께!"

권력을 나누겠다는 타유의 말은 원왕련과 이궐령의 마음조차도 진심으로 움직이는 듯 보였다. 그들 역시 권력이란 것이 결코 타인과 나눌 수 없는 것임을 알고 있으면서도 당장은 타유의 말이 달콤하게 느껴지는 것은 어쩔 수 없었다.

앞으로 나서서 밀문도를 호령한 것은 이궐령이었다. 이궐령의 호령에 계곡 건너편의 밀문도보다 원왕련, 이궐령과 함께 반란의 무리로서 천중원으로 진격해 온 자들이 먼저 반응했다.

"밀황을 뵈오!"

한 사람이 무릎을 꿇자 연이어 한 무리가 무릎을 꿇었고, 급기야는 일전과 사전의 모든 무사가 무릎을 꿇었다. 그러자 이궐령이 이번에는 계곡 건너편의 사람들을 보며 물었다.

"그대들의 선택은 무엇인가? 복종인가, 아니면 파멸인가?"

이궐령의 호통이 숲을 뒤흔든다. 그 소리에 놀란 심약한 자들이 먼저 자신도 모르게 무릎을 꿇었다. 그러자 화선지에 먹물 스며들 듯 밀문도들이 하나둘 무릎을 꿇기 시작했다.

무리가 한 방향으로 움직일 때 그걸 거역할 수 있는 사람은 많지 않다. 나중이야 어찌 되었든 일단은 시류에 따르는 것이 인간의 본성이다. 그리고 그런 본성은 밀문도도 마찬가지로 가지고 있었다. 결국 계곡 건너편의 밀문도 중 십여 명을 제외하고는 모두 타유에게 무릎을 꿇었다.

그나마 차가운 분노로 이 상황에 승복하지 않은 사람은 비검 등 밀황전의 사자 네 명과 타유를 따랐던 왕사미 등 삼전의 사자 셋, 그리고 그 와중에도 명예를 목숨보다 중히 생각하는 이름 모를 고수 둘이었다.

"죽겠다는 건가?"

이궐령이 비검을 향해 물었다. 그러자 비검이 이를 악물며 대답했다.

"우리는 이 결정에 승복할 수 없소."

"그럼 도전하겠는가?"

이번에는 타유가 물었다. 그러자 비검의 말문이 막힌다.

"말이 없음은 곧 그렇다는 말이겠지. 전대 밀황에 대한 그대들의 충성심은 높이 평가한다. 물론 그 대가는 죽음이겠지만."

타유가 검을 빼 들었다. 밀문을 장악하는 데 걸림이 되는 자들은 자신의 검으로 베어야 한다고 생각하는 타유였다. 오늘 이 자리에서는 많은 피를 보는 자가 결국 강자로 인식될 것이다. 그러니 피를 마다할 타유가 아니었다.

저벅저벅!

타유가 망설이지 않고 다시 계곡물에 발을 담갔다. 그리고는 규칙적인 걸음으로 계곡을 건너기 시작했다.

그러자 비검 등의 얼굴에 당황한 빛이 보이기 시작했다. 그들을 향해 다가오는 타유에게선 어떤 타협의 여지도 없어 보였다. 이대로라면 결국 검을 들어 타유와 싸워야 한다. 그러나 누구라도 알고 있듯이 그건 패배가 정해진 싸움이다.

"어찌하면 좋겠소?"

다가오는 타유를 보며 타유에게 한 팔이 잘린 환보가 급히 물었다. 그러자 비검이 대답했다.

"난들 아오. 각자 생각대로 하시오."

비검의 차가운 대답에 환보가 다시 무슨 말을 꺼내려다가 입을 다물었다. 그 역시 알고 있었다. 선택은 오로지 각자의 몫이라는 것을.

툭툭!

비검 등이 고민하는 사이 어느새 타유가 계곡을 건너와 검으로 바지에 묻은 물을 털었다. 그리고는 물이 묻은 검을 들고 다시 비검 등을 향해 다가오기 시작했다.

스릉!

비검이 검을 뽑았다. 그러나 대항하려는 것보다는 자신을 보호하기 위한 본능적인 행동이다. 그런 비검을 바라보며 타유가 전혀 속도를 줄이지 않고 걸어왔다. 그의 검이 한순간 가슴 어림으로 올라갔다. 그대로 비검을 찌르려는 듯한 자세다. 그런데 그때였다. 문득 타유의 앞에 한 사람이 달려들더니 이내 그 자리에 무릎을 꿇었다.

"삼왕께서는 부디 손속에 사정을 두어주십시오."

타유가 걸음을 멈추고 자신 앞에 부복한 사람을 본다. 왕사미다. 의아한 일이다. 왕사미는 그동안 줄곧 밀황의 명을 받아 타유를 감시해 온 사람이다. 밀황의 심복 중의 심복이라는 말. 그런데 그런 그녀가 타유 앞에 무릎을 꿇었다.

"운명은 스스로 결정하는 것이오."

타유가 무심하게 말했다. 자신에게 자비를 구하지 말고 스스로 운명을 결정하란 말이다. 그러자 왕사미가 물었다.

"과거의 일을 묻지 않겠다고 약속해 주실 수 있는지요?"

"과거의 일?"

"저희가 삼왕님을……."

"그 일은 모두 밀황의 명에 의한 것이지 않았소?"

"그렇기는 해도……."

"그때는 나 역시 밀황의 명에 의해 검을 휘둘렀소. 그러니 어찌 과거의 일을 추궁하겠소."

"그렇다면 우리 삼 인은 삼왕께 복종하겠습니다."

왕사미가 시선을 돌려 유창과 갈목생을 찾았다. 그러자 두 사람이 얼른 다가와 왕사미 옆에 무릎을 꿇는다.

"삼왕께 복종하겠습니다."

두 사람이 동시에 입을 열었다. 그러자 타유가 가볍게 고개를 끄떡인다.

"좋소. 그대들은 애초부터 나와 함께 움직였으니 앞으로도 지금처럼 내 곁에 두겠소."

"저희를 믿으십니까?"

왕사미가 의아한 표정으로 물었다. 비록 자신들이 타유에게 복종을 맹세했다 해도 그들은 얼마 전까지 밀황의 명으로 타유의 목숨을 노리던 사람이다. 그런데 그런 자신들을 지금까지처럼 자신의 곁에 두겠다는 타유의 말은 확실히 의외였다.

"그대들의 능력을 난 잘 알고 있소. 보이지 않은 곳에 두면 위험한 사람들이지. 그러니 차라리 내 곁에 두겠소."

"그렇다면… 알겠습니다. 삼왕의 명에 따르겠습니다."

왕사미가 고개를 조아린다. 그러자 타유가 손짓하며 말했다.

"그만 일어서지요. 난 아직 해결할 일이 남았소."

타유의 말에 왕사미 등이 자리에서 일어났다. 타유가 세 사람을 지나쳐 비검 등에게로 다가가려는데 문득 왕사미가 타유의 앞을 막으며 비검에게 말했다.

"괜한 고집으로 목숨을 버릴 이유가 없어요."

왕사미가 나서자 타유가 잠시 걸음을 멈췄다. 왕사미의 말에 비검이 곤혹스런 표정을 짓는다.

"이곳은 밀문입니다. 일사자께서는 전대 밀황 이전의 밀황들도 겪지 않으셨습니까?"

왕사미의 말에 비검이 가볍게 한숨을 내쉰다. 그리고는 검을 던지며 중얼거렸다.

"후우, 밀문이라……. 이게 밀문의 법이지. 비검이 밀황을 뵈오!"

비검의 목소리가 쩌렁하다. 어찌 보면 분에 겨워 소리를 치는 것 같기도 하고, 또 어찌 보면 새로운 결심을 스스로 다지기 위한 것 같기도 하다. 일단 비검이 검을 버리자 다른 세 사람의 행보는 금세 결정되었다.

"밀황을 뵈오!"

산도와 환보, 마수라 불리는 세 명의 밀황전 사자가 비검의 옆으로 늘어서더니 이내 무릎을 꿇는다. 더불어 그들과 함께 무릎을 꿇지 않던 이름 모를 고수 둘도 어느새 부복한 상태였다. 그러자 타유가 검을 거두며 말했다.

"좋소, 고맙다는 말은 하지 않겠소. 그대들은 목숨을 건진 것이고, 나는 유능한 수하를 얻은 것이지. 그러니 그대들은 손해 볼 것이 없소. 모두 들으라!"

타유가 신형을 돌려 계곡 이편과 저편으로 나뉘어져 있는 밀문도들을 보며 소리쳤다. 그러자 밀문의 문도들이 일제히 부복하며 고개를 숙인다.

"변한 것은 없다! 단지 밀황만 바뀌었을 뿐! 오늘 이전에는 밀황이 밀문의 모든 것이었을지 모르지만 오늘부터는 아니다! 지금부터는 그대들이 밀문의 모든 것이다! 그러니 그대들의 야망은 계속된다! 나, 타유를 앞세워서 말이다!"

타유의 말에 밀문도들이 다시 한 번 고개를 조아린다. 밀문도들이 말이 아닌 몸으로서 그 복종의 마음을 드러냈다.

"천중원으로 간다! 향후 한 달간 봉문한다! 반드시 필요한 자를 제외하고는 모든 밀문도를 천중원으로 복귀시키라!"

"명을 받듭니다!"

무겁고 강인한 대답이 흘러나온다. 밀문도들의 대답을 들은 타유가 원왕련과 이궐령을 보며 말했다.

"두 분도 나와 함께 천중원으로 갑시다."

"그러지요, 밀황!"

원왕련이 깍듯하게 대답한다. 밀문의 고수들 앞이니 그들이라고 타유를 예전처럼 대할 수는 없었다.

원왕련의 대답을 들은 타유가 유창을 보며 명을 내렸다.

"사사자, 그대는 먼저 천중원으로 가서 이곳의 소식을 전하라. 새로운 밀문이 탄생했다고."

"명을 받듭니다!"

유창이 공손하게 대답을 하고는 이내 천중원을 향해 달려나갔다.

* * *

세상이 알지 못했던 소식이 은밀히 천하로 퍼져 나갔다. 이 소식을 들을 수 있는 사람은 오직 한 부류의 사람뿐이다. 수백 년 무림을 암중에서 지배해 온 세력, 피의 장막으로 이뤄졌다는 바로 혈막 오류의 고수들이다.

소식이 전해지자 한동안 난도 멈췄다. 오류의 운명을 결정하는 혈시의 난이 잠시 멈춘 것이다. 그리고 오류의 시선은 천중원을 향했다. 혈시를 좇는 각 파의 세작이 모두 천중원 주변으로 모여들었다. 그러나 그들은 감히 천중원을 염탐하지 못했다. 수백 척 절벽 위에 세워진 천중원은 난공불락의 요지. 밀문도가 아니라면 절대 오를 수 없는 곳이기 때문이다.

그런데 그렇게 모두가 밀문의 향배와 새로운 밀황, 타유의 행보를 궁금해하고 있을 때 대범하게도 밀문의 사람이 아니면서 천중원을 당당하게 오르는 자가 있었다.

"끄응! 높아! 너무 높아!"

근 천여 개에 이르는 계단을 오르다 말고 노인이 한쪽에 주저앉으며 말했다. 자리를 잡고 앉으니 계단 옆 수백 척 절벽 아래로 울창한 수림이 보인다.

"도대체 왜 이런 곳에 자리를 잡았을꼬."

노인이 투덜거렸다.

"천혜의 요지가 아닙니까?"

노인을 호위하고 있던 초로의 노인이 말했다.

"천혜의 요지라……. 이보게, 일천장."

"예, 대인!"

"세상에 존재하는 성(城) 중에 무너지지 않은 성이 있는가?"

"그야……."

초로의 노인이 말꼬리를 흐렸다. 그러자 노인이 혀를 차며 입을 열었다.

"그 어떤 성도 무너지지 않은 성은 없다네. 그런데도 인간은 이렇게 험악한 지형에 성을 쌓으면 영원할 줄 믿지. 어리석은 생각이야. 성을 지키는 것은 사람의 의지와 머리지 이런 높은 절벽이나 강이 아니라네. 오직 용기가 없는 자들만이 이렇게 쓸데없이 험한 곳에 성을 쌓지."

"그렇군요. 또 한 번 가르침을 받습니다."

"후후후, 가르침이라니, 자넬 누가 가르칠꼬. 그저 잊고 있던 사실을 깨우쳐 줄 뿐이지. 그나저나 그는 내가 오는 것을 알고 있겠지?"

"전갈을 해두었습니다."

"그런데 마중을 않는다?"

"저도 불쾌하군요."

"후후후, 날 혈막의 총사 왕함보로서만 대하겠다는 건가?"

노인은 왕함보다. 그는 오늘 혈막 오류의 총사로서 천중원을 방문하고 있었다. 혈막의 총사는 언제든 오류의 수장들이 부르면 달려와야 한다. 혈막에서 총사는 그 권위를 존중받기는 하지만 권력은 없다. 혈막 오류의 수장들이 결정한 것을 실행하는 책임만 있는 것이 혈막의 총사다.

혈막의 총사를 두며 오류의 수장들은 총사의 힘이 커지는 것을 언제나 경계했다. 그도 그럴 것이, 오류는 한 배를 탄 자들이기는 해도 또한 천하라는 사슴을 놓고 경쟁하는 경쟁자이기도 했다. 그것도 단순한 경쟁이 아니라 피와 목숨이 오가는 경쟁을 하는 것이 오류다.

그러니 오류의 분쟁 속에서 혈막의 대소사를 관장하는 총사가 세력을 키워 혈막의 권력자가 되는 것은 그리 어렵지 않은 일이다. 그러니 오류의 수장들이 총사의 세력을 철저히 견제하는 것은 당연한 일이었고, 덕분에 혈막의 총사는 그 그늘에 오십 인 이상의 수하를 거느릴 수 없었다.

만약 혈막의 일로 인해 그 이상의 인원이 필요할 때는 오류의 수장들에게 청을 넣어 오류에 속한 자들의 지원을 받게 되어 있었으니 애초부터 혈막의 총사가 오류 각 파의 세력을 능가하는 힘을 기르는 것은 불가능했다.

때문에 왕함보는 총사라는 직위를 가지고 있고 육십을 넘은 나이에도 이렇게 혈막 오류의 수장이 부르면 한걸음에 달려와야 하는 신분인 것이다.

"그렇다 해도 고약합니다."

왕함보의 심복인 일천장 감궁이 불쾌한 눈빛을 흘리며 말했다. 밀문도에게는 몰라도 감궁 자신에게 왕함보는 오류 수장들조차 감히 비교될 수 없는 위대한 인물인 것이다.

"어쩔 수 없는 일 아닌가?"

"그는 이미 거래를 한 사이가 아닙니까?"

"아니지. 솔직히 말하자면 지금까지는 거래를 한 것이 아니라 거래를 하기 위한 준비를 한 것이지."

"대인의 도움이 아니었다면 어찌 그가 밀문의 수장이 되었겠습니까?"

"내 도움이 아니더라도 그 정도는 해냈을 사람이네."

왕함보의 말에 감궁이 수긍할 수 없다는 표정을 지어 보였다.

"대인께서는 항상 그를 지나치게 높이 평가하시는군요."

"이보게, 일천장. 이번에 일어난 밀문의 반역, 일왕 원왕련과 사왕 이궐령의 반역이 어떻게 시작되었는지 아는가?"

"그야 대인께서 그들을 움직이신 것 아닙니까?"

감궁이 당연한 일을 묻는다는 듯 왕함보를 보며 되물었다. 그러자 왕함보가 고개를 저었다.

"그렇지가 않아. 내가 시작한 일이 아니네. 난 솔직히 타유그를 이용해 밀황을 제거할 생각은 하고 있었지만 그렇다고 일왕과 사왕을 움직여 이렇게 조직적인 반역을 꾀하게 할 생각은 없었다네."

"그렇다면 그들 스스로 결정한 일이라는 것입니까?"

"그렇다네. 그래서 나도 참 의아했다네. 사실 그들이 대단한 고수들이기는 해도 감히 밀황에 대적해 반역을 도모할 정도는 아니라고 생각했거든."

"그렇지요. 그런 그릇들은 아니지요."

감궁이 고개를 끄떡인다. 원왕련과 이궐령은 이미 오래전부터 왕함보와 밀접한 관계를 맺고 있었기에 그들에 대해선 일천장 감궁 역시 속속들이 알고 있었다.

"그래서 그 내막을 살피지 않을 수 없었지. 내 예상을 벗어난 움직임을 보인 자들은 위험하니까. 그런데 조사를 해보니 전혀 다른 인물이 한 명 등장하더군."

"어떤 자입니까?"

"모가장주 모잠!"

"예?"

감궁이 놀란 표정으로, 아니, 어쩌면 실망한 듯한 표정으로 왕함보를 바라봤다.

그라고 어찌 모잠을 모를까. 그러나 그가 알고 있는 모잠은 반역은커녕 모가장조차 지키기 버거운 인물이다. 그런 자가 어찌 대담하게 밀황에 대한 반역을 사주할 수 있단 말인가.

"모잠을 절대 그럴 만한 위인이 아닙니다."

"물론 그렇지. 그러나 그에게 믿을 만한 구석이 있다면 다르지."

"믿을 만한 구석이라면……?"

"타유 그야."

"그게 정말입니까?"

감금이 놀란 시선으로 왕함보를 본다. 그러자 왕함보가 신중한 표정으로 입을 열었다.

"요즘 들어서는 내가 늙었는지 사람이 잘 판단이 되지 않아. 특히 타유 그는… 아무래도 이상했지. 일왕과 사왕이 나에게 상의도 없이 밀황에게 반역을 했다는 것이 말이야. 그래서 그 내막을 좀 알아보라고 육천장 방령을 은밀하게 강호에 내보냈네. 어제 방령이 돌아왔어."

"아, 그래서……."

"맞네. 어제 내가 한 시진 정도 자리를 비운 것은 방령을 만나기 위함이었네. 그런데 그가 가져온 소식은 나조차도 믿을 수가 없었지. 모가장주가 일왕과 사왕을 충동질해 반역을 꾀했다는 거야. 그리고 그 뒤에는 한 명의 노인이 있었네."

"어쩐 자입니까?"

"이름은 알려지지 않았다고 하더군. 하지만 모가장에서는 최근 들어 제법 유명한 자였네. 그럴 수밖에 없는 것이 그자는 바로 타유 그가 밀황으로부터 받아낸 금석촌을 인수받기 위해 모가장에 파견한 자였어. 밀문 내에서는 그저 그의 오랜 집사 정도로 알려졌다고 하더군. 무공도 거의 없어 보이고. 단지 일처리는 무척 노련해서 천중원에 있을 때는 타유의 거처인 천명각을 먼지 하나 없이 관리했고, 모가장에서 가서는 단 닷새 안에 금석촌의 모든 것을 인수받았다고 하네."

"모사라는 말이군요."

"그렇다고 봐야지. 적어도 그가 모가장주 모잠을 구슬린 것은 확실한 듯해. 그리고 그 명은 아마도 타유가 내렸겠지. 타유 그는 밀황이 자신을 태원으로 보낼 때부터 이 일을 준비했던 거야."

"그가 왜 반역을 충동질했을까요?"

"두 가지를 생각할 수 있네. 하나는 타유 자신이 야망을 숨기고 있을 경우, 두 번째는 밀황이 자신을 죽이려 한다는 것을 알았을 경우네. 내 생각에는… 후자일 것 같지만 말이야."

"하긴 그가 권력을 탐하는 성정은 아니지요."

감궁이 고개를 끄떡인다.

"아무튼… 모가장주를 움직인 그자, 대단한 모사꾼임은 분명해. 그가 모가장주를 움직였다는 것을 일왕과 사왕은 여전히 모르고 있을 걸세. 이 일은 육천장 방령이 아니었다면 알아내지 못했을 거야."

"그렇겠지요. 육천장의 실력이야 거론할 바가 아니지요."

"그래서 결론은 이거야. 타유 그가 나의 도움만으로 밀황의 자리에 오른 것은 아니라는 거지. 내 도움이 없었어도 아마 밀황은 상대해 내지 않았을까 생각되네. 그러니 지금 그와 내 처지는 서로 빚이 없는 상태라고 할 수 있네. 당연히 그는 밀문의 새로운 밀황이고 난 혈막의 총사. 그가 날 마중할 이유가 없다는 거지."

그러자 감궁이 고개를 저었다.

"그래도 저로서는 마땅치 않습니다. 그는 대인이 어떤 사람인지 잘 알고 있는데… 감히!"

"후후, 일천장, 팔이 안으로 굽는다는 말은 괜히 나온 말이 아니군. 자네조차 사태를 냉정하게 보지 못하니. 가세. 가서 그를 만나보세. 내 생각에 그를 얻는다면 난 혈막의 육 할을 손에 넣었다고 할 수 있을 걸세."

"그렇게까지야……."

"아니야. 그는 그럴 자격이 있어."

왕함보가 계단에서 엉덩이를 털고 일어났다. 그리고는 다시 천중원으로 이어지는 계단을 걷기 시작했다. 그의 옆으로 다시 아찔한 절벽 아래의 풍경이 들어온다.

"어허! 경치 좋구나!"

왕함보가 눈 아래 풍경을 내려다보며 시원하게 말했다.

타유는 천룡전 삼 층 누각에서 막 절벽의 계단을 벗어난 왕함보를 바라보고 있었다. 왕함보를 보면서 타유는 거대한 파도가 자신을 향해 밀려오는 듯한 느낌을 받았다.

"복수는 지금 끝낼 수도 있어."

타유가 중얼거렸다. 그의 말이 맞다. 복수는 지금이라도 끝장낼 수 있었다. 그는 이제 밀황이다. 밀황의 법은 밀문에서 절대적이다. 그러니 그는 청풍과 함께 계획했던 복수를 끝낼 수 있었다.

금석촌의 멸망에 직접 관여했던 자들, 사왕 이궐령과 모가장은 지금이라도 몰락시킬 수 있었다. 그리 어려운 일도 아니다. 찾아보면 그들을 벨 이유는 수도 없이 많았다. 그들을 베고 금석촌을 촌민들의 손에 돌려주면 복수는 끝이다.

청풍, 한 가닥 희망을 끈을 놓지 않고 있는 청풍의 복수 역시 이미 끝났다고 할 수 있었다. 천살문주 홍암을 죽였으니까. 그러므로 그의 복수는 지금 끝낼 수 있었다.

"아니, 밀문이 남아 있는 한, 혈막이 남아 있는 한 복수는 끝날 수 없다."

타유가 고개를 저으며 말했다. 자신이 떠나고 밀문이 다른 누군가의 손에 들어간다면 그자는 필시 또다시 금석촌을 밀문의 문하에 두려 할 것이다. 밀문이 멸망한다면 혈막의 다른 문파들이 밀문을 대신할 것이다. 그러니 완벽하게 일을 끝내려면 혈막이 사라져야 한다.

"어쩌면 핑계일지도 모른다."

타유가 다시 중얼거렸다.

언제까지 금석촌의 안위를 그가 책임질 수는 없다. 일단 밀문에게서 자유로워지면 그때부턴 금석촌의 촌민들이 스스로의 안위를 감당해야 한다. 그것이 세상의 이치가 아니던가. 그와 금석촌의 인연은 사실 청담 부자와의 인연으로 이어진 것이다. 그들에 대한 복수가 끝난 이상 그가 금석촌에 연연할 필요는 없었다.

그럼에도 불구하고 그는 금석촌의 영원한 안위를 위해 밀문을 없애고 혈막과 싸우려 하고 있다. 과연 그가 하고자 하는 일이 모두 복수와 금석촌의 안위를 위해서만 일까.

"나에게도 야망이 있는 건 아닐까?"

타유가 스스로에게 물었다. 가슴이 흔들린다. 단천마검이 소리를 내어 우는 것 같은 가슴 떨림이다. 단천마검을 들고 천하를 광풍처럼 질주하고 싶다는 욕구가 용암처럼 솟구쳤다가 사라졌다.

"풍, 네가 없으니 나도 무너져 가는 것 같구나."

타유가 중얼거렸다. 그의 삶에서 지금까지 그를 지탱해 준 것은 사람들이었다. 천살문의 살수 시절조차도 그는 자신의 야망보다는 자신의 사람을 위해 살았다.

그때는 홍연이 그의 삶을 결정하는 기둥이었고, 그 이후에는 복묘상, 다시 그 이후에는 청풍이 삶의 모든 것이었다.

그러던 그에게 이제 지켜줘야 할, 혹은 그의 삶에 생명을 불어넣어 주는 사람이 남아 있지 않았다. 그래서 청풍이 사라진 이후 타유의 삶은 마치 돛을 잃은 배처럼, 거친 바다 위에 떠 해류에 흘러 다니는 배처럼 흔들리고 있었다.

그 배는 타유를 어디로든 데려갈 수 있었다. 복수의 파도를 넘으면 그 이후는 백지와 같았다.

살겁의 혈풍 속으로, 혹은 야망의 광풍 속으로, 어디로든 흘러들어 갈 수 있는 배였다. 옳고 그름의 문제가 아니었다. 타유는 자신의 사람을 지키며 살아온 그 치열한 삶을 다른 무엇인가로 대신해야 살아갈 수 있을 것 같았다.

"그래서 저자가 두려운 거야."

타유가 중얼거렸다. 그의 눈에 이제 천룡전 앞에 다가선 왕함보가 보였다. 그가 고개를 들어 높이 솟은 천룡전을 바라보며 한줄기 미소를 지었다. 순간 타유의 몸에 소름이 돋았다.

"저자는 날 야망과 혈풍의 바다로 불러들일 수 있어. 저자의 입에서 나오는 이야기를 난 거절할 수 있을까?"

왕함보는 그를 모두를 감당할 수 없는 파국의 바다로 이끌 수도 있었다. 그러면 종래에는 모두가 파멸할 것이다. 타유가 크게 한숨을 쉬었다. 그러다가 고개를 젓고는 걸음을 옮기며 중얼거렸다.

"상관없지 않은가. 결국 거대한 파멸이 있은 뒤에야 살아남은 자들에겐 오랜 평화가 찾아오니까. 그중에는 금석촌도, 제수씨도, 혹은… 풍도 포함되겠지. 풍이 살아 있다면!"

타유가 신형을 돌렸다. 그리고 왕함보를 맞이하기 위해 걸음을 옮겼다.

타유가 대전에 내려왔을 때, 대전(大殿)에는 이미 일왕 원왕련과 사왕 이궐령이 나와 있었다. 그들은 타유가 대전에 들어서자 가볍게 고개를 숙여 보였다. 밀황을 대하는 예를 취한 것이지만 과거 사불을 대할 때에 비하면 예라고도 할 수 없었다.

"오셨습니까?"

원왕련이 정중하게 타유를 맞이한다. 타유로선 원왕련의 변화가 놀라우면서도 두렵다. 얼마 전까지 아랫사람으로 대하던 자신을 원왕련은 표정 하나 변하지 않고 밀황으로 대하고 있다.

"우리 모두에게 중요한 사람이 왔소이다."

타유가 말했다. 그러자 원왕련이 고개를 끄떡였다.

"그렇지요. 그는 정말 중요한 사람이지요."

그러자 타유가 원왕련에게 물었다.

"어떻소? 그가 혈막의 주인이 되는 것에 동의하시오?"

타유의 물음에 원왕련이 흠칫 놀란 표정을 짓는다. 이렇게 노골적으로 질문을 던질 줄은 몰랐던 모양이다.

"그, 그것은……."

"우리의 뜻을 하나로 모아야지 않겠소?"

타유가 다시 물었다. 그런데 그때 문득 대전의 문밖에서 갈목생의 목소리가 들렸다.

"밀황, 총사께서 오셨습니다!"

"모시게! 내 질문에 대한 대답은 그를 만나본 이후에 듣겠소."

"그러시지요."

원왕련이 고개를 끄떡인다. 그사이 대전의 문이 열리면서 왕함보가 모습을 드러냈다. 타유가 시선을 돌려 왕함보를 바라봤다. 타유의 눈에 살짝 이채가 서린다. 지금까지 타유는 여러 번 왕함보를 보았지만 오늘 같은 모습은 생경하다.

왕함보는 질 좋은 옷감으로 만든 푸른색 청삼을 걸치고 머리에는 문사건을 쓰고 있었다. 그로 인해 마치 그가 무공을 모르는 백면서생같이 느껴진다.

'혈막에서는 이 모습이었던 건가?'

한편으로는 이해가 가는 일이다. 혈막에서 총사 왕함보는 오류 수장들의 손과 발일 뿐이다. 그러니 가능한 오류의 수장들에게 무인으로서의 모습은 드러내고 싶지 않았으리라. 사실 왕함보가 무공을 지니고 있다는 것은 비밀이 아니었다. 그러나 그가 오류 수장들을 능가하는 무공을 지니고 있는 것을 아는 사람은 타유 말고는 없을 터였다.

"어서 오십시오, 총사!"

타유가 몇 걸음 앞으로 나가 왕함보를 맞았다. 그러자 왕함보가 두 손을 모아 포권을 하며 말한다.

"새로운 밀황의 탄생을 축하드립니다."

정중하기 이를 데 없다. 혈막의 총사로서 오류의 수장에 대한 예의를 잃지 않는 모습이다. 물론 그 모습이 타유와 원왕련, 그리고 이궐령에게는 더욱 두렵게 느껴졌다.

"먼 길에 수고하셨소이다. 그래, 길은 편하셨는지……?"

타유가 물었다. 그러자 왕함보가 실소를 흘리며 말했다.

"흘흘, 길이 워낙 험해 이 늙은 몸으로는 꽤나 힘에 겹더군요. 이젠 그만 총사의 일도 손을 놓아야 할 때가 아닌가 싶습니다."

왕함보의 엄살에 타유가 비릿한 미소를 흘리며 대꾸했다.

"그래도 이번 혼돈시는 주관하시고 물러나야겠지요?"

"하하! 하긴 그렇습니다. 그러고 보니 이번 혼돈시에선 새로운 총사를 뽑자고 해야겠습니다."

무서운 말이다. 이번 혼돈시에서 더 이상 혈막의 총사로 머물러 있지는 않겠다는 선언이다. 다시 말해 혈막의 주인이 되겠다는 말인 것이다.

"그도 한번 생각해 봐야겠지요. 그나저나 편히 이야기를 하려면 역시 대전보다는 다른 곳으로 자리를 옮기는 것이 좋겠소이다."

"음, 그렇다면 저야 좋지요."

왕함보가 고개를 끄떡인다. 그러자 타유가 원왕련과 이궐령을 보며 말했다.

"함께 위층으로 가십시다. 우린… 편한 자리가 필요한 사람들이 아니오."

묘한 분위기다. 특히 원왕련과 이궐령은 뭔가 조금 불편한 눈치다. 그도 그럴 것이, 천룡각 이 층의 작은 서재에 들어서서 사람들의 시선을 의식하지 않아도 되자 왕함보를 어떻게 대해야 하는가 하는 문제가 생겼기 때문이다.

두 사람은 그동안 왕함보를 대인이라 부르며 존중했다. 그러니 당장 혈막의 총사가 아니라 암중의 실력자 왕 대인으로 호칭하는 것이 옳겠지만 그러기에는 타유의 눈치가 보인다. 누가 뭐래도 타유는 이제 밀문의 주인이다. 밀문의 주인은 곧 혈막의 다섯 주인 중 하나, 그를 앞에 두고 혈막의 총사를 다른 신분으로 대한다는 것이 불편했다. 물론 타유 역시 왕함보가 총사가 아닌 다른 신분으로 살아왔다는 것을 알고 있지만.

"이곳은 참으로 기이한 곳입니다."

어색한 분위기를 깨며 왕함보가 먼저 입을 열었다.

"요의 황족인 야율가의 꿈이 서린 곳이지요."

타유가 대답했다.

"야율가의 꿈이라……. 천명은 한 번 지나가면 다시 잡기 어려운 법이거늘……."

"그래서 인간이 아니겠소이까? 인간은 틀린 줄 알면서도 미련을 버리지 못하는 법이라……."

"음, 하긴 그렇구려."

은연중에 왕함보도 말을 편히 한다. 그러나 타유는 그런 왕함보를 탓하지 않았다. 그도 혈막의 총사가 아닌 암중의 실력자로서 그와 이야기하고 싶기 때문이다.

"그래, 밀문의 혼란은 대충 정리가 되었소?"

왕함보가 다시 물었다. 그러자 타유가 무심하게 대답한다.

"그런 면에서 보면 이 밀문이라는 조직은 무척 수월한 곳이지요. 아시겠지만 밀문은 오직 강자존의 문파라 힘이 있는 사람이 곧 법인지라……."

"음, 그렇다 하더라도 전대 밀황을 충심으로 따르던 자들이 있었을 텐데……."

왕함보가 미심쩍은 눈으로 말했다. 그러자 원왕련이 입을 열었다.

"본래 전대 밀황의 심복이라면 밀황전의 네 사자와 삼전에 있던 여섯 명의 사자를 들 수 있지요. 물론 죽은 이왕이나 오왕 역시 충실한 심복이었습니다만… 그들이 모두 새로운 밀황께 충성을 약속했으니 더 이상 문제될 바가 없습니다."

"밀황께 내가 모르던 다른 능력이 있는가 보구려."

왕함보가 타유를 보며 물었다. 그러자 타유가 무심하게 대답했다.

"사람의 마음이란 아침과 저녁이 다른 법 아니겠소. 그나저나… 혼돈시 준비는 잘되어가시는지?"

이번에는 타유가 물었다. 마치 서로에게 날카로운 칼을 겨누는 듯한 대화이다.

"뭐 준비할 것이 있겠소? 이번 혼돈시는 가한산에서 치를 것인데 이미 지난번에 혈시를 배분하기 위해 회합을 한 경험이 있는지라 달리 준비할 것이 없소."

"오류의 혼돈시를 말함이 아니라 왕 대인의 혼돈시를 말함이오."

타유의 말에 왕함보의 눈빛이 번쩍인다. 드디어 제대로 된 거래를 할 때가 온 것이다.

"묻고 싶은 것이 있소."

왕함보의 말에 타유가 가볍게 고개를 끄떡이는 것으로 대답을 대신한다. 그러자 왕함보의 표정이 살짝 굳어졌다. 지금 타유의 행동은 오류의 주인이 혈막의 총사에게 질문을 허락하는 듯한 모습이기 때문이다. 그 자신이 이미 혈막 오류의 주인들을 넘어선 권력과 힘을 가지고 있다는 것을 무시하는 듯한 타유의 행동은 왕함보를 불쾌하게 만들 수밖에 없었다.

"밀황의 목표는 어디에 있소?"

왕함보가 조금 차가워진 목소리로 물었다. 왕함보의 이 한

마디 질문은 무척 많은 의미를 내포하고 있었다. 이제 밀황이 된 타유가 꿈꾸는 종착지가 어딘지에 따라 왕함보와 타유의 거래는 가능할 수도, 혹은 불가능할 수도 있었다.

"난 지금껏 어떤 목표를 정하고 삶을 살지 않았소. 그건 지금도 마찬가지지요. 운명이 이끄는 대로 그 끝이 무엇이든 내 의지대로 살아갈 뿐이오."

고단했던 어린 시절과 살행으로 점철된 청년 시절, 그는 꿈을 꿀 수 없었다. 그가 삶에 욕심을 내기 시작한 것은 난주에서 상목혜를 만난 이후였다. 그녀를 위한 삶이 한동안 그의 목적이었고, 그 이후에는 청풍이 생겨났다. 청풍과 함께 청담의 복수를 위한 삶이 또한 중년의 삶을 지배했다. 그러다가 청풍이 사라졌다. 그리고 이제 그에게 남은 것은 아무것도 없다.

지켜야할 것, 잃을 것이 없는 사람에게 삶이란 완전히 다른 세계다. 그에게는 즐거움도 없지만 또한 두려움도 없다. 그리고 욕망도 없으니 어떤 일에도 미혹되지 않는다.

그 과정이 험하기는 했지만 어쨌든 타유는 그런 경지에 도달해 있었다. 어떤 유혹에도 흔들리지 않을 정신을 가지게 된 그여서 운명이란 것이 그리 두렵지 않은 타유였다.

또한 세상이 두려운 자만이 권력과 재물에 욕심을 내는 법이라는 것을 이미 알고 있는 나이이기도 했다.

"세상의 정상에 오르고 싶은 생각은 없소?"

"오면 마다치는 않겠으나 굳이 그를 위해 수고를 할 생각은 없소."

타유가 대답했다. 그러자 왕함보가 살짝 아미를 모은다. 곤란한 일이 생겼을 때의 표정이다. 욕심을 갖지 않은 자와는 거래하기 힘들다. 욕심이 과한 자라면 부리기 좋고 욕심이 적은 자라면 경쟁하기 쉬운 법인데, 반드시 써야 할 사람이 욕심이 없다면 그것처럼 곤란한 경우가 없다.

"난… 혈막을 손에 넣고 싶소."

상대를 흔들 방도가 없을 때는 자신의 패를 먼저 보이는 것도 괜찮다. 왕함보가 먼저 자신의 야망을 드러냈다.

"그야 이미 알고 있는 일이오."

타유가 심드렁하게 대답했다. 왕함보의 은밀한 행보를 아는 사람이라면 그의 야심이 혈막의 전체에 있음을, 아니, 그를 넘어 천하에 있음을 모를 사람이 없다.

"날 도와줄 수 있겠소?"

왕함보가 계속해서 과감하게 대화를 이끌었다.

"나에겐 뭘 줄 수 있소?"

타유가 물었다. 그러자 왕함보가 고개를 저으며 말했다.

"그게 참 곤란한 일이오. 밀황과 거래를 하기기 쉽지 않구려. 밀황에겐 세상에 대한 욕심이 없는 것 같으니 통 내가 뭘 드려야 할지 모르겠구려. 내가 이 거래를 성사시키려면 뭘 해야 하오?"

그동안 왕함보가 살아온 방식으로는 참으로 굴욕적인 질문이다. 그가 이렇게 누군가에게 수동적인 모습을 보인 적이 있던가. 천하의 모든 사람을 발아래 두고 살아온 왕함보다.

"두 가지 일을 말하겠소. 하면 혼돈시에서 총사가 하는 일을 방해치 않겠소."

돕는 것이 아니라 방해하지 않겠다는 말은 어쩌면 거래를 거부하는 것 같지만 왕함보는 빙그레 미소를 지었다. 적이 아니면 친구가 되는 것이 무림의 상리다. 타유가 한 걸음 물러나 있는다 해도 결국에는 혼돈시에서 자신의 힘이 될 것이니 그로서는 타유가 적이 되지 않겠다는 약속만으로 충분하다.

"원하는 것이 무엇이오?"

왕함보가 물었다. 그러자 타유가 잠시 생각을 고르고는 대답했다.

"하나는 밀문의 힘을 나 모르게 쓰지 마시라는 거요."

이미 일왕과 사왕이 그동안 왕함보와 밀접한 관계를 맺어왔다는 사실이 드러났다. 그건 곧 밀문에서 밀황의 명 이외에 다른 자, 다시 말해 왕함보의 명을 따르는 자들이 존재한다는 것이다. 타유는 왕함보가 밀문에 심어둔 자신의 수족들을 움직이는 것을 원치 않았다.

"좋소. 그리하리다. 내 밀문의 힘이 필요하면 반드시 밀황과 상의하겠소."

"두 번째는… 어떤 상황이 되든 날 적으로 만들지 말라는 것이오. 설혹 총사가 혈막을 손에 쥐고 또 세상을 손에 넣어도 말이오. 이건 나를 위해서가 아니라 총사를 위해 하는 말이오. 돌이켜 보면 난 내가 지키고자 했던 사람을 하나도 지키지 못했소. 그러나 또한 반드시 내 사람들을 앗아간 자들에게 그 빚을 갚아주었소. 난 세상을 얻을 그릇은 아니지만 세상을 얻는 자의 목숨을 얻어낼 재주는 있소."

거래가 아니라 협박과도 같았다. 그리고 그 협박이 결코 허황된 것이 아니라는 것을 왕함보는 알고 있다. 살수였던 자다. 거기에 살수로서는 이루기 힘든 무공을 이뤘다. 욕심이 없고 손속에 정도 없다. 그런 자라면 천하에 베지 못할 자가 없을 것이다.

"좋소, 약속하겠소. 이 왕함보의 이름을 걸고 약속하오. 언제든 밀황을 존중하리다."

사람의 약속처럼 허망한 것이 있을까? 자신의 입으로 내뱉은 약속을 모두 지키는 자는 세상에 없다. 아주 사소한 것에서라도 약속은 언제나 틀어지게 마련이다. 타유가 그 사실을 모를 리 없다. 그러나 또한 세상은 이렇게 언젠가는 깨어질 약속을 믿고 살아가는 법이다.

"좋소, 그럼 우리 거래는 성사됐소. 결국 내가 할 일은 혼돈시에서 총사의 행보를 지지하는 것이겠구려."

"그것으로 족하오."

"혈시는 충분하오?"

"밀황이 밀문의 혈시를 움직여 준다면 나쁘지는 않소. 물론 일을 확실히 하려면……."

왕함보가 말꼬리를 흐린다.

"그렇다면 역시 살막이겠구려."

금세 왕함보의 속내를 알아챈 타유가 말했다. 왕함보는 지금까지 오류의 각 파벌 속에 자신의 사람을 만들어왔다. 그들은 혼돈시에서 결국 왕함보를 지지하게 될 것이다. 그런데 아무리 왕함보가 대단하다 해도 그렇게 숨겨놓은 자들만으로 혼돈시에서 혈막을 장악할 혈시를 확보하는 것은 어려운 일이다.

그런데 이제 밀문의 혈시가 그를 지지하게 되었으니 다른 한 곳의 지지만 이끌어낸다면 혼돈시에서 혈마천이나 천마성을 상대하는 데에 부족함이 없을 터였다. 물론 아예 살막과 독곡 두 곳을 모두 얻을 수 있다면 더할 나위가 없을 테지만 말이다.

"곧 살막주를 만날 생각이오."

"거래가 가능하겠소? 내가 본 그는……."

타유가 말꼬리를 흐린다. 과거 타유는 동정호에서 흑룡문을 멸살할 때 살막주를 만난 적이 있다. 그때 본 살막주의 성정은 무척 도도해서 누군가의 수하가 되는 것은 어려운 인물이었다.

"방도야 찾으면 없겠소?"

왕함보의 말에 타유의 눈빛이 반짝였다.

'이자가 살막에서도 혈겁을 일으키려 하는구나. 그렇다면 살막주를 베겠다는 말인데…….'

참으로 무서운 인물이라는 것을 새삼스레 느낀다. 물론 밀문의 반역은 자부진인 등나의 계책으로 인해 일어난 것이지만 어쨌든 왕함보의 힘 역시 크게 작용하여 밀문의 주인이 바뀌었다.

그런데 왕함보는 다시 오류 중 하나인 살막의 주인도 바꾸려 하고 있다. 오류 중 두 곳의 주인을 바꿀 수 있는 힘을 지닌 자는 설혹 오류의 주인 중에도 없을 것이다.

"하긴 총사께서는 천살문주도 살막에 들이셨으니 이미 오래전부터 살막을 장악하고 계셨다는 의미구려. 일은 밀문보다도 쉽겠구려."

타유의 말에 왕함보가 굳이 부인하지 않았다. 타유의 짐작대로 이미 살막은 그의 수중에 들어왔다고 생각하는 모양이다.

"독곡의 고수들은 만나보셨습니까?"

이번에는 원왕련이 왕함보에게 묻는다. 아마도 원왕련과 이궐령은 왕함보에 대해 타유보다 훨씬 많은 것을 알고 있으리라.

"음, 이야기는 나쁘지 않았소."

타유를 대하는 것과는 확연히 다른 왕함보의 태도다. 원왕련을 자신의 수하로 생각하는 듯 보였고, 원왕련 역시 그런 왕함보의 행동에 달리 불쾌하거나 어색한 모습을 보이지 않았으니 이들의 관계가 생각보다는 훨씬 밀접할 수도 있었다.

"그럼… 역시 살막만이 남은 거군요."

원왕련이 고개를 끄떡인다.

"곧 좋은 소식을 듣게 될 것이오."

왕함보가 빙그레 미소를 짓는다. 그러자 타유가 문득 화제를 돌렸다.

"이제 혼돈시가 채 다섯 달도 남지 않았구려."

"허허, 그렇구려. 세월은 유수와 같다더니……."

왕함보가 조금은 감상적인 표정으로 대꾸했다.

"아무튼 총사의 무운을 빌겠소이다."

타유가 덕담을 한다. 그러자 왕함보의 얼굴이 한결 밝아졌다.

"밀황이 도와주시니 든든할 뿐이오."

"하면 오늘은 피곤하실 터이니 그만 쉬시고 내일 다시 뵙시다."

타유가 자리에서 일어났다. 그러자 왕함보도 노구를 일으켰다.

"총사께서 쉬실 곳은 두 분께서 안내를 해주시지요."

"알겠습니다. 그리하지요."

타유의 말에 원왕련과 이궐령이 순순히 대답한다. 기실 그들은 앞으로의 일에 대해 왕함보와 달리 이야기를 나누고 싶었으나 타유의 눈이 있어 따로 시간을 내지 못하고 눈치만 살피고 있는 중이었다. 그런데 타유가 이렇게 알아서 세 사람만의 시간을 만들어주니 기꺼울 수밖에 없었다.

"그럼 편히 쉬시오."

"고맙소이다."

왕함보가 가볍게 고개를 까딱여 보이고는 천천히 장내를 벗어났다.

세 사람이 물러가자 타유가 고개를 돌려 벽 쪽을 보며 말했다.

"어떻소이까?"

타유의 물음에 갑자기 빈 벽이 좌우로 갈라지더니 허름한 옷을 입은 노인이 벽 사이에서 걸어 나왔다. 자부진인 등나다. 타유는 밀문을 장악한 후 강호에 나가 있는 모든 밀문도를 천중원으로 소집했으므로 등나 역시 그 핑계로 천중원에 들어와 있었다.

"나쁘지는 않구려."

등나가 대답했다. 사람들이 있는 곳에서 등나는 타유의 집사지만 사람들이 없는 곳에서 그는 자부진인이다.

"그런데 표정이 좋지 않구려?"

타유가 물었다. 그러자 등나가 뭔가를 망설이다가 물었다.

"정말 그에게 혈막을 안겨줄 것이오?"

타유가 왕함보와의 약속대로 행동할 것인지를 묻는 것이다.

"나쁘지 않다고 하지 않았소?"

"그와의 거래를 두고 한 말은 아니었소이다."

"하면 뭐가 나쁘지 않았다는 거요?"

"그가… 타 대협을 대하는 그 모습이 나쁘지 않았다는 거요. 그는 타 대협을 경계하면서도 또한 한편으로는 믿고 있소. 물론 자신을 도와줄 거라는 믿음이 아니라 약속을 지킬 것이라는 믿음일 거요. 그런데 그 믿음이 또한 나를 불안케 하오."

"어째서요?"

"나 역시 타 대협이 약속을 지키는 사람이란 걸 알기 때문이오. 그와의 약속대로라면 결국 혈막은 그의 손에 들어갈 거요. 그리고 만약 그가 혈막을 장악하고 나면 강호가 그의 손에 들어갈 것이고, 종국에는 천하가……. 이 일이 과연 세상을 위해 좋은 일이겠소?"

그러자 타유가 고개를 저으며 말했다.

"내가 상관할 바가 아니오. 그가 날 건드리지 않는다면 나 또한 그의 일에 관여치 않을 것이오. 그리고 혼돈시에서 그를 용납하려 하는 것은 적어도 그가 다른 오류의 주인 중 하나가 혈막의 주인이 되는 것보다는 나아 보이기 때문이오."

그러자 등나가 고개를 저었다.

"그렇지가 않소. 그는 다른 오류의 주인들과 비교해도 훨씬 무서운 사람이오."

"물론 그의 능력이 다른 오류의 주인들을 능가한다는 것은 알고 있소. 그러나… 그는 다른 자들과는 다른 눈을 가지고 있소."

"그게 무슨 말이오?"

등나가 이해할 수 없다는 듯 되물었다.

"그는 독선적이고 오만한 인물이기는 하지만 그렇다고 세상을 피로 물들일 광인은 아니오. 다시 말해 자신의 욕망을 통제할 줄 아는 자란 뜻이오. 그러니 힘을 얻는다 해서 세상을 파멸로 이끌지는 않을 것이란 말이오. 그러나 다른 자들은 다르오. 혈막이 처음 세상에 나와 천하를 장악했을 때 흘린 피를 생각해 보시오. 오류의 주인들은 다시 그 정도의 피를 흘리는 것을 망설이지 않을 거요. 그러나 적어도 왕함보 그는 그들보다는 좀 더 노련한 방법으로 세상을 다룰 것이오. 물론 그것이 의천맹과 같은 곳에서는 더 상대하기 힘든 일이기는 하지만……."

타유의 말에 등나가 한동안 타유를 보다가 불쑥 물었다.

"혈막이 다시 세상을 지배하는 것을 인정하겠다는 거요?"

"내가 상관할 일은 아니오."

타유가 냉정하게 말했다. 그러자 등나가 나직하게 탄성을 흘렸다.

"아, 내가 잘못 생각한 건가?"

"설마 내게 혈막을 막을 것을 기대했던 거요?"

그러자 등나가 정색을 하며 말했다.

"혈막이 다시 힘을 찾는다면 결국 또다시 강호가 그들의 손에 들어갈 것이고 종국에는 또 다른 원이 세상을 지배하게 될 것이오. 원이 지배한 세상이 어떠했는지 알고 있지 않소?"

등나의 말에 타유가 천천히 걸음을 옮기며 말했다.

"그들의 출현을 막으려면 그걸 절실히 원하는 사람들이 나서야 할 것이오. 난… 방관자일 뿐이오. 진인께서도 내가 어떤 사람인지 알고 계시지 않소? 그런 말은 내가 아니라 의천맹에 가서 해야 할 말이오."

"음, 그들로서는 절대 혈막을 막을 수 없소. 더군다나 왕함보 그자라면 더더욱 그렇소. 그를 상대할 수 있는 사람은 오직 타 대협뿐이오."

등나는 여전히 타유를 밀황으로 부르지 않고 타 대협이라고 불렀는데 그건 타유가 혈막의 사람임을 절대 인정치 못하겠다는 의미일 터였다.

"나도 그를 막을 수 없소."

타유가 단호하게 말했다.

"타 대협이라면 가능하오!"

등나가 고집을 부린다. 그러자 타유가 정색을 하며 물었다.

"정말 가능할 것이라고 생각하오?"

"그, 그렇소."

"몇 할의 가능성이 있겠소? 설마 십 할이라고 말하지는 못할 것이오."

타유의 목소리가 갈수록 냉정해진다.

"적어도… 오 할의 가능성은 있소."

"후후, 진인께서도 가끔 이렇게 허언을 하시는구려. 그의 무공을 읽으셨소?"

그러자 등나가 고개를 저었다.

"아니, 읽지 못했소."

"그럼에도 오 할이오?"

"그것은……."

등나가 말꼬리를 흐린다. 그러자 타유가 냉정하게 말했다.

"솔직히 말해 그와 겨룬다면 내가 이길 가능성은 채 삼 할이 되지 않소. 그의 무공은… 도저히 그 정체를 가늠할 수 없었소. 그의 기운은 숲에 내려앉는 안개처럼 가볍지만 그 안개의 기운이 태산을 옭아매 역발산의 힘으로도 벗어날 수 없게 만드오. 그런 기이한 기운을 흘려내는 무공이 존재할 거라고는 생각지도 못했소. 나와 같은 살수 나부랭이가 감당할 무공이 아니라는 말이오."

"그를 타 대협 홀로 감당하라는 것은 아니오."

등나가 말했다.

"그럼 누가 있어 함께 그를 도모한단 거요?"

"찾아보면 어찌 강호의 기인이사가 없겠소. 당장 의천맹의……."

"의천맹이라……. 진인, 진인께서는 마뇌 하순과 화합할 수 있소?"

"그것은… 천하를 위한 일이라면 어쩔 수 없지 않겠소?"

등나의 말에 타유가 가련한 표정으로 등나를 바라본다. 그러면서 물었다.

"그는 어떨 것 같소. 천하를 위해 진인의 뜻을 따를 것 같소?"

"어쨌든… 설득해야지 않겠소."

등나가 말했다.

"진인도 알고 나도 아는 것이 있소. 만약 그를 설득해 어떻게든 혈막과의 대전을 승리로 이끈다 해도 그 이후에는 세상이 어찌 될 것 같소? 아니, 진인 자신은 어찌 될 것 같소? 아마도 마뇌 하순의 시기심에 토사구팽을 면하지 못할 거요. 물론 진인뿐 아니라 나도 마찬가지겠지. 그때가 되면 의천맹에서는 내게 마두의 오명을 씌워 날 제거하려 할 거요. 이 일은… 보지 않아도 능히 짐작할 수가 있는 일이오. 그런데도 내가 나서야겠소?"

그러자 등나가 괴로운 듯 말했다.

"세상은 가끔… 누군가의 희생을 필요로 하오."

"미안하지만 난 그런 희생에는 관심이 없소."

"음……."

등나가 가만히 고개를 저었다. 그가 생각하기에도 타유의 희생을 강요할 수는 없는 일 같았다. 그러다가 문득 고개를 들어 타유를 보며 말했다.

"잠시 천중원을 떠나 있어야 할 것 같소."

"의천맹으로 가시려오?"

"아무래도……."

"세상은 진인의 진심을 알아주지 않을 거요."

"그렇기는 하겠지만 나로서도 할 일은 해야 할 것이기에. 그래도 사람들에게 현자 소리를 듣는 내가 아니오? 이름값은 해야지."

"마뇌 하순이 진인과 같은 마음이었다면 좋았을 것이오. 그랬다면 아마도 오래전 송백림이 일어났을 때 혈막이 무너졌을지도 모르겠소."

"후후, 그때는 사실 불가능한 일이었소. 혈막의 존재 자체도 제대로 모르고 있을 때였으니. 아무튼… 조심하시구려. 이 밀문이라는 곳은 참…….”

“그동안 진인께서 계셔서 든든했는데 이제야말로 나 홀로 남게 되었구려. 이 밀문에.”

타유의 얼굴에도 아쉬운 기운이 감돈다. 청풍과 등나가 아니라면 천중원에서 그가 믿을 수 있는 사람은 아무도 없다. 두려움보다는 때늦은 쓸쓸함이 밀려온다. 그 모습을 보고 있던 등나가 말했다.

“아마… 곧 돌아올 것이오.”

“하긴 밀문만큼 혈막의 소식을 빨리 알 수 있는 곳도 드물긴 하오.”

타유가 미소를 지었다. 그러자 등나 역시 미소로 답한다.

“그래도 이 사람의 출입을 막지 않아 고맙소.”

“밀문이야 어찌 되든 나야 별 상관없소.”

“하루빨리 마음의 안정을 찾길 바라겠소.”

등나가 뼈 있는 충고를 한다. 그러자 타유가 잠시 침묵을 지키다가 대답한다.

“역시 진인이시구려. 아주 고마운 충고요. 진인께서 떠나시면 나도 잠시 모가장엘 다녀와야겠소.”

“그러는 것이 좋을 듯하오. 내가 최대한 금석촌의 안위를 살펴놓고 왔지만 떠날 때 보니 모잠이나 전대 안주인 종청영 역시 금석촌에 대한 미련을 버리지 못하는 것 같았소. 비록 금석촌에서 기른 고수들이 있다고는 해도 그들만으로는 무척 위험한 일이오. 하긴 뭐, 타 대협이 밀황이니 모가장주도 함부로 금석촌을 되찾겠다고 나서지는 못하겠지만……."

"이번 기회에 그쪽 일을 매듭지을 생각이오. 한 가지 부탁을 해도 되겠소이까?"

"말씀하시오."

"혹 상원에 들를 수 있다면 한 사람에게 내 서신을 전해주시오. 안부를 전할 사람이 있소."

타유의 말에 등나가 의아한 표정을 지으면서도 고개를 끄떡인다.

"알겠소이다. 어려운 일은 아니오."

등나는 자신이 말한 대로 그 다음날 타유의 명을 받은 모습으로 천중원을 떠났다. 반면 왕함보는 닷새를 더 천중원에 머물렀다. 그 닷새는 타유에게도 무척 유용한 시간이었다.

왕함보에게서 혈막 오류에서 과거와 현재에 일어난 모든 일을 상세히 들을 수 있었기 때문이다. 과거 밀문 삼왕 시절에는 알 수 없었던 일들, 오직 오류의 주인 자격을 갖춘 자만이 들을 수 있는 일들을 왕함보는 마치 제자에게 무공을 전수하듯 세세히 전했다.

왕함보가 그렇게 상세히 혈막의 사정을 전한 이유가 타유가 결국에는 자신을 도와 다른 오류의 수장들을 상대해 주길 바라는 마음이기 때문이라는 것을 모를 리 없지만 어쨌든 왕함보의 이야기는 타유에겐 무척 유용한 것들이었다.

그렇게 닷새를 천중원에서 보낸 왕함보가 떠나고 나자 타유는 밀문의 고수들을 모아놓고 그들 하나하나에게서 충성의 서약을 받은 후 왕사미와 갈목생, 그리고 유창을 데리고 단출하게 천중원을 떠났다.

第三章 소멸과 탄생

수선경

며칠째 식음을 전폐하고 쇠를 두드리고 있는 아들을 방남산은 걱정스런 눈으로 바라보고 있었다. 강검산은 마치 혼이 빠진 사람 같았다. 강검산이 검을 만드는 것이 아니라 쇠 스스로 검이라는 옷을 입기 위해 강검산을 부리는 것처럼 강검산은 모든 진력을 검을 만드는 데 쏟아붓고 있었다.

그러나 방남산은 강검산을 만류할 수 없었다. 화마경주이기 이전에 노련한 대장장이인 방남산은 지금 강검산을 만류한다면 신검을 만들기 위해 다시 몇 개월, 혹은 몇 년의 시간이 더 필요하다는 것을 알고 있기 때문이다.

선승 묵철이 신검을 만들기 위해 구해온 쇠, 수년을 두드려도 그 모양이 크게 변하지 않던 쇠가 지난 몇 개월 동안 강검산의 노력에 의해 사람의 힘으로 다룰 수 있을 만큼 연하게 변해 있었다.

그러나 만약 강검산이 쇠 다루기를 멈춘다면 쇠는 단 하루가 지나지 않아 다시금 누구도 손댈 수 없는 단단한 무쇠로 변하고 말 터였다. 그러니 강검산은 쇠를 다루는 손길을 멈출 수 없었고, 방남산 역시 강검산을 만류할 수 없었다.

강검산을 걱정하는 것은 방남산만이 아니었다. 언제부터인가 선승 묵철 역시 선경의 수련에 심취한 청풍보다 쇠를 두드리는 강검산의 대장간에 더 많은 시간을 머물고 있었다.

오늘도 두 사람은 익숙한 손길로 쇠를 두드리고 다시 불에 달구기를 반복하는 강검산의 등을 바라보고 있었다. 우람한 체격이던 강검산의 등은 뼈가 드러나 보일 정도였는데, 제대로 먹지도 못하고 쉬지도 못한 탓에 키는 그대로인데 가을날 잎 떨군 싸리나무처럼 바싹 말라 있었다.

"괜찮겠소?"

문득 묵철이 나직하게 입을 열었다. 그러자 방남산이 고개를 끄떡인다.

"왜 선승께서 저 아이를 신검을 쓸 아이가 아닌 만들 사람으로 키우게 했는지 이제야 이해를 할 것 같습니다."

방남산이 걱정스런 눈길을 보내면서도 한편으로는 강한 신뢰감이 깃든 눈으로 강검산을 보며 말했다.

"무던한 아이지요."

묵철이 대답했다.

“무던하다는 말로는 설명할 수 없는 아입니다. 타고난 화기에 두렵기까지 한 저 고집, 그리고 그 고집을 감당할 수 있는 선천적인 근골, 신검을 만들 수 있는 대장장이는 세상에 오직 저 아이 하나일 겁니다. 저 아이의 저런 고집스러움을 생각하면 사실 저조차도 신검을 만들 수 없었을 겁니다. 선승께서는 이미 그 사실을 알고 계셨겠지요?”

그러자 묵철이 고개를 저었다.

“화마경주시라면 당연히 신검을 만드실 수 있었을 것이오. 다만 다른 경주들의 경계심을 누그러뜨리기 위해서 다른 사람이 필요했을 뿐이오.”

묵철의 말에 방남산이 빙그레 미소를 짓는다.

“선승께선 이 사람의 체면을 생각해 그리 말씀하시지만 사실 저로서는 절대 신검을 만들 수 없었을 겁니다. 저 아이에 비하자면 내가 나은 것은 화마경의 성취뿐인데 그것만으로는 신검을 만들 수 없지요. 저 아이의 저 순수한 고집이랄까, 아무튼 나와 다르다는 것을 이젠 저도 인정할 수밖에 없군요.”

“친부에게서 물려받은 고집이 있는 아이지요. 어쨌든 사람은 각기 타고난 자신의 몫이 있기 마련 아니겠소?”

더 이상 묵철도 부인하지 않았다. 신검을 만들 사람은 오직 강검산뿐이라는 것을.

“그러나저러나 걱정입니다. 어서 신경을 녹여야 할 터인데…….”

“그 결정은 오직 검산 저 아이가 할 수 있으니 기다려 봅시다."

"청풍은 어떠합니까?"

방남산이 문득 물었다.

"그 아이도 요 며칠째 식음을 전폐하고 있소이다."

"음, 공교롭군요. 두 아이가 한시에 절정에 들어서다니. 아쉽기도 합니다. 청풍 그 아이가 신검이 만들어지는 모습을 봤으면 했는데……."

방남산의 얼굴에 아쉬운 그늘이 묻어난다.

"다행일 수도 있지요. 신검이 만들어지는 과정이 고통스러웠다는 것을 알면 신검을 쓰는 것에 일말의 망설임이 있을 수도 있소이다."

묵철이 말했다. 그러자 방남산이 고개를 저었다.

"제 생각은 다릅니다. 신검의 주인은 곧 천하제일인입니다. 설혹 그의 묵공이 완성된다 하더라도 신검을 꺾지는 못할 겁니다. 그러니 천하제일의 힘을 얻게 된 청풍에게는 신검이 결코 우연히 만들어진 것이 아니라 누군가의 희생에 의해 만들어졌다는 것을 알려줄 필요가 있지요. 말보다는 자신의 눈으로 말입니다. 그래야 신검을 소중히 다룰 겁니다."

방남산은 아무래도 강검산의 희생을 청풍이 조금이라도 알아주었으면 하는 눈치다. 그도 그럴 것이, 강검산이야말로 그의 아들이 아닌가. 비록 자신의 피를 받은 것은 아니지만 어쨌든 그의 부정은 다른 부모에 못지않다. 그런데 묵철은 그런 방남산과는 생각이 다른 듯 보였다.

"그래도 전 그 아이가 신검이 완성되는 과정을 보지 않기를 바라오."

"어째서 말입니까?"

"애초에 그 아이에겐 신검에 대한 욕심 따위가 없기 때문이오. 그러니 오히려 신검을 만들어지는 과정을 보게 된다면 그 아이는 신검을 취하지 않을 수도 있소."

"음, 그 정도 성정의 아이였나요?"

"그래서 그 아이가 신검의 주인이어야 한다는 것이오. 누구라도 신검을 손에 넣으면 그 힘에 굴복해 세상을 향해 야망을 품을 수 있을 것이오. 그건… 검산이라 하여 다르지 않다고 생각하오. 물론 검산이야 신검의 힘을 빌려 세상에 정의를 세우려 할 것이지만 그것 역시 신검의 몫은 아니라고 생각하오. 신검의 주인은 오직 무욕, 무욕이 필요할 뿐이오. 신검 따위, 오히려 거추장스러워하는… 그리하여 일이 끝났을 때에는 미련 없이 신검을 없애 버릴 수 있는 그런 사람 말이오. 그게 세상을 위해 가장 안전한 길이오."

묵철의 말을 들은 방남산이 곰곰이 생각에 잠긴다. 그러다가 문득 고개를 끄떡였다.

"듣고 보니 제 생각이 짧았군요. 난 검산이 희생을 하고 청풍이 이득을 취한다고 생각했는데 청풍의 입장에서 보자면 신검으로 인해 자신의 삶을 포기하게 되는 꼴이군요."

"그렇게 생각할 아입니다."

"그럼 더 걱정 아닙니까? 나중에 신검을 어찌 처리할

지……?"

"그야 당연히 없애야지요."

"결국 그렇게 되는 건가요?"

방남산의 얼굴에 언뜻 아쉬움이 깃든다. 천하에서 가장 신비로운 검을 없앴다는 것에 대한 아쉬움이 검을 만들기도 전에 드는 것이다.

"신검이 세상에 남아 있다면 오경이 세상에 남아 있는 것과 무엇이 다르겠소?"

"그렇긴 하지요."

방남산이 무겁게 고개를 끄떡인다.

"사실 지난 세월 동안 오경의 경주들이 세상에 침묵한 것이 기적이라 할 것이오. 언제까지 그런 기적을 기대할 수도 없는 문제이고……."

다시 방남산이 묵묵히 고개를 끄떡인다.

"그러니 그 아이의 묵공을 상대하기 위한 검이니 그 일이 끝나면 세상에서 사라지는 것이 맞소. 더불어 오경도 사라지게 되었으니 이야말로 일석이조 아니겠소?"

"아쉬운 것은 신인 도명조사의 유진 역시 세상에서 사라진다는 것이지요. 누가 뭐래도 우린 그분의 후예가 아닙니까?"

방남산의 말에 이번에는 묵철이 고개를 끄떡인다. 그러면서 나직하게 중얼거렸다.

"인간이 품기에는 너무 뛰어난 물건을 남기셨지요."

"하기야……."

그런데 그때였다. 문득 등을 돌리고 있던 강검산이 조금 지친 듯한, 그러면서도 굵은 목소리로 말했다.

"오경을 녹일 때입니다."

"이크, 때가 되었구나!"

방남산이 화들짝 놀라 대장간 안으로 들어갔다. 반면 묵철은 오히려 대장간을 벗어나며 말했다.

"오경을 가져오마!"

아주 기이한 아침이었다. 어떠한 변화도 일어나지 않았는데 또 완벽하게 변해 있었다. 꿈을 꾼 듯하기도 하고 아주 오랜 잠에서 깨어난 것 같기도 했다.

청풍이 눈을 떴다. 며칠의 시간이 지났는지 알 수 없었다. 새벽빛이 저녁 어둠처럼 다가왔다. 머리가 텅 빈 듯하다. 지난 세월 그가 알고 있던 세상에 대한 지식과 삶의 기억이 모두 빠져나간 듯하다. 그리하여 지금부터 다시 새로운 기억을 머리에 쌓아가야 할 것처럼 머리가 텅 비어 있다.

그렇다고 기억이 없는 것은 아니다. 오히려 그의 기억은 그가 운기에 들기 전보다 훨씬 먼 곳, 그의 친부 청담과 모친 복묘상과의 어린 날까지 기억해 내고 있었다.

자리에서 일어난 청풍이 툭툭 옷자락에 묻은 먼지를 털어냈다. 그리고는 팔과 어깨, 그리고 목과 다리를 조금씩 움직여 역시 잠들었던 근육을 깨웠다. 한결 가벼워진 몸이다. 바람에 몸을 맡기면 당장이라도 타유와 어머니 복묘상이 있는 중원으로 날아갈 것 같은 기분이다.

그러나 이곳은 해동의 깊은 산속, 다른 현실이 그를 기다리고 있음을 알고 있는 청풍이다. 그런데 그때였다. 갑자기 머리끝 한쪽이 삐죽이 서는 느낌이 들었다. 마치 누군가가 그의 머리를 잡아당기는 듯한 느낌이다.

"무슨 일이지?"

청풍이 나직하게 중얼거리며 그의 신경을 건드리는 방향으로 고개를 돌렸다. 그러자 좀 더 강렬한 기운이 느껴진다. 그와 보이지 않는 끈으로 연결되어 있는 그 무엇인가가 그를 부르는 느낌이다.

"뭔가 일이 생겼구나."

청풍은 금세 그를 잡아끄는 기운이 강검산의 대장간이 있는 방향에서 오고 있음을 알아챘다. 결국 신검을 만드는 일에 중대한 변화가 일어났다는 의미다.

"완성되고 있는 건가?"

청풍이 깊은 숨을 들이쉬었다. 얼굴도 모르는 여인과 혼인을 앞둔 느낌이다. 신검에 대한 두근거림과 함께 두려움이 느껴진다. 그래도 어쩔 수 없는 일이다. 운명은 받아들이고 싸워내야 한다. 청풍이 낯선 존재를 향해 걸음을 내디뎠다.

"도대체 누굴 만나러 가는 거죠?"

젊은 여인이 길도 없는 산을 오르는 중년 여인에게 물었다. 아니, 중년 여인이란 말은 잘못된 것일 수도 있었다. 앞서 가는 여인의 외모가 비록 중년 여인으로 보인다 해도 여인은 이미 육십을 넘은 지 오래였다.

"네가 반가워할 사람이 있을 거다."

"제가 아는 사람을 만나러 간다는 건가요?"

"그래."

중년 여인이 고개를 끄떡였다.

"화산의 사람인가요?"

문득 젊은 여인이 걸음을 멈췄다. 그녀의 얼굴이 굳어 있다.

"화산의 사람이면 안 된다는 거냐?"

중년 여인이 돌아보며 물었다.

"지금은… 만나고 싶지 않아요."

"왜? 네가 화산이 아닌 다른 사람의 무공을 전수받아서?"

"…어쩌면……."

젊은 여인이 머리를 끄떡인다. 그러자 중년 여인이 단호한 표정으로 말했다.

"조명, 넌 이제 화산의 제자이기 이전에 패경의 전수자다. 패경의 전수자는 그 누구도 두려워 않는다. 그러니 화산이 아니라 세상의 그 누구 앞이라도 넌 당당해야 해."

중년 여인의 말에 젊은 여인, 동정호에서 패경주가 데리고 갔던 조명이 갈등이 담긴 눈으로 중년 여인을 바라봤다.

"전 패경주가 될 생각이 아직 없어요."

그러자 중년 여인, 당대의 패경주가 조명을 바라본다.

"진정이냐?"

"그래요."

"좋아, 나도 네게 패경주가 되라고 강요할 생각은 없다. 그러나 내가 널 살리고 또한 네게 패경의 정수를 전수했으니 내 부탁 하나는 들어다오."

"말씀하세요."

조명이 말했다. 그러자 패경주가 잠시 먼 산을 바라보다 무겁게 입을 열었다.

"솔직히 말하자면 네가 패경주가 되든 안 되든 우리 대에서 패경의 역사는 끝난다."

패경주의 말에 조명이 깜짝 놀라 패경주에게 되물었다.

"그게 무슨 말씀이시죠?"

"패경뿐만 아니라 오경의 전설이 끝날 때가 되었다는 말이다. 사실 이 길은 그 전설의 끝을 보기 위해 가는 길이다. 그러니 네가 패경주가 되든 말든 내게 그리 중요한 문제는 아니다. 그러나… 그러자니 마음이 공허하구나. 오경의 경주들은 신의 무공을 지닌 사람이다. 그러나 그들의 마음은 무공과는 달리 인간의 그것일 뿐이다. 시기와 질투, 야망과 욕망이 그들이라고 없겠느냐?"

"그렇겠지요."

조명이 고개를 끄떡였다. 무공의 고하와 사람의 선악은 사실 상관이 없는 문제였다.

"그래서 패경의 마지막을 장식하기로 결심했으면서도 내겐 여전히 패경주로서의 아집이 남아 있구나."

"아집이라뇨?"

"음, 우리 오경의 경주들이 꼭 세상을 포기해야 하는 것인가 하는 것에 대한 의문 말이다. 더군다나 전설을 끝내야 하는 것인가는 더 심각한 문제지. 그러나… 나 역시 이 일을 주도한 선승의 방책이 옳다는 것을 알고는 있다. 다만… 내 마음이 그걸 받아들이기 힘든 것이지. 그래서 의심이 아니라 아집이라고 말한 거다. 또한 그 이유로 나 자신이 스스로 납득할 만한 근거를 만들고 싶구나."

"……?"

조명은 패경주가 하는 말을 알아들을 수 없었다. 오경주의 관계는 대략 들어 알고 있지만 그들 사이의 자세한 내막을 이제 겨우 일여 년 오경의 세계의 발을 들인 그녀가 알 수는 없는 일이었다.

"전설의 끝은 끝이 아니다. 새로운 시작이지."

"어떤 시작을 말하는 것이죠?"

"우리 대에 오경은 사라진다. 오경의 전설은 그 무공의 구결도 구결이지만 그 구결이 새겨진 동경의 신묘함으로 지금까지 이어져 왔다. 다섯 개의 동경은 신비한 힘을 지니고 있어서 그걸 품고 있는 사람에게 자신도 모르는 사이에 그 기운을 전해주지. 지금껏 오경의 경주들이 천외천의 신인으로 존재할 수 있었던 이유도 단지 그 무공 때문만이 아니라 바로 동경의 존재 때문이었다. 그래서 오경의 전설을 끝내려면 그 동경들을 없애야 한다. 우린 그 다섯 개의 동경을 녹여 하나의 신검을 만들기로 했단다."

"아!"

조명이 나직한 탄식을 흘렸다. 천외천의 존재를 있게 한 다섯 개의 동경을 녹여 그 기운이 깃든 검을 만들 수만 있다만 아마도 그 검은 천하에서 가장 신비로운 검이 될 것이다. 패경주의 말이 맞다. 오경의 전설은 끝날지 몰라도 새로운 신검의 전설이 시작될 것이다.

"세상은 오히려 더 위험해질 수도 있겠군요."

"그럴지도 모르지. 그래서… 신검의 주인은 무척 신중하게 선택되었다."

"이미 신검의 주인이 정해졌다는 건가요?"

"그렇다고 할 수 있지."

"그가 누군가요? 어떤 사람이기에……? 혹 선승 묵철이란 분인가요?"

"아니다. 선승은 신검의 주인이 될 자격이 충분한 사람이지만 그 스스로 그 검을 들 수 없는 다른 이유가 있다. 그리고… 사실 오경주 중 누군가를 신검의 주인으로 정했다면 모르긴 몰라도 오경주들은 결코 자신의 동경을 내놓지 않았을 것이다."

"그럼 누군가요?"

조명이 호기심 가득한 눈으로 물었다. 그러자 패경주가 물끄러미 조명을 바라보다 말했다.

"곧 그를 만나게 될 것이다. 그리고 넌 그와 겨뤄야 한다."

"제가 그와 겨룬다고요?"

"그래. 그것이 내가 널 살려주고 또한 패경의 무공을 전수한 것에 대한 대가다. 네가 패경주가 되기 싫다면 하지 않아도 된다. 그러나… 이 비무만큼은 꼭 해줬으면 한다. 네가 신검의 주인과의 비무에서 패한다면 그때는 나도 오경의 전설이, 패경의 야망이 끝났음을 받아들일 수 있을 것 같구나. 해주겠느냐?"

패경주의 말에 조명이 잠시 당황했다. 그녀와 일 년여를 함께 있었지만 무엇인가를 이렇게 정중하면서도 간절하게 부탁한 적은 없었다. 아니, 패경주는 부탁이란 것이 어울리지 않는 사람이었다. 그런데 지금 그녀가 간절하게 부탁하고 있다. 꿈에서 깨어난 사람이 여전히 꿈꾸고 싶어 하는 듯한 간절함이 그녀의 목소리에 담겨 있다.

'아니면 다른 사람이 꿈에서 깨어날 때라는 것을 말해주길 바라는 것이겠지.'

조명이 생각했다. 그러자 갑자기 패경주가 가련하게 느껴진다. 천하를 오시할 만한 무공을 지닌 이 오만한 여인에게서 처음으로 절망감 같은 것이 전해졌다.

"비무만 하면 되나요?"

조명이 물었다. 그러자 패경주의 얼굴이 밝아진다.

"기왕이면 이기면 좋지."

여전한 승부욕이다.

"승리는 몰라도 비무라면 어려울 것 없죠."

"최선을 다해야 한다. 또한 내가 가르쳐 준 다섯 초식의 도법을 모두 펼쳐야 한다. 그럼에도 네가 그를 이기지 못한다면 비무는 그것으로 끝이다."

"알겠어요. 그런데 지금의 제 공력으로는……."

조명이 뭔가 걱정스런 표정을 지었다. 그러자 패경주가 걱정 말라는 듯 말했다.

"네 공력이 걱정이냐?"

"네."

"걱정 말거라. 내게 생각이 있으니."

"어떻게 하시려는 거죠?"

조명이 서둘러 물었다. 그러나 패경주는 조명의 말에 대답하는 대신 주위를 돌아보며 말했다.

"날이 어두워졌구나. 이제 겨우 반나절 길이 남았는데 어쩔 수 없이 노숙을 해야겠군. 저기로 가자."

패경주가 손을 들어 노을과 어둠의 경계에 살짝 드러난 동굴을 가리켰다. 그리고는 조명의 대답을 들을 사이도 없이 신형을 날려 단번에 동굴을 향해 날아갔다. 그런 패경주를 보며 조명이 고개를 저었다. 그리고는 어쩔 수 없다는 듯 패경주를 따라 신형을 날렸다.

두어 자 크기의 용광로가 붉게 달아오르고 있었다. 이미 사방에 어둠이 내려서인지 달아 오른 용광로가 더욱 붉게 보였다. 용광로 곁에는 강검산이 있었다. 그는 이제 완연하게 검

모양을 갖춘 철을 천천히 두드리고 있었다. 가끔은 불 속에 집어넣어 달궈내기도 했지만 그 횟수는 많이 줄어들어 있었다.

그런 그의 옆에서 풀무질로 용광로를 달구고 있는 사람은 방남산이었다. 그리고 그런 두 사람의 뒤쪽으로 묵철이 다가왔다.

"동경을 가져왔다."

묵철이 강검산에게 말했다.

"용광로에 넣으세요."

강검산이 무덤덤하게 말했다. 수백 년간 천하제일의 기보로 전해져 온 동경들을 녹이라는 말이 너무나 쉽고 가볍다.

"그냥 넣으면 되느냐?"

묵철이 다시 물었다. 동경이라면, 천하에서 가장 신비로운 물건인 동경이라면 특별한 준비를 해야 하는 것 아닌가 하는 생각이 드는 모양이다. 그러나 묵철의 기대와는 달리 강검산의 대답은 너무나 냉정하다.

"넣으세요."

심드렁하기까지 한 강검산의 말에 묵철이 머쓱한 표정을 짓고는 품속에서 다섯 개의 동경을 꺼내 들었다. 순간 대장간 안이 대낮처럼 환해졌다.

수백 년간 천하제일의 기보였던 다섯 개의 동경, 그 가치를 증명이라도 하는 듯 그 어떤 보석보다도 신비로운 빛을 흘려내는 동경들이다. 그것들을 손에 든 묵철의 눈빛이 살짝 떨렸다.

깨달음에 이른 선승이면서, 또한 오경 중 가장 신비롭다는 선경주 묵철조차도 자신의 손으로 오경의 신화를 끝내려는 순간에는 마음이 초연할 수 없었다.

"시간 없어요."

다시 무심한 강검산의 목소리가 들린다. 어쩌면 그중 하나는 자신의 것이 되었을 수도 있을 오경에 대한 욕심이나 미련 같은 것은 찾아보기 힘든 강검산의 목소리다.

강검산의 말에 묵철이 씁쓸한 미소를 지었다. 마치 수십 년 공덕이 한순간에 무너지는 듯한 느낌이 드는 듯하다. 여전히 그의 마음속에 오경에 대한 욕심이 남아 있었다는 것이 그 스스로 자괴감에 빠지게 했다.

툭!

그 자괴감으로부터 벗어나려는 듯 묵철이 다섯 개의 동경을 용광로 속에 미련 없이 던졌다.

우우웅!

뜨겁게 달궈진 용광로 속에 들어간 동경들이 기이한 울음을 흘려냈다. 마치 살아 있는 생명처럼, 다섯 개의 경전이 살기 위해 몸부림을 치듯 강렬하게 요동친다. 그러나 아무리 신물이라도 결국 오경은 동으로 만들어진 거울에 지나지 않았다.

스스스!

채 일각이 지나지 않아 묘한 연기를 뿜어내며 동경들이 녹아내리기 시작했다. 그렇게 녹아내리는 동경 위로 연기를 타고 환영처럼 동경에 새겨진 글귀들이 떠다니는 듯도 싶었다.

"에잇!"

방남산이 화난 소리를 토해내며 더욱 거칠게 풀무질을 해댔다. 녹고 있는 동경 중에는 그의 화마경도 있다. 스스로 동의한 일이지만 화마경이 녹고 있다는 생각을 하자 화가 치밀어 오르는 것이다. 화난 손길에 더 강렬해진 풀무질로 용광로 아래쪽의 장작이 기승을 부리며 타기 시작했다.

츠으으!

묵철은 마지막 한 조각까지 녹아내리는 동경을 자신의 분신이 녹아내리는 듯한 심정으로 바라보고 있었다. 그런데 그런 그의 정신을 다시 강검산이 깨웠다.

"다 녹았나요?"

"음… 그래, 다 녹았구나."

"푸른빛이 돌면 말씀해 주세요."

"알겠다."

묵철이 고개를 끄떡였다. 그러자 강검산이 지금까지와는 달리 좀 더 힘을 내서 검을 두드리기 시작했다.

청풍은 강검산 등 세 사람이 들어가 있는 대장간을 오래전부터 지켜보고 있었다. 세 사람은 거의 두 시진째 대장간 안에서 신검의 완성을 위해 땀을 흘리고 있었다.

오경이 녹아들어 간 용광로가 처음에는 붉은빛을 내다가 그다음에는 눈처럼 하얀빛을, 그리고 급기야는 투명한 푸른빛을 내기 시작했다.

"푸른빛이다."

묵철이 용광로 안의 사정을 급히 강검산에게 전했다. 그러자 강검산의 우렁찬 목소리가 들려왔다.

"두 분 다 이제 물러나세요! 이제부턴 제 일입니다!"

"조심해야 한다."

방남산의 걱정스런 목소리가 들린다.

"걱정 마세요. 그러니 두 분은 물러나세요. 이 일은 제 일이잖아요."

"망할 놈! 알았다. 선승, 물러나시지요."

방남산의 말에 묵철이 고개를 끄떡이고는 용광로가 있는 대장간에서 벗어나기 시작했다. 그러다가 문턱에 서 있는 청풍을 발견하고는 놀란 표정을 짓는다.

"언제 왔느냐?"

"조금 전에요."

청풍이 담담하게 대답했다. 그러면서도 그의 시선은 오경이 녹아 있는 용광로, 그 용광로에서 흘러나오는 신비로운 청색 기운으로 향해 있었다.

"음, 마침 잘 왔구나."

묵철에 이어 방남산도 청풍을 보고는 고개를 끄떡이며 말했다.

"시작한 건가요?"

"그렇단다. 네가 쓸 검이니 만들어지는 것을 보는 것도 괜찮겠지."

방남산이 대답했다. 그때 다시 강검산의 힘찬 목소리가 들렸다.

"이놈아, 이제 넌 세상에서 가장 신비로운 검이 될 거야! 그러니… 한번 잘 놀아보자꾸나!"

쩡쩡쩡쩡!

강검산이 힘차게 검을 두드렸다. 마치 검을 만드는 것이 아니라 부숴 버릴 것처럼 보일 정도였다. 그동안 식음을 전폐하고 검을 만드느라 축이 난 몸이 곧이라도 쓰러질 듯 보인다.

"검이 완성되면 저놈, 몇 달은 앓아눕겠어."

방남산이 혀를 찼다.

"얻는 것도 많을 것이오.

묵철이 위로하듯 말했다.

"하긴 그렇지요. 이 고단한 작업을 마치고 나면 녀석은 거인이 되어 있을 겁니다."

"궁금하기도 하오."

"무엇이 말입니까?"

"이 아이들이 어떻게 살아갈지……."

묵철이 가볍게 청풍의 어깨에 손을 올리며 말했다. 그러자 방남산이 가벼운 실소를 흘렸다.

"어떻게 살든 우리보다야 낫지 않을까요?"

"그렇게 생각하시오?"

"오경의 경주라는 자리… 세상에서 가장 존귀한 자리이기도 하지만 또한 그만큼 외로운 자리가 아닙니까?"

"그렇기도 하구려."

"그놈의 오경이라는 굴레에 얽매어 기루 한번 제대로 가지 못했으니……."

"기루를 먼저 가시려우?"

놀랍게도 묵철이 농을 던진다.

"선승께서야 오경이 없어진다 해도 여전히 스님이시니 기녀들과 어울리지 못할 테지만 난 다르지요."

"후후, 그렇구려. 오경이 사라지니 우리에게 좋은 일이 가득한 듯하오."

"하! 그렇겠지요."

농담 끝에 방남산이 가벼운 한숨을 내쉰다. 그러면서도 자연스레 오경이 녹아든 용광로를 바라봤다. 청풍은 이들 두 사람이 오경을 녹인 장본인이면서도 한편으로는 오경이 세상에서 사라지는 것을 가장 안타까워하는 사람이라는 것을 깨달았다.

그때 강검산이 문득 망치질을 멈추고 검을 들어 오경이 녹아 있는 용광로 속에 넣었다.

촤아악!

갑자기 용광로가 화산이 터진 듯 붉은 기운을 뿜어내기 시작했다. 용광로에서 흘러나오던 청색 기운은 어디로 사라졌는지 거짓말처럼 보이지 않았다.

"오경의 기운이 이물을 거부하는군요."

방남산이 걱정스레 말했다.

"그걸 견뎌내야 하기에 검산을 그렇게 혹독하게 수련시킨 것 아니오?"

묵철이 대답했다.

"그렇기는 하지만… 그래도 여전히 고통스런 일이지요."

방남산의 말처럼 용광로에서 일어난 붉은 기운은 어느새 강검산을 휘어 감고 있었다. 보통 사람이라면 벌써 타서 재가 되었을 열기 속에서도 강검산은 용광로에 넣은 검을 수시로 꺼내 두드리고 다시 용광로에 넣기를 반복했다.

그의 몸에서는 물론 땀이 옥수처럼 흐르고 있겠지만 세 사람의 눈에는 단 한 방울의 땀도 흐르지 않는 것처럼 보였는데 그건 땀이 미처 모공을 빠져나오기도 전에 용광로의 열기에 증발해 버렸기 때문이다.

"얼마나 걸리죠?"

"글쎄다. 알 수 없구나."

청풍의 물음에 묵철이 대답했다. 그러자 대장간 안쪽에서 강검산의 목소리가 들려왔다.

"아우, 잠깐 들어오지!"

강검산이 아우라 부를 수 있는 사람은 오직 한 명, 청풍밖에 없다.

"무슨 일이냐?"

문제가 생긴 건가 해서 방남산이 소리쳐 물었다. 그러자 강검산의 천연덕스러운 대답이 들려왔다.

"검을 쓸 주인은 따로 있는데 나만 너무 고생하는 것 같아서 말입니다.”

강검산의 대답에 방남산이 어리둥절한 표정을 짓는데 묵철이 청풍의 등을 떠밀었다.

“들어가 보거라.”

묵철이 권하자 청풍은 어쩔 수 없이 대장간 안으로 들어갔다.

청풍이 안으로 들어가자 붉은 화인으로 변한 강검산이 청풍을 보며 씨익 웃더니 입을 열었다.

“이리 와보게.”

강검산의 부름에 청풍이 용광로 곁으로 다가갔다. 뜨거운 열기가 순식간에 청풍을 뒤덮었다. 청풍이 급히 공력을 끌어올려 열기에 대항했다.

“좋군. 성취가 있었어.”

강검산은 단번에 청풍이 이전과는 다른 경지에 들어섰다는 것을 알아챘다. 그도 그럴 것이, 용광로의 열기는 예전의 청풍이라면 결코 쉽게 견뎌내지 못했을 것이기 때문이다.

청풍이 용광로 앞으로 다가서서 그 안을 살폈다. 그러자 기이하게도 용광로 안쪽에서 푸른빛이 보였다. 용광로가 뿜어내는 노을처럼 붉은 빛 안쪽에는 바다처럼 푸른빛으로 빛나는 오경이 녹은 물이 담겨 있었던 것이다.

“앞으로 세 번만 담그면 오경의 기운은 모두 이놈이 흡수할 거야. 그러면 그야말로 세상에서 오직 하나뿐인 신검이 탄생하는 거지. 그리고 신검이 완성되는 순간, 검은 자네 손에 있어야 하네."

"그게 무슨 말씀이세요?"

청풍이 강검산에게 물었다. 그러자 강검산이 용광로에 담갔던 검을 빼내 다시 쇠망치로 두드리며 대답했다.

"내가 생각했던 것보다 오경은 더 대단한 존재인 듯해. 그럴 리야 없겠지만 마치 생명을 지니고 있는 듯 보였네. 처음 검을 담갔을 때의 그 반발감은……. 그래서 난 이놈들을 살아 있는 녀석들로 생각하기로 했네. 그놈들이 모여 신검이 된다는 것은 또 하나의 생명이 태어난다는 것과 같은 의미지. 아우, 세상의 모든 생명이 처음 세상에 태어났을 때 첫 번째로 느끼는 감각을 평생 기억한다는 것은 알고 있지?"

"그렇긴 하지요. 새나 짐승들도 처음 본 존재를 어미로 여기니까요."

"그렇지. 그래서 난 이놈이 완성되었을 때 내가 아닌 자네 손에 들려 있기를 원하네."

"저보고 검을 완성하라는 말인가요?"

"검을 완성하는 것은 나야. 그것까지는 내 일이지. 단지 마지막 담금질을 하여 오경의 기운을 완전히 흡수할 때, 그때는 자네가 검을 잡고 있게나. 물론 검이 생명을 가진다는 것은 사실 있을 수 없는 일이지만 이상하게도 그렇게 하는 것이 자네가 이놈을 다룰 수 있는 가장 쉬운 길이라는 생각이 들어. 뭐, 한낱 미신일 수도 있지만 말일세."

강검산이 다시 한 번 검을 용광로에 담았다. 그러자 용광로를 맴돌던 푸른 기운이 빠르게 검으로 흡수되었다.

"형님께서 그리하라면 하지요."

"고맙네."

"고맙긴요. 사실 신검이 만들어지면 그 주인은 제가 아니라 형님이랄 수 있지요."

"세상에는 두 종류의 사람이 있는 것 같네."

갑자기 강검산이 엉뚱한 말을 했다.

"……?"

청풍이 무언으로 묻자 강검산이 웃으며 말했다.

"물건을 만들어내는 사람과 그것을 쓰는 사람! 어느 쪽이 주인인지는 아무도 모르지. 아무튼 난 이 신검을 쓰는 일에는 미련이 없어. 오히려 신검을 들고 강호에 나가라면 도망가고 말걸세. 그런 면에서 보자면 오히려 자네가 운이 나쁘다고 할까."

강검산이 욕심이 없는 사람이라는 건 청풍도 알고 있다. 어쩌면 강검산은 하루빨리 자신과는 아무런 상관없는 오경의 전설로부터 벗어나고 싶은지도 몰랐다. 검이 완성되고 그 검을 청풍 자신에게 넘기면 강검산은 원치 않던 짐으로부터 벗어나게 될 것이다. 그리되면 그를 기다리고 있는 아내와 아들에게 돌아가 오경의 후계자가 아닌 강검산으로서의 삶을 살 수 있을 터였다.

반면 검이 완성되는 순간 청풍은 지금까지 강검산이 짊어지고 있던 짐을 고스란히 받아 지게 될 것이다. 오경의 전설을 끝내는 자로서의 짐, 그리고 누군가를 베어야 하는 짐. 그러고 보니 정말 운이 나쁜 사람은 청풍 자신인지도 몰랐다.

"으챠!"

청풍이 잠시 상념에 빠져 있는 사이 강검산이 용광로에서 검을 들어내 다시금 망치질을 시작했다.

쾅쾅쾅!

세상을 박살낼 것처럼 강렬한 망치질이다. 식음을 전폐한 탓에 피골이 상접했지만 망치질을 하는 강검산에게선 나약함이나 피곤함을 느낄 수 없다. 오히려 그의 눈에서 흘러나오는 강렬한 안광은 무엇인가를 향한 열정으로 가득 차 있었다.

'형님은 검을 완성하면 얻는 것이 많겠군요. 신검을 만들면서 스스로를 단련하고 세상의 그 어떤 파도에도 흔들리지 않는 사람이 되셨으니.'

청풍이 다시 씁쓸한 감정에 빠졌다. 강검산이 신검을 만드는 일은 신성한 것이다. 그 신성함에 도전한 강검산은 아마도 신검이 완성되는 순간 그 스스로도 완성될 것이다.

반면 청풍은 어떠한가. 그 검으로 누군가를 베러 간다. 사람을 베는 것으로 자신을 완성할 수 있는 사람은 없다. 그건 소모의 길이다. 정신을 소모하고 원기를 소모하고…….

'그래도 아버지는 만나 뵈어야지.'

청풍이 타유를 떠올렸다. 그러자 의기소침했던 그의 기분이 한결 가벼워졌다. 수십 년 살업을 산 타유가 다른 방식으로 완성되어 가는 것을 보았기에 신검을 들고 누군가를 베러 가는 일이 그리 무겁게만 느껴지지는 않았다.

"이제 마지막이네. 준비하게!"

강검산이 청풍에게 말했다. 청풍이 얼른 정신을 차리고 호흡을 골랐다. 그러자 강검산이 망치질을 멈추고 검을 집고 있던 커다란 집게를 청풍에게 건넸다.

"받게."

청풍이 얼른 강검산의 손에서 집게를 넘겨받았다. 묵직한 검의 무게가 집게를 통해 느껴진다.

"좋아, 이젠 용광로에 담그게."

강검산이 청풍에게 말했다. 청풍이 집게를 눈앞에 들어 올려 검은 기운이 감도는 검신을 한 번 바라보고는 검을 용광로에 담갔다.

스으으!

검이 동경을 녹인 물에 담가지자 지금까지와는 전혀 다른 일이 벌어졌다. 대장간 안을 태울 듯 솟구치던 홍염이 한순간에 용광로 안쪽으로 사라지기 시작한 것이다. 그리고 또 다음 순간에는 용광로 안의 푸른빛도 사라지기 시작했다.

아니, 그 빛은 사라지는 것이 아니라 청풍이 잡고 있는 검으로 빨려들어 가고 있었다. 그렇다고 용광로 안에 있던 동경이 녹은 물이 줄어드는 것은 아니었다. 동경이 녹은 물은 그대로이고 오직 그 푸른빛, 옥처럼 맑은 푸른빛만이 사라지고 있었다.

그리고 그즈음 청풍은 집게를 잡은 손을 통해 밀려드는 강렬한 기운을 느끼기 시작했다.

'음!'

청풍이 손을 통해 들어오는 기이한 기운에 흠칫 몸을 떨었다. 그 기운은 그야말로 갑자기 일어난 폭풍과도 같았다. 더군다나 그 특색이 워낙 독특해서 한층 더 감당하기기 쉽지 않았다. 뜨겁다가도 한순간 얼음처럼 차가워졌다. 태산처럼 무거웠다가 거짓말처럼 무게가 사라지고 새털처럼 가볍기도 했다.

도저히 가늠할 수 없는 기운의 움직임에 청풍은 자칫 검을 집고 있던 집게를 놓칠 뻔하기도 했다.

"정신을 집중하게. 아우님은 수기에 능하니 밀려드는 기운에 맞서려 하지 말고 거친 풍랑 속에 들어왔다고 생각하시게."

이미 몇 번 검을 용광로에 담아본 경험에서 나오는 강검산의 충고다. 그 충고가 청풍에게 길을 열어주었다. 청풍이 등천심공을 운기하기 시작했다. 그러자 그의 몸으로 노도처럼 밀려들던 정체불명의 기운들이 거짓말처럼 한 방향으로 흐르기 시작했다. 그러자 용광로 안에서 검으로 흘러드는 청색 기운이 좀 더 강렬해지기 시작했다.

화르륵!

검을 담고 있던 용광로에 불이 일었다. 뜨거운 열기가 다시금 용광로 밖으로 폭발하듯 튀어나왔다. 청풍과 강검산이 동시에 그 기운에 휩싸였다. 그러나 그 불길 속에서 두 사람 모두 꿈쩍도 하지 않았다.

"일각만 버티시게."

강검산이 청풍을 독려했다.

"걱정 마십시오."

이미 등천심공을 이용해 검을 통해 밀려드는 기운에 대처할 방도를 찾은 청풍이 자신 있게 대답했다. 그러자 강검산이 고개를 끄떡이고는 고개를 숙여 용광로 안을 살폈다.

어느새 청색의 기운은 모두 사라지고 오경이 녹은 물이 붉은 기운을 띠고 있다. 그러다가 다시 붉은 기운도 서서히 사라지더니 한순간 평범하게 동이 녹은 쇳물로 변해 버리고 말았다.

"됐네. 검을 빼게."

강검산의 말에 청풍이 얼른 용광로에서 검을 빼냈다. 그러자 순식간에 적염의 열기가 사라졌다.

"이리 주시게."

강검산이 급히 손을 내밀었다. 그러자 청풍이 얼른 강검산에게 검을 집고 있는 집게를 넘겼다.

청풍에게서 검을 건네받은 강검산이 지금까지와는 달리 조그만 쇠망치를 들고 가볍게 검을 두드리기 시작했다.

땅땅땅땅!

빠르면서도 규칙적인 망치질 소리가 어둠을 뚫고 사방으로 흘러 나갔다. 어찌 들으면 쇠를 두드리는 소리가 아니라 누군가가 쇠를 이용해 음률을 타는 소리 같기도 했다.

검을 강검산에게 넘겨준 청풍도, 대장간 밖에서 오경의 기운을 마지막으로 검에 흡수하는 모습을 지켜보고 있던 묵철과 방남산도 어느 순간부터 청명한 쇠망치질 소리에 취해 시간 가는 줄 모르고 강검산을 바라보고 있었다.

강검산은 장장 반 시진 동안 망치질을 멈추지 않았다. 그리고 반 시진이 지났을 때 문득 망치를 놓고는 검을 들어 찬물에 담갔다.

푸스스!

검이 담긴 물에서 물 끓는 소리와 함께 수증기가 일어났다. 반 시진이 지나도록 검에서 열기가 빠지지 않았다는 것인데, 그 이유가 오경의 열기가 워낙 강렬했기 때문인지, 혹은 강검산이 노련한 솜씨로 검에 담긴 열기를 식히지 않았기 때문인지는 알 수 없었다.

어쨌든 그렇게 검이 식어갔다. 더불어 대장간 안의 열기도 완전히 사라졌다. 묵철과 방남산도 어느새 대장간 안으로 들어와 청풍과 강검산 뒤에 섰다.

"이제 신검을 보셔야죠?"

문득 강검산이 여전히 검을 물에 담근 채 고개를 돌려 묵철과 방남산을 보며 말했다.

"끝난 거냐?"

묵철이 물었다.

"신검은 청풍 아우가 용광로에서 검을 꺼냈을 때 이미 완성되었지요. 전 단지 신검의 모양을 좀 더 보기 좋게 하려고 다

들었던 것이고요. 하지만 뭐… 예전에 말씀드렸다시피 이 검의 모양은 그리 좋지 못할 겁니다."

"네 실력이 부족한 게 아니고?"

방남산이 놀리듯 되물었다.

"그럴 수도 있겠죠. 하지만 만약 그렇다면 그건 제가 좋은 스승을 만나지 못했기 때문이지요."

"뭐라? 이놈이!"

방남산이 되레 놀림을 받자 짐짓 화를 냈다. 그 덕에 장내의 분위기가 금세 부드러워졌다.

"검을 보자."

묵철이 강검산에게 말했다. 그러자 강검산이 고개를 끄덕였다. 그러다가 갑자기 고개를 갸웃하더니 청풍을 보며 말했다.

"아우가 꺼내게."

"형님이 하세요. 신검은 형님이 만든 겁니다."

"그래도 주인 될 사람의 손으로 세상을 보는 것이 낫겠지. 물론 이 녀석이 마지막 담금질에서 자네를 알아봤겠지만 말이야."

"그렇게 하도록 해라."

방남산도 청풍에게 검을 잡기를 권했다. 그러자 청풍이 묵철을 바라봤다. 묵철 역시 고개를 끄떡인다. 청풍이 어쩔 수 없다는 듯 다시 검을 잡고 있는 집게를 강검산에게서 건네받았다. 그리고는 검을 물속에서 끄집어내려는데 문득 강검산이 말했다.

"이제 집게는 필요 없네. 다 식었을 거야."

강검산의 말에 청풍이 집게를 놓고 검의 손잡이를 잡았다. 그러자 조금은 차가운 기운이 청풍의 손을 통해 전해졌다. 그 서늘함에 청풍이 흠칫 긴장을 한다.

"왜 그러느냐?"

청풍의 모습을 주시하고 있던 방남산이 급히 묻는다.

"차군요."

"음, 정상입니까?"

방남산이 묵철에게 물었다. 그러자 묵철이 고개를 갸웃하더니 입을 열었다.

"부드럽기를 바라기는 했지만 차다 한들 어쩔 수 없는 일이오. 검을 꺼내라."

묵철의 말에 청풍이 고개를 끄떡이고는 천천히 검을 물에서 건져냈다.

지잉!

한순간 물을 벗어난 신검이 투명한 검명을 일으켰다. 그런데 다음 순간 장내의 모든 사람들 앞에 당황스런 모양의 검이 그 실체를 드러냈다.

'이게 정말 신검인가?'

손을 통해 전해지는 이 신비하고 서늘한 기운만 아니라면 신검일 수가 없는 검이다.

빛깔은 회색빛이고 어떤 광채도 나지 않는다. 손잡이까지 한 몸체로 이뤄진 검의 모양은 투박하기 이를 데 없고 날도 서지 않는 듯한 모습이다. 어찌 보면 만들다 만 검처럼 보이기까지 한다.

"헛, 정말 볼품없군."

방남산이 혀를 찼다.

"저 정도 모양이 나온 것도 다행입니다. 자칫하다가는 쇠몽둥이 하나 만들 뻔했지요."

오직 신검을 만든 강검산만이 검의 모양에 만족하는 모습이다.

"무라도 베겠냐?"

날이 서지 않은 신검을 보며 방남산이 투덜거렸다. 그러자 강검산이 청풍에게 말했다.

"아우, 진기를 주입해 보게."

강검산의 말에 청풍이 고개를 끄떡이고는 등천심공을 일으켜 신검에 공력을 주입했다. 순간 놀라운 일이 벌어졌다.

한순간 장내에 작은 태양이 뜬 것처럼 환해졌다. 그리고 연이어 신검이 투명해지는가 싶더니 이내 한 줄기 청색빛의 검기가 용처럼 신검에서 뻗어 나와 허름한 대장간의 지붕을 뚫고 허공으로 솟구쳤다.

"완성되었는가?"

문득 패경주가 걸음을 멈추고 나직하게 탄성을 흘렸다. 조명 역시 걸음을 멈추고 멀리서 하늘로 솟구치는 청색 기운을 바라봤다.

"저게 신검인가요?"

"아마도 그럴 게다."

"놀랍군요."

하늘로 솟구치는 빛 무리가 신검이 내는 빛이라면 신검의 힘을 능히 짐작할 수 있었다.

"오경의 힘이 하나로 모였다면 그리 놀라운 일도 아니지. 어쨌든… 서둘자. 자칫하다가는 우리가 도착하기도 전에 신검의 주인이 정해질지도 모르겠다."

그러자 조명이 조금 의기소침한 표정으로 물었다.

"솔직히 이미 신검의 주인은 정해진 것 아닌가요?"

"비무에 자신이 없다는 말이냐?"

"비무의 승패와는 상관없이요. 설혹 제가 비무에 이긴다 해도 과연 제가 신검의 주인이 될 수 있을까요? 경주께서는 정말 신검을 제게 맡기실 생각이세요?"

조명이 물었다.

"그렇다. 능력이 되지 않는 자에게는 신검을 맡길 수 없다."

패경주가 단호하게 말했다.

"그게 옳은 결정이 아니라 해도요?"

"옳은 결정이 아니라고? 누가 그 일의 옳고 그름을 알겠느냐? 오직 세월이 흘러 세상이 변해야 지금의 결정이 옳았는지, 혹은 틀렸는지 알게 되는 법이다. 아니, 처음부터 세상에는 옳고 그름이 없다. 모두 각자의 입장에 따라 평할 뿐이지."

패경주의 표정에선 한 걸음도 양보할 생각이 없어 보였다.

"가요."

조명이 더 이상 패경주를 설득하는 것은 무의미하다는 것을 깨닫고는 길을 재촉한다. 그러자 패경주가 앞서서 몸을 날렸다.

"이런, 손님이 왔군. 참으로 기이하지 않은가? 왜 모든 일은 이렇게 때에 맞춰 일어나는 것일까?"

대장간을 나서다 말고 묵철이 중얼거렸다. 청풍 등도 묵철이 무엇 때문에 이런 말을 하는지 알고 있다. 두 명의 여인이 숲을 지나쳐 대장간을 향해 달려오고 있었다. 둘 모두 대단한 공력을 지녔는지 길이 아닌 곳과 길을 구분하지 않고 몸을 날려 왔다.

그런데 그들의 얼굴이 사람들의 시야에 제대로 들어올 즈음 갑자기 청풍이 화들짝 놀랐다.

"조 소저?"

그리고 다음 순간 청풍의 신형이 그 자리에서 사라졌다. 청풍이 모습을 나타낸 것은 대장간을 향해 달려오는 두 여인 앞이었다.

"뭘 하는 것이냐?"

조명에 앞서서 달리고 있던 패경주가 자신을 향해 닥쳐오는 청풍을 보고는 노성을 토해냈다. 마치 청풍이 자신을 공격하는 듯한 착각이 들었기 때문이다.

패경주의 손이 본능적으로 가슴 어림으로 올라갔다. 그리고는 망설이지 않고 청풍을 향해 일장을 떨쳐냈다.

"안 돼요!"

어느새 청풍을 알아본 조명이 날카롭게 외쳤다. 그러나 이미 패경주의 손을 떠난 강력한 장력이 청풍을 쓸어가고 있었다. 한순간 청풍의 몸이 바람에 흔들리는 갈대처럼 좌우로 흔들렸다.

쿠웅!

흔들리는 청풍을 패경주의 장력이 그대로 밀고 지나갔다. 그런데 장력에 격중되어 큰 부상을 입을 듯 보이던 청풍이 갈대처럼 흔들거리더니 단번에 장력을 뒤로 흘려보내고는 순식간에 패경주를 지나쳐 조명 앞에 섰다.

"당신! 당신이?"

조명이 놀란 눈을 치뜨고 청풍을 바라봤다.

"정말 살아 있었군요."

청풍이 사람들의 눈을 의식하지 않고 조명을 안았다.

"당신… 당신이었어요?"

조명이 떨리는 목소리로 물었다.

"뭐가요?"

청풍은 조명의 목소리가 이상한 듯 느끼고는 품에 안았던 조명을 떼어내며 물었다.

"당신이… 당신이 신검의 주인인가요?"

"그렇다고 하는군요."

청풍이 말했다. 그러자 조명이 노한 눈으로 패경주를 바라봤다.

"알고 있었나요?"

"뭘 말이냐?"

패경주가 무심하게 되물었다.

"이 사람이 이곳에 있다는 것을! 그리고 신검의 주인이 될 사람이라는 것을 말이에요!"

조명의 날카로운 질문에 패경주가 묵묵부답 말이 없다.

"왜 대답을 못하시죠?"

조명이 패경주의 대답을 재촉했다. 그러자 패경주가 단호하게 말했다.

"너희 두 사람이 어떤 사인지 나는 모른다. 다만 한 가지는 확실하다."

"뭐죠?"

"너희 두 사람이 비무를 해야 한다는 것! 그건 선승이 패경을 가져가는 대가로 나에게 약속한 것이며, 너 또한 목숨과 무공의 대가로 나와 약속한 것이다. 그러니 넌 그 약속을 반드시 지켜야 한다."

"싫다면요?"

조명이 차갑게 물었다. 그러자 패경주의 눈에서 은은한 한광이 쏟아진다.

"싫다면… 이 모든 것을 되돌려야겠지."

"이미 신검은 만들어졌어요."

조명이 말했다.

"신검의 주인으로서 내가 그를 인정하지 않는다면 신검은 제 힘을 발휘하지 못해. 그리고 너 또한 내가 준 것을 내놓아야 할 것이다. 목숨과 무공 모두."

패경주의 단호한 말투에 조명의 말문이 막혔다. 그러자 청풍이 부드럽게 조명의 손을 잡으며 말했다.

"패경주께서 비무를 원한다는 것은 이미 알고 있었어요."

"알고 있었어요?"

"선승께서 말씀해 주셨지요."

"그래서 비무를 하겠다는 건가요?"

"뭐 어려울 것도 없잖아요? 비무인데. 당신이 어떻게 변했는지 알고 싶어요. 패경의 무공이 궁금하기도 하고."

그러자 물끄러미 청풍을 바라보고 있던 조명이 한순간 미소를 짓는다.

"그렇군요. 뭐, 우리가 비무를 못할 것도 없군요. 재밌겠어요. 단지… 경주께서는 조금 실망할 수도 있겠군요."

조명이 차가운 시선으로 패경주를 바라봤다.

"뭐가 말이냐?"

"최선을 다하겠지만 목숨을 걸 정도로 치열하지는 않을 거예요, 이번 비무는."

"일단 검이 손에 들린다면 어떤 비무든 치열해지는 법이다."

패경주가 말했다.

"그건 사람에 따라 다르지요."

"어쨌든 넌 내게 약속했던 그 다섯 초식의 도법을 모두 써야 한다."

"물론 그럴 거예요."

"좋아, 그렇다면 나도 불만 없다."

패경주가 싸늘하게 말하고는 이내 선승과 방남산이 있는 곳으로 걸어갔다. 그러자 조명이 청풍의 손을 움켜쥐며 말했다.

"어떻게 지냈어요?"

비무에 대한 걱정 따위는 이미 사라진 지 오래인 조명이다.

"당신 걱정하며 지냈어요."

"흐흐, 딱 내가 듣고 싶은 말이네요."

조명이 청풍의 팔에 매달리며 짐짓 음흉한 웃음을 흘렸다.

"정녕 하셔야겠소?"

이른 아침, 이젠 더 이상 불이 오르지 않는 대장간 앞 공터에 세 명의 경주가 모였다. 그 옛날 조화성에서 오경의 경주들이 조화성의 패권을 놓고 겨룰 때를 제외하고는 이렇게 많은 경주가 한자리에 모인 것은 참으로 오랜만의 일이다.

아침부터 패경주를 추궁하고 있는 사람은 화마경주 방남산이었다. 그는 청풍과 조명이 비무를 하는 것이 못내 못마땅한 표정이었다.

"이미 결정된 일이오."

패경주가 단호하게 말했다.

"의미가 없지 않소?"

"의미가 없다니 그게 무슨 말이오?"

패경주가 눈을 치뜨며 물었다.

"두 아이는 이미 혼인을 약속한 사이오. 그런데 과연 이 비무가 제대로 되겠소?"

"제대로 된 비무를 원한다면 화마경의 전수자도 비무를 하게 하면 되지 않겠소?"

패경주가 차갑게 말했다. 기왕에 하는 비무, 강검산도 비무에 참가시키라는 말이다. 그리고 사실 그것이야말로 패경주가 진심으로 원하는 것일지도 몰랐다.

오경의 경주들은 한 뿌리에서 나왔지만 각각의 성정은 극과 극으로 달랐다. 그중에서 패경주는 여인임에도 불구하고 패도를 걷는 사람으로서 모든 일이 강한 자에 의해 결정되어야 한다고 생각하는 사람이었다. 그러니 그녀 스스로 신검의 주인이 될 수 없다 하더라도 신검의 주인이 되기 위해선 적어도 비무를 통해 자신의 힘을 증명해야 한다고 생각하는 것이다.

그녀가 비무를 고집하는 것은 조명을 신검의 주인으로 만들기 위함이 아니라 청풍이 신검이 되는 것을 인정하기 위해 그녀 스스로 납득할 만한 명분을 찾기 위함이라고도 할 수 있었다. 그런 면에서 보자면 조명보다는 강검산이 청풍의 상대로 더 어울리기는 했다.

"지금껏 식음을 전폐하고 신검을 만든 아이오. 아마 여러 날 자게 될 거요. 그런 아이를 깨워 비무를 시키자는 말이오?"

방남산이 혀를 차며 물었다.

"그러니 결국 조명 그 아이가 나설 수밖에 없지 않소?"

"휴, 정말 말이 통하지 않는군."

"오경의 경주들이 언제는 화합을 했소? 신검을 만든 일 자체가 기적이지."

패경주의 말에 이번에는 방남산도 고개를 끄떡였다.

"하긴 그렇소. 선승께서 고생이 많으셨습니다."

"일이 되려니 그리된 것이지 내가 나섰다고 안 될 일이 되는 것은 아니지 않겠소."

묵철이 빙그레 미소를 지었다.

"아니지요. 아무래도 이 일은 선승께서 노력하신 결과지요. 그런데 이 녀석들은 어딜 간 거지?"

방남산이 대장간 주변을 둘러보며 중얼거렸다.

"아침 일찍 산으로 가더이다."

묵철이 대답했다.

"아니, 비무를 앞두고 산에는 왜? 정분을 나누려면 밤에 나눌 것이지……."

방남산의 말에 패경주가 표정이 변하며 입을 열려는 순간 초가의 뒤쪽에서 청풍과 조명이 모습을 드러냈다. 두 사람은 두런두런 이야기를 나누며 묵철 등이 서 있는 곳으로 다가왔다.

"어딜 다녀오는 것이냐?"

방남산이 청풍을 보며 물었다. 그러자 청풍이 손에 든 목검을 들어 올리며 말했다.

"비무 준비를 하고 왔습니다."
"응? 목검을 쓰려고?"
"비무에 신검을 쓸 수는 없지 않습니까?"
"그렇기는 하지."
"목검으로 제대로 된 비무를 할 수 있겠느냐?"
패경주가 못마땅한 표정으로 물었다. 그러자 청풍이 미소를 지으며 대답했다.
"진검을 든다고 사람을 베는 것이 아니고 목검을 든다고 사람을 베지 않는 것은 아니지 않습니까?"
"누가 죽고 사는 문제를 말함이더냐, 비무의 치열함을 말함이지?"
"초식으로 비무를 하기로 했습니다."
"초식으로? 초식으로만?"
"그렇습니다."
청풍이 대답하자 패경주가 반박을 하려는데 문득 조명이 입을 열었다.
"전 경주께 한 약속을 지킬 거예요."
"그게 무슨 소리냐?"
"경주께선 제가 전수받은 다섯 초식의 도법을 모두 사용하라고 하셨지요. 그리할게요. 단지 전 공력은 쓰지 않을 생각이에요."
"그게 무슨 비무냐?"
"초식 대결도 비무는 비무지."

문득 옆에서 방남산이 입을 열었다.

"화마경주는 빠지시오."

"아니, 내가 왜 빠진단 말이오? 이 비무가 신검을 두고 하는 비무라면 당연히 나도 한마디 할 권리가 있지."

방남산의 말에 패경주가 대답을 하지 못한다. 그러자 묵철이 웃으며 말했다.

"자자, 이 아이들이 원하는 대로 합시다. 애초에 생사결을 펼칠 것은 아니었지 않소? 그리고… 사실 초식 대결이라도 오경의 무공이라면 위험하긴 마찬가지 아니오?"

묵철이 묻자 방남산이 고개를 끄떡였다.

"하긴 그렇기는 하지. 오경의 무공은 초식 그 자체에서 만근의 힘이 생기니까. 아무튼… 그럼 시작해 보거라."

방남산이 비무의 시작을 권하자 패경주도 어쩔 수 없다는 듯 조명을 보며 고개를 끄떡였다. 그러자 청풍과 조명이 서로 시선을 교환하더니 세 경주로부터 십여 장 떨어진 공터로 걸어 나갔다.

"조심해요. 사정을 두지 않을 거예요."

조명이 짐짓 심각하게 말했다. 그러자 청풍이 고개를 끄떡인다.

"패경의 무공이 궁금하군요."

"좋아요. 그럼 시작해요."

조명이 두 손으로 목검을 잡더니 손을 이마 위치로 올렸다.

일도양단의 자세다. 시작부터 공세의 초식을 취하는 것이 패경의 무공답다. 청풍은 조명의 무공이 일 년 전 동정호에서 흑룡문의 살수들을 상대할 때와는 비교할 수 없는 경지에 올랐음을 단번에 깨달았다.

조명은 목검에 한 올의 진기도 싣지 않았지만 단지 검을 든 자세 그 자체만으로도 청풍에게 무거운 위압감을 주고 있었다. 패경의 무공들이 가지는 그 패도적인 기운이 기수식만으로도 자연스레 형성되고 있었던 것이다.

슥!

검을 든 채 잠시 숨을 고른 조명이 한 걸음 청풍을 향해 다가왔다. 그러자 청풍은 조명은 물론 주변의 모든 사물이 자신을 향해 다가오는 것처럼 느껴졌다.

'놀라운 무공이다.'

청풍은 단지 조명이 다가서는 것만으로도 자신의 몸이 보이지 않은 기운에 옭매이는 듯한 느낌을 받자 내심 크게 놀랐다. 이대로 꼼짝없이 조명이 목검에 머리를 강타당해도 이상할 것이 없는 상황이다.

청풍이 자신도 모르게 등천심공을 운기하려다 말고 흠칫 놀라며 단전에 일기 시작하는 진기를 한순간에 풀어버렸다. 그리고는 가만히 조명의 머리 위에 있는 목검을 응시했다.

그러다가 문득 청풍이 목검을 들지 않은 다른 손을 허공으로 올렸다. 그러자 조명의 목검이 주변의 공기를 묘한 방향으로 이끌고 있는 것이 느껴졌다. 순간 청풍의 입가에 가벼운 미소가 드리워졌다. 검이 만드는 공기의 흐름을 읽었으니 조명의 검에 머리를 맞는 수모는 피할 수 있다.

청풍이 이번에는 목검을 들어 가슴 어림에 수평으로 눕혔다. 그리고 그 순간 조명의 목검이 청풍을 향해 떨어져 내렸는데 그에 맞춰 청풍의 목검 역시 비스듬히 사선을 그리며 조명의 목검을 향해 움직였다.

"음!"

한순간 조명이 놀란 듯 목검을 거두고 뒤로 물러났다. 기이한 일이었다. 청풍의 검에서는 어떤 기세도 일어나지 않았다. 초식도 지극히 평범했다. 공력이 없어도 산악처럼 일어나는 조명의 검세를 상대하기에는 턱없이 나약한 검초였는데 그 반격에 놀라 조명이 목검을 거두고 뒤로 물러난 것이다.

만약 보통의 무림 고수들이 이 광경을 보았다면 필시 조명이 정인인 청풍의 사정을 보아주느라 일부러 목검을 거둔 것이라고 생각할 것이다. 그러나 장내에서 비무를 지켜보고 있는 세 사람은 달랐다.

묵철과 방남산, 그리고 패경주는 강호무림 천외천의 인물들이다. 사람 밖의 사람, 무공 이상의 무공을 지닌 그들은 청풍과 조명 사이에 벌어진 일 초식의 교환이 어떤 의미를 지니고 있는지 정확하게 꿰뚫어 볼 눈을 가지고 있었다.

"저것이 바로 저 아이가 신검의 주인으로 선택받은 이윤가요?"

문득 패경주가 선승 묵철에게 물었다.

"그렇소."

"이제야 이해가 되는군요. 흐름을 읽어 읽어내고 어떤 격류에도 순응할 수 있는 능력이 저 아이에게 있군요."

"난 그걸 수기(水氣)라고 읽었소. 저 아이는 땅보다 물이 편한 아이요. 물의 흐름에 몸을 맡기면 평생을 물에서 살 수도 있을 거요."

묵철이 약간의 설명을 보탰다.

"수기를 읽는다는 것은 곧 세상의 모든 기운을 읽을 수 있는 기반이 있다는 말이오. 저 일 초의 교환은 청풍이 조 소저의 검이 만들어내는 기운을 정확하게 읽어냈기에 가능한 일 초였소. 만약 조 소저가 검을 거두지 않았다면 필시 손목을 강타당해 검을 떨어뜨리고 말았을 것이오."

방남산이 셋 모두가 알고 있는 사실을 말했다. 그러자 패경주가 고개를 끄떡이며 말했다.

"확실히 뭔가 다르긴 하오. 하지만 제가 기대했던 것은 아니오."

"물론 패경주께서는 힘과 힘의 대결을 원했겠지만 사람마다 싸우는 방법은 다른 법이 아니오?"

방남산이 조금은 냉정한 말투로 말했다. 비무까지 수용한 마당에 싸우는 방법까지 패경주의 뜻에 따를 이유는 없다는 말이다.

"물론 나도 이 비무가 잘못되었다고 말하려는 것은 아니오. 자, 두 번째 합을 봅시다."

패경주가 더 이상 방남산과 말씨름을 하고 싶지 않다는 듯 청풍과 조명에게로 시선을 돌렸다.

조명의 두 번째 초식은 나무칼을 횡으로 눕는 것으로 시작됐다. 그리고는 목검보다 먼저 몸이 회전했는데, 도를 뒤에 두고 몸이 절반 정도 틀어진 상태에서 잠시 멈춘 듯하던 조명의 신형이 한순간 질풍처럼 회전했다.

웅!

순간 조명이 들고 있던 목검이 하늘과 땅을 갈라놓을 듯 무서운 속도로 회전했다. 힘은 빠름에서 나온다는 강호의 격언을 그대로 실현한 초식으로 목검이 지나간 허공의 아래와 위쪽 세상이 완전히 다른 공간으로 보일 정도로 무서운 초식이었다.

그런데 그렇게 벼락같은 초식을 펼치고 난 조명이 허탈한 표정으로 나무칼을 내려뜨렸다.

"뭐예요?"

비무를 시작한 이후 처음으로 조명이 입을 열었다. 그도 그럴 것이, 조명이 초식을 펼치는 동안 청풍은 아무런 행동도 하지 않고 그 자리에 그대로 서 있었던 것이다. 마치 자청해서 패하려는 사람처럼, 혹은 이런 초식에는 굳이 대응할 필요조차 없다는 것처럼.

"당신의 목검이 내 몸에 닿지 않을 거란 걸 느꼈어요. 그러니 당연히 나로서는 특별히 대응할 필요가 없지요."

"물론 난 당신을 벨 생각은 없어요. 그건 비무를 시작할 때부터 그렇게 정해진 것이잖아요?"

"당신의 마음을 말하는 게 아니에요. 당신의 목검을 말하는 거죠. 앞서 처음에 당신이 초식을 펼칠 때는 내가 대응하지 않으면 당신의 목검이 내 머리에 닿았을 거예요. 그래서 대응한 것이고요. 그러나 이 두 번째 초식은 그 거리가 나를 벨 정도가 아니었던 거죠. 위협이 되지 않는 초식에 몸을 쓰는 것은 기력을 낭비하는 일일 뿐이에요."

청풍의 말에 조명이 가만히 생각에 잠겼다가 불쑥 목검을 앞으로 내밀었다. 그러자 그녀의 목검이 청풍의 가슴 두 자 정도 거리에서 멈췄다.

"진기를 넣었다면요?"

"그럼 난 서너 걸음 뒤로 물러나는 것으로 대응했겠지요. 변화가 없는 초식이라 그것만으로 족해요."

"음, 무 대응이 최선의 대응이란 말이군요."

"그렇다고 할 수 있죠."

청풍의 말에 조명이 고개를 끄떡이고는 슬쩍 패경주를 바라봤다. 그때 패경주는 뭔가 못마땅한 표정으로 딴 곳을 바라보고 있었는데 아마도 비무의 승패가 너무 쉽게 갈리고 있다고 느끼는 듯했다. 그 모습을 본 조명이 입을 열었다.

"생각 같아서는 지금 비무를 그만두고 싶지만 그럴 수가 없네요. 이번에는 남은 세 초식을 연달아 펼치겠어요."

"좋아요."

청풍이 고개를 끄떡였다. 사실 청풍도 가볍게 조명의 공격을 해소하는 것 같았지만 패경의 무공에 내심 크게 놀라고 있었다. 세상에는 수많은 무공이 존재하지만 내력을 싣지 않은 상태에서 단지 초식만으로 이렇게 강력한 기운을 일으키는 것은 아마도 패경의 무공이 유일할 터이기 때문이다.

또 한편으로는 그런 무공을 조명이 얻었다는 것에 대한 기쁨도 있었다. 패경의 무공이라면 강호에서 천외천으로 불리며 암중에 강호를 움직여 온 혈막 오류의 고수들을 충분히 상대할 수 있을 것이기 때문이다. 그래서 청풍은 기쁜 마음으로 조명의 무공을 모두 보고 싶었다.

조명이 이번에는 사선으로 목검을 들었다. 그리고는 지금까지와는 달리 무척 신중한 움직임으로 청풍에게 다가섰다.

번쩍!

기이한 일이다. 목검에서 어떻게 빛이 날까. 그렇다고 진기를 실은 것도 아니다. 조명의 검이 사선으로 떨어지면서 투명한 빛을 만들어낸다. 아마도 목검의 속도가 가지는 힘으로 만들어진 환상일 터였다.

툭!

처음으로 청풍이 자신의 목검을 들어 조명의 목검을 비껴 막았다. 그러자 조명의 검이 한순간에 힘을 잃고 어지럽게 흔들렸다. 순간 조명이 한 발로 허공을 밟고 떠오르는가 싶더니 이내 다시 수직으로 목검을 내려쳤다.

몸이 허공에 떠 있으니 목검의 기세가 앞서와 비교할 수 없을 정도로 강하다. 순간 청풍이 뒤로 물러나는 대신 쑥 앞으로 몸을 밀고 들어왔다. 그리고는 재빨리 목검을 수직으로 뻗어 올렸다.

툭!

다시 청풍의 목검과 조명의 목검이 맞닿았다. 두 사람의 목검이 닿은 부분은 손잡이 바로 윗부분이었는데, 만약 청풍이 거리를 좁히지 않아 목검의 중간이나 혹은 끝부분이 격돌했다면 조명의 목검에 실린 기운에 청풍의 목검이 부러졌을 수도 있었다.

거리를 조절해 상대의 가장 약한 곳을 상대하는 청풍의 움직임은 그야말로 노회한 노고수의 모습 그대로였다.

두 번의 공격이 청풍에게 모두 막히자 조명이 재차 땅을 박차고 허공으로 떠올랐다. 그리고는 이번에는 베는 것이 아니라 목검을 똑바로 뻗어내 청풍을 찔러왔다.

콰아아!

조명의 목검이 공기 중에 파도를 만들어냈다. 목검에 지나지 않지만 천하의 명도(名刀)와 같이 날카로운 기운을 흘려냈다. 바위가 있다면 바위를 뚫고 산이 있다면 산을 뚫을 기세다. 청풍이 그런 조명을 향해 마주 검을 뻗어냈다.

"헛!"

멀리서 방남산의 놀란 목소리가 들린다. 반면 패경주는 호기심 가득한 눈으로 눈빛을 반짝였고, 묵철은 깊은 시선으로 두 사람의 격돌을 살폈다.

콰아앙!

격렬한 굉음이 일어났다. 도저히 내력을 배제한 충돌이라고는 믿기지 않는 강도다.

쩌저적!

한순간에 두 사람이 든 목검이 부서져 나갔다. 생목으로 만든 목검이 마치 마른 흙 부서지듯이 부서졌다.

청풍과 조명은 손에 든 목검이 모두 부서져 겨우 손잡이만 남을 때까지 검을 놓지 않았다.

"진검이었으면 어땠을 것 같아요?"

문득 조명이 물었다.

"공력의 문제겠지요."

청풍이 대답했다.

"이런 대단한 무공이 세상에 존재한다는 것이 두려워요."

조명이 검을 거뒀다.

"그래서… 신검을 만드신 거겠지요."

"신검을 들고 강호로 나가 누굴 베야 하는 거죠?"

그러자 청풍이 고개를 돌려 묵철을 바라보며 말했다.

"그분의 아들이라고 하더군요."

"예?"

조명이 화들짝 놀라 청풍을 바라본다. 그러자 청풍이 우울한 표정으로 말했다.

"그래서 그분이 직접 신검을 들지 않으시는 거지요. 아마… 다른 분들이 신검을 취하려 하지 않은 것도 그 이유가 어느 정도 있을 거예요."

"어떻게 그런 일이……?"

"그러게요. 참 알 수가 없어요. 사람의 일이란 것은."

청풍이 중얼거렸다. 그런데 그때 멀리서 갑자기 박수 소리가 들렸다.

딱딱딱!

사람들이 박수 소리에 놀라 고개를 돌려보니 마른 얼굴의 강검산이 초가의 마루에 앉아 두 사람을 향해 박수를 치고 있었다.

"깨었느냐?"

방남산이 반가운 얼굴로 강검산을 보며 물었다.

"이런 좋은 구경을 두고 잠만 잘 수 있나요."

"처음부터 보고 있었느냐?"

"그럼요. 사실 패경주께서 오시고 난 후 줄곧 기다리고 있던 일이지요. 으챠!"

강검산이 훌쩍 자리에서 일어났다. 그러자 그의 신형이 한순간 청풍과 조명 앞에 이르렀다.

"놀라운 무공이었소, 조 소저!"

"이게 어디 제 무공인가요, 패경의 무공이지?"

"어디서 연유한 무공인가는 중요치 않소. 누가 시전했느냐가 중요하지. 그런데… 아쉬운 것이 있었소."

"어떤 점이 눈에 차지 않으셨나요?"

"내가 알기로 패경의 무공은 도법으로 알고 있는데 왜 검의 모양으로 목검을 만드셨소?"

"그건… 어쩌다 보니……."

"정인이라 사정을 봐준 거요?"

"그건 아니에요. 그리고 사실 도나 검이나 어차피 초식의 대결인데 다를 것이 없죠."

"그래도… 아주 미세한 차이는 존재할 수밖에 없는 일 아니오?"

"그러게요. 그러고 보니 실수를 한 것 같아요. 물론 도를 들었어도 결과는 같았을 테지만요. 사실… 이 사람이 제 사정을 많이 보아준 걸 알아요."

조명이 청풍을 보며 가벼운 미소를 짓는다. 그러자 강검산이 손을 비비며 말했다.

"뭐, 어쨌든 좋소. 내 두 사람 덕분에 아주 좋은 구경을 했소. 그래서 나도 선물을 하나 하려는데……."

"제게요?"

"그렇소. 음, 풍 아우와 나는 호형호제하기로 했으니, 에… 제수씨가 될 분에게 선물 하나쯤은 해야 하지 않겠소?"

"호호, 기대가 되네요. 무슨 선물을 해주시려고 하죠?"

그러자 강검산이 신중한 표정으로 말했다.

"내가 보기에 조 소저가 펼친 초식은 보통의 도(刀)로는 감당하기 어려운 초식인 것 같더구려. 초식 자체가 엄청난 기운을 일으키니 공력까지 주입하면 자칫 병기가 상하고 덕분에 시전자가 위험에 빠질 수도 있을 것 같았소."

"그렇지 않아도 이 다섯 초식의 도법을 익히느라 부러진 도가 한두 자루가 아니에요."

조명이 고개를 끄떡였다. 그러자 강검산이 다시 손뼉을 탁 치며 말했다.

"그래서 내가 도를 한 자루 만들어주겠소."

"도를요?"

조명이 놀란 눈으로 강검산을 바라봤다. 그러자 강검산의 뒤에서 방남산이 손을 저으며 말했다.

"아서라. 그 몸으로!"

"걱정 마세요. 하루 동안 잠을 자보니 좀이 쑤셔서 더 이상 못 자겠더라고요. 그리고… 도를 만들려는 것은 제수씨에게 선물을 하려는 목적보다는 제 몸과 마음을 풀려는 거예요."

"그건 또 무슨 소리냐?"

방남산이 퉁명스레 물었다.

"대장장이에게는 쇠를 두드리는 것이 일이기도 하지만 또한 몸을 회복하는 일이기도 하죠. 신검을 만들며 쇠한 기운을 도를 만들면서 회복해야겠어요."

"네놈은 어떨 때 보면 생각이 너무 복잡해. 생긴 것답지 않게."

방남산이 투덜거렸다.

"언제 떠나야 합니까, 아우는?"

강검산이 묵철에게 물었다.

"보름 안에는 떠나야겠지. 혈막의 혼돈시가 얼마 남지 않았다."

"좋습니다. 그럼 그 안에 도 한 자루 만들어 보이죠. 아마… 특별한 놈이 나올 겁니다."

"네 마음대로 하거라."

방남산은 여전히 또다시 도를 만들겠다는 강검산이 못마땅한 모습이다. 그러자 강검산이 청풍과 조명을 보며 말했다.

"대신 이제부터 부엌일은 두 사람이 알아서 해야 하네."

"당연히 그래야지요."

청풍이 대답했다.

"자자, 그럼 빨리 밥을 짓게. 신검이야 끼니를 걸러가며 만들어야 하는 검이지만 다른 병기는 다르지. 배가 불러야 제대로 된 녀석이 나온다네."

"알겠습니다, 형님!"

청풍이 가벼운 미소를 지으며 대답했다.

땅땅땅땅!

두 채의 초가에 둘러싸인 대장간에서 맑은 쇳소리가 들려왔다. 물론 신검을 만드는 내내 들려오던 소리와 같은 것이지만 사람들이 듣기에는 전혀 다른 소리로 들렸다.

신검을 만들 때의 망치 소리는 무겁고 격렬하며 치열한 면이 있어 듣는 사람의 마음을 비장하게 만들었는데, 지금의 망치 소리는 경쾌하고 청명해서 듣는 이의 마음을 무척 즐겁게 만들었다.

강검산이 도를 만드는 광경도 신검을 만들 때와는 사뭇 달랐다. 신검을 만들 때는 식음을 전폐하고 망치질을 하던 강검산이 조명을 위한 도를 만들면서는 반 시진 이상 망치질을 하지 않았다.

식사는 꼬박꼬박 챙겨 먹었고, 청풍이나 방남산, 그리고 며칠 후부터는 조명과도 농담을 주고받으며 일을 했다. 그래서 강검산의 대장간은 마치 작은 사랑방과 같이 항상 웃음이 넘쳐흘렀다.

"내일이면 도가 완성된다고 하더군요."

여전히 웃음소리가 흘러나오는 대장간을 보며 패경주가 선승 묵철에게 말했다. 그런데 그녀의 표정이 그리 밝지 않았다.

"참으로 신기한 아이요."

"신검주 말인가요?"

묵철과 방남산은 언제든 편하게 청풍의 이름을 불렀지만 패경주는 항상 청풍을 신검주라 불렀다. 아마도 그녀에게 신검은 다른 경주들이 느끼는 것보다 훨씬 가치 있는 물건인 듯 보였다.

"검산 말이오."

묵철이 고개를 저으며 말했다.

"하긴 저도 그런 생각이 들긴 하더군요. 처음 명 그 아이를 위해 도를 만든다고 할 때는 지친 몸으로 무슨 짓인가 싶기도 했는데 도를 만들면서 자신의 몸을 회복하고 또 이곳의 분위기를 한결 밝게 만드는 걸 보면서 그 아이 역시 특별한 재능을 타고났다는 것을 알 수 있었어요."

"만약 신검을 만들지 않았다면… 그래서 세 아이가 각기 오경의 경주로서 살아가는 운명이 되었다면 아마도 오경 역사상 가장 강력한 경주들의 시대가 되었을지도 모르겠소."

"그런 시절에 신검이 탄생한 것이 다행인 건가요, 불행인 건가요?"

"난… 다행이라고 생각하오."

"왜죠?"

"난 인간이 감당할 수 있는 힘의 무게에는 한계가 있다고 생각하는 편이오. 누군가에게 그 이상의 힘이 주어졌을 때는 언제나 파국이 오고 말았소. 그 힘의 주인이 선인이든 악인이든 상관없이 말이오. 그러니 오경의 힘이 신검으로 합일되어 더 이상 세상에 존재하지 않게 되었음을 다행으로 여기고 있소."

"그러나 청풍 저 아이는 신검을 가졌어요. 우리 경주들의 힘을 훨씬 능가하는 힘이지요."

패경주의 말에 묵철이 고개를 저었다.

"그건 조금 다르오. 힘은 신검에게 있는 것이지 풍에게 있는 것이 아니오. 신검이 아무리 신물이라 한들 결국 영혼이 없는 사물이요. 사물이 욕망이 있겠소?"

"신검을 쓰는 신검주의 능력에 한계가 있을 거란 말씀이군요."

"그렇소. 그 한계를 넘어서려 하면 필시 풍 그 아이는 신검을 잃게 될 것이오."

"그런 일이 벌어질까요?"

"글쎄… 풍의 성정으로 보건대 그런 일은 일어나지 않을 거라 생각하고 있소."

"그야말로 운명에 맡기는 수밖에 없는 일이군요."

패경주의 말에 묵철이 묵묵히 고개를 끄떡였다.

강검산이 조명의 도를 완성한 것은 그가 도를 만들기 시작한 이후 정확히 열이틀째 되는 날이었다. 청풍과 조명이 백두의 깊은 골을 떠나 다시 강호로 향한 것은 그로부터 이틀 뒤였다. 그런데 기이하게도 그들에게 동행이 있었다. 대장장이로서 신검을 완성하는 것으로 자신의 업을 끝낸 강검산이 묵철과 방남산의 강권에 못 이겨 결국 청풍과 조명을 따라나서게 되었던 것이다.

세 사람이 떠난 후 다시 삼 일 뒤에는 나머지 사람도 모두 숲속 대장간을 떠났다. 그리하여 천하에서 가장 신비로운 검이 탄생한 숲은 다시 인적 없는 백두의 품으로 돌아갔다.

第四章 하나의 끝

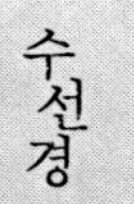
수선경

구구구구!

비둘기 우는 소리가 구슬프다. 전서구가 나타난 것은 산허리를 돈 이후였다. 비둘기는 금세 주인을 찾았다. 수년 동안 그 어깨를 빌려온 주인이기에 전서구는 망설이지 않고 주인의 어깨에 내려앉았다.

왕사미가 조심스레 전서구의 다리에 묶인 전서를 풀어냈다. 그리고는 빠르게 전서를 읽은 후 급히 타유에게 다가왔다.

"밀황!"

"무슨 일이오?"

타유가 조금은 흥분한 듯한 왕사미를 보며 물었다.

"상원에 변고가 있습니다."

"일사자에게 문제가 생겼소?"

"그런 것이 아니오라 문무 이상과 천상상가의 관계가 심상치 않답니다."

"문무 이상이라……. 그가 드디어 움직이는가?"

"예상하고 계셨습니까?"

왕사미가 뜻밖이라는 듯 물었다.

"문상에 대해서 알고 있지 않소?"

상원의 문상 신산 상평이 천산이마 갈륵이라는 것은 왕사미 등도 익히 알고 있는 일이다.

"그렇기는 하지만 그가 이렇게 대담하게 상원을 장악하려 들 줄은 몰랐습니다. 그가 천상회에 상원의 원주 자리를 요구했다고 합니다. 그래서 일사자께서 그에 대한 대처를 물어왔습니다. 다른 천상사가와 힘을 합쳐 그를 축출할 것인지 아니면 그의 손을 잡을 것인지……."

"그대의 생각은 어떻소?"

타유가 마치 상원의 일에 별 관심이 없는 사람처럼 물었다. 그러자 왕사미가 조금 당황한 빛을 보이다가 입을 열었다.

"아무래도 상원이 그의 손에 떨어지면 천마성의 세력은 한순간에 혈마천을 넘어 오류 중 군계일학이 될 것입니다. 그리 되어서는……."

"그 정도는 되어야지."

"무슨 말씀이신지?"

왕사미가 이해할 수 없다는 듯 되물었다.

"왕함보 그를 상대하려면 능히 그 정도 세력은 있어야지 않겠느냐는 말이오."

"그, 그것이… 그를 돕는 것이 아니었습니까?"

왕사미는 타유의 태도가 혼란스러울 뿐이다. 혼돈시에서 왕함보를 지지하기로 약속한 것이 얼마나 지났는가. 그런데 타유가 이번에는 천마성을 도울 것처럼 말하니 이해할 수 없었다.

"왕함보든 천마성이든… 한 사람의 손에 모든 힘이 모이는 것은 위험한 일이오. 내 생각은 그렇소. 오류는 여전히 균형을 유지할 필요가 있어. 그래야 그대들이 살 수 있지. 만약 왕함보나 다른 자들에게 오류의 모든 힘이 모두 모인다면 그대들이 지금처럼 살아갈 수 있을까?"

"그건… 어려운 일이겠지요."

왕사미도 권력의 속성을 잘 알고 있다. 더군다나 원이 멸망의 조짐을 보이고 있는 시기다. 이런 때에 혈막 오류의 힘을 한 손에 쥔 자가 나타난다면 당연히 혈막의 고수들은 그의 야망을 위해 자신들의 목숨을 내놓아야 할 것이다.

"혈막이 생긴 지 얼마나 되었소?"

문득 타유가 엉뚱한 질문을 던졌다.

"대략 이백여 년이 되었지요."

왕사미가 대답했다.

"그때와 지금의 혈막, 아니, 오류의 관계는 어떻다고 보시오?"

"글쎄요. 당연히 많이 변했지요."

"많이 변한 것이 아니라 완전히 달라졌소. 이백 년 전 오류에게는 같은 목적이 있었소. 자신들의 힘으로 새로운 세상을 만들겠다는. 그런데 지금의 오류는 그렇지 않소. 물론 겉으로야 여전히 혈막 오류가 한 무리임을 떠들지만 이미 오류 각 파는 과거의 결속력을 잃은 지 오래요. 그러니 누군가 혈막의 새로운 막주가 된다 해도 결국 예전처럼 혈막의 힘을 수월하게 쓰지는 못할 거요. 보이지 않은 반발과 반역이 있을 것이고, 새로운 막주는 그 반발을 상대하느라 많은 피를 보겠지. 그렇게 피로써 얻은 권력은 또 피로써 다스려질 거요."

"너무 비관적이시군요."

"본래 진실은 쓴 법이오."

"그래서 문상의 손을 들어주실 건가요?"

"전하시오!"

갑자기 타유의 목소리가 냉엄해졌다. 한순간에 전대 밀황을 죽이고 스스로 밀문을 차지한 냉혹한 고수의 모습이 드러난다.

"명을 받습니다."

왕사미가 급히 고개를 숙인다.

"일사자에게 전해 문상의 일을 방해하지 말라 하시오. 단, 두 가지 조건을 받아들이라 하시오."

"어떤 조건입니까?"

"만약의 경우 모가장이 몰락할 경우 천상사가의 한 자리를 지목하는 것은 밀문의 몫이라는 것을 약속받으라 하시오."
"모가장을… 버리시렵니까?"
왕사미가 놀란 눈으로 되물었다. 그러나 타유는 왕사미의 물음에 대답을 하지 않고 다시 명을 내렸다.
"두 번째 조건이오."
"하명하십시오."
"나와 밀문에 대한 맹약의 표시로 한 사람을 내게 보내라 하시오."
"누굽니까?"
"사령주와 그녀의 수하들이오."
"사령을 왜……?"
"그녀가 상원을 떠나는 순간 그녀는 더 이상 상원의 사람이 아니라 나의 사람이라는 것을 분명히 밝히라고 하시오. 그녀가 올 곳은 모가장! 보름 안에 모가장에 그녀가 도착한다면 그가 상원에서 벌이는 일에 관여치 않겠다고 전하시오!"
"명대로 따르겠습니다."
"더불어 그 일이 끝나면 상원에 남아 있는 사자들도 모두 복귀하라 하시오."
이유를 물을 수 없었다. 타유의 명이 워낙 서릿발 같기 때문이다. 왕사미가 타유의 명을 전해 받고는 분주하게 전서구를 쓰기 시작했다. 그리고는 주인을 찾아 먼 길을 날아온 비둘기의 다리에 전서를 매달아 다시 하늘로 날려 보냈다.
구구구!

전서구가 서둘러 자신을 떠나보내는 주인이 야속한지 몇 번 구슬픈 울음을 울고는 이내 동쪽을 향해 날아가기 시작했다.

"보냈습니다."

"좋소, 그럼 다시 길을 갑시다."

타유가 자리를 털고 일어나 사천의 험로를 다시 걷기 시작했다.

"혹 이유를 물어도 되겠습니까?"

왕사미가 침묵했던 질문을 유창이 물었다. 의심이라기보다는 호기심을 참지 못한 것이다. 도대체 상원 사령주를 원한 이유가 뭘까 하는 의문이 계속해서 왕사미와 유창, 그리고 갈목생의 머리를 어지럽히고 있었다.

"대답을 듣고 싶소?"

"그렇습니다. 소인들로서는 도저히 가늠이 안 되는 일이라……."

"내 대답을 들으려면 그대들은 둘 중 하나를 선택해야 하오."

"무엇인지요?"

"밀문도에 어울리지 않게 내게 충심으로 충성을 맹세하거나 혹은 내 대답을 듣고 그 자리에서 죽는 것이오. 할 수 있겠소?"

타유의 물음에 유창이 흠칫 몸을 떤다. 목을 내놓아야 들을 수 있는 비밀, 그것이 도대체 뭐란 말인가? 이런 경우 사람은 본래 자신의 목숨을 아까워하지만 또한 그 목숨을 내놓고라도 호기심을 풀고 싶어 하는 것이 사람이다.

"우린 이제 밀황의 사람입니다."

"호오? 정말 그렇소?"

"그렇습니다. 다른 사람들도 마찬가지일 겁니다."

유창의 말에 갈목생과 왕사미가 동시에 입을 연다.

"밀황을 따르기로 결심한 순간 이미 우린 밀황께 충성을 맹세한 것입니다."

"그 충성은 언제까지요?"

"그게 무슨 말씀이신지……?"

"그대들은 전대 밀황에게도 충성을 맹세하지 않았소?"

타유의 물음에 왕사미 등이 대답을 하지 못한다. 그러자 타유가 다시 입을 열었다.

"솔직히 말하면 난 그대들에게 아주 대단한 충성을 요구할 생각도 없소. 본래 난 각박한 사람이라 누구를 잘 믿지 않소. 그런 내가 어찌 다른 사람에게 영원한 충성을 요구할 수 있겠소. 그래서 그대들의 충성심 역시 크게 믿지는 않소."

"결코… 밀황을 배신하는 일은 없을 겁니다. 전대 밀황님과의 문제는… 그분이 살아 계셨다면 절대 마음을 바꿀 일은 없었을 겁니다. 그러나 그렇다고 죽은 주군을 위해 끝까지 절개를 지킬 정도의 충성심은 저희에게도 없지요. 아시다시피 저희도 밀문도이니 말입니다."

갈목생이 대답했다. 그러자 타유가 그제야 빙그레 미소를 지었다.

"바로 그거요. 그 대답을 기다리고 있었소. 그대들이 전대 밀황에게 가졌던 그 충성심만큼 내게 충성할 수 있겠소? 내가 살아 있는 한 날 배신하지 않을 수 있겠소?"

타유가 물었다. 그제야 왕사미 등은 타유가 원하는 대답을 찾을 수 있었다.

"밀황께서 존재하시는 한 충성을 다할 것입니다."

갈목생이 시원하게 대답한다.

"좋소. 믿겠소."

"저흴… 믿으실 수 있습니까?"

이번에는 왕사미가 의아한 표정으로 물었다. 그러자 타유가 대답했다.

"그대들을 믿소. 이유는 간단하오. 전대 밀황을 죽였음에도 그대들이 여전히 내 곁에 남아 있기 때문이오. 복수를 위해 그럴 수도 있겠지만 그대들에게선 복수심을 읽을 수 없소. 복수심이 없는 그대들을 못 믿을 이유가 없지."

타유의 말에 왕사미가 고개를 조아린다.

"바로 저희의 마음이 그렇습니다. 알아주시니 감사합니다."

"자, 그럼 이제 그대들의 궁금증을 풀어줘야겠군. 내가 상원의 사령주를 원한 이유는 간단하오. 그녀가… 나와 아주 가까운 사람이기 때문이오."

"설마 이전부터 인연이 있으셨던 분입니까?"

"그렇소. 그녀는 젊은 시절 나와 절친했던 친구의 아내요.

그 친구와 잠시 떨어져 있는 사이 그가 변을 당하고 그녀의 행방을 잃어버렸는데 상원에서 우연히 그녀를 다시 만나게 된 것이오."

"그러셨군요. 그러고 보니 이제야 이해가 갑니다. 밀황께서는 상원에 머무시는 동안 사령주… 그분에게 무척 각별하셨지요. 그때는 그 문제를 깊이 생각지 않았는데……."

"알다시피 상원의 외족은 한 번 상원에 발을 들인 이상 그 조직에서 벗어날 수 없소. 그러나 만약 문상이 상원을 장악하게 된다면 그녀를 상원에서 자유롭게 풀어줄 수 있을 것이오. 이제 내 조건을 이해하겠소?"

"잘 알겠습니다. 그런데 또 하나 의문이 있습니다."

다시 왕사미가 물었다.

"무엇이오?"

"왜 굳이 그분을 모가장으로 부르시는 건지……?"

"그건 곧 알게 될 거요."

타유가 더 이상 말을 하지 않고 입을 닫았다. 그러자 왕사미 등도 더는 질문을 하지 않고 타유의 뒤를 따라 걸음을 옮겼다.

네 사람은 천중원을 떠난 지 십여 일 후에 성도에 도착했다. 성도 남쪽의 외곽으로 빠져나오자 모가장으로 향하는 관도에 적지 않은 사람의 모습이 보인다. 그런데 그들은 하나같이 긴장한 표정이 역력했다.

"사람들의 표정이 좋지 않군요."

문득 갈목생이 말했다. 그러자 왕사미가 대답했다.

"천중원을 떠나기 전에 알아보니 모가장의 경계가 워낙 삼엄해서 모가장을 드나드는 상인이나 무인들이 무척 조심한다고 하더군요. 그렇다고 사천의 터줏대감인 모가장과 거래를 하지 않을 수도 없는 일이고……."

"하긴 모가장주가 혈시를 얻은 이후 모가장은 세상의 보석과도 같은 곳으로 변했다고 하더이다. 사천의 모든 재물이 모가장으로 모인다는……."

유창이 대답했다. 그런데 그때 문득 서쪽에서부터 일단의 인물이 다가오는 것이 눈에 들어왔다. 대략 이십여 명쯤 되어 보이는 무리는 모가장을 향해 가는 사람들이 위협감을 느낄 정도로 거칠게 말을 몰아 관도를 질주하고 있었다.

"어떤 자들이……?"

왕사미가 고개를 갸웃한다. 그러자 타유가 갈목생에게 명을 내렸다.

"가서 저들이 누군지 알아보시오."

"알겠습니다."

명을 받은 갈목생이 급히 앞으로 달려나갔다.

그런데 갈목생은 타유의 명을 받고 달려나간 후 채 일각이 되지 않아 돌아왔다.

"모광입니다!"

"모광?"

타유가 고개를 갸웃했다. 그러자 왕사미가 말했다.

"모광이라면 누번곡에 있어야 하지 않나요?"

"맞소이다. 하지만 저들은 분명 모광과 그의 일행이오. 그런데 기이한 것이 모광을 따라오는 자들 중에 승려와 도사의 모습을 한 자들이 있었소."

"승려와 도사라……. 모광이 외부의 힘을 끌어들여 모잠에게 반역을 하려는 것일까요?"

왕사미가 타유에게 물었다.

"명분이 없는 것은 아니오."

"어떤 명분이 있다는 거죠?"

"승려와 도사라면 필시 정파를 자처하는 자들일 거요. 모가장이 밀문의 속가와 같다는 것은 모두가 아는 사실, 강호에서 밀문은 마문이오."

"그러나 모광 자신도 과거에는 밀문을 추종한 자이지 않습니까?"

이번에는 갈목생이 물었다.

"어린애 같은 소리를 하는구려. 언제나 정사의 구분은 그저 명분을 얻기 위한 구실일 뿐이란 걸 모르시오? 모광이 뒤늦게 마를 버리고 정으로 돌아섰다고 하면 그만인 것이오."

"그렇다면 서둘러야겠군요. 모광이 데려온 자들이 정파의 고수들이라면 모잠이 그들을 상대해 낼 수는 없을 겁니다."

유창이 말했다. 그러자 타유가 고개를 저었다.

"아니오. 오히려 걸음을 늦추시오."

"어째서 그렇습니다. 모광의 손에 모가장이 들어가면 그는 필시 밀문을 적대시할 겁니다. 금석촌의 일도 있고……."

"그의 손에 모가장이 들어가는 일은 없소. 아마 이번 기회에 모가장은 세상에서 사라질 거요."

타유의 말에 왕사미 등이 화들짝 놀란다.

"그게 무슨 말씀이십니까? 모가장이 세상에서 사라진다니요? 설마 모가장을……?"

"모씨의 모가장은 사실 크게 필요가 없는 곳이오. 예전 그들이 표국일 때도 그러했지만 사실 밀문에 필요한 것은 모가장이 아니라 금석촌일 뿐이오. 모가장이 밀문에 제공하는 재물은 모두 금석촌에서 나오지 않소? 그런 면에서 보면 모가장은 오히려 내게 방해가 되는 존재요. 무가로서도 크게 가치가 없고. 기회가 좋지 않소? 모광과 모잠의 싸움을 이용해 둘 모두를 제거하면 그걸 끝이니. 모씨가 없는 모가장은 더 이상 모가장이 아니지."

"그렇긴 하지만… 그럼 모가장은 완전히 와해시킬 생각이십니까?"

왕사미가 물었다. 그러자 타유가 고개를 저었다.

"그러기에는 그 기반이 아깝소."

"그럼 어찌하실지……?"

"새로운 사람에게 맡길 것이오. 물론 머물길 원하는 자들만 머물게 할 것이고 그들조차도 새로운 주인이 가려 뽑을 것이오. 모가장이 성도에 만들어놓은 상권을 고스란히 이어받은 새로운 상가가 출현하는 거지."

“누구에게 그 상가를 맡기실 생각이신지요?”

“짐작하고 있지 않소?”

타유가 왕사미에게 물었다. 그러자 왕사미가 고개를 끄떡이며 대답했다.

“애초부터 모가장을 상원 사령주께 주실 생각이셨군요.”

“그렇소.”

“그렇게 되면… 확실히 밀문을 위해서도 좋은 일이군요.”

“꼭 그렇지는 않소. 난 그녀에게 모가장을 준 이후에는 모가장이나 금석촌을 밀문에서 완전히 독립시킬 생각이오. 상가는 상가로 머물 때가 좋은 거요. 모가장에서 무인의 꿈을 키우던 자들은 모두 내보내게 될 것이오. 그게… 내 친구를 위해 내가 할 수 있는 최소한의 일인 것 같아서 말이오.”

“밀문에는 큰 손해군요.”

갈목생이 무심코 중얼거렸다. 그러자 타유가 고개를 저었다.

“그대들은 이번 혼돈시가 끝나면 과연 오류가 지금처럼 세상에 존재할 수 있을 것 같소?”

타유이 말은 그가 모가장의 문을 닫겠다는 말보다도 더 충격적이었다. 유창이 더 이상 놀랄 것이 없다는 표정으로 타유에게 물었다.

“설마 밀문까지 폐하시렵니까?”

어찌 보면 반발심까지 느껴지는 말투다. 그러나 타유는 그런 유창의 말에 노기를 드러내지 않았다. 대신 무심한 어조로 말했다.

"내가 밀문을 폐문하는 것이 아니라 새로운 혈막의 막주가 밀문을 그대로 두지 않을 것이오. 앞서 말했지만 혈시의 난이 벌어지는 동안 오류의 상쟁은 이전과 달리 냉혹하고 치열하기 이를 데 없었소. 태원에서도 적지 않은 피가 흘렀지. 그래서 새로 혈막의 막주가 되는 자는 이대로는 혈막의 힘을 온전히 쓸 수 없다는 것을 누구보다 잘 알고 있을 것이오."

"그래서 새로운 혈막주가 오류를 없앨 것이란 말입니까?"

"사분오열된 혈막 오류의 힘을 하나로 모으기 위해서는 오류라는 울타리를 없애 아예 새로운 판을 짜는 것이 가장 좋소. 내 생각에 혈막의 새로운 주인이 누가 되느냐에 따라 몇몇 문파는 사라지게 될 것이오."

"그중에 밀문이 속한다는 말인지요?"

"살막과 더불어 가장 쉬운 문파지."

"그러나… 밀황께서는 총사로부터 밀문의 보존을 약속받지 않으셨습니까?"

"후후후, 내가 한 말을 벌써 잊은 것이오? 사람의 약속이란 믿을 것이 못 된다오. 그가 혈막주가 되면 반드시… 밀문을 없애려 할 것이오."

"어째서 그렇지요?"

왕사미가 이해가 가지 않는다는 듯 물었다. 그러자 타유가 대답했다.

"그건 바로 내가 밀문의 수장이기 때문이오. 물론 지금은 그런 생각이 없다고 해도 일단 혈막의 주인이 되면 생각이 달라질 거요. 그는 나에게 아주 많은 것을 양보했소. 그런 양보를 할 정도라면 그가 날 두려워하고 있다는 말이지. 세상의 어떤 일인자도 자신이 두려워하는 자를 살려두지 않소."

"아……!"

왕사미가 나직하게 한숨을 쉬었다. 그러다가 문득 다시 물었다.

"그런데 그래도 그를 도우실 건가요?"

"음, 그가 성인군자가 아닌데 나라고 성인군자일 필요는 없지 않겠소?"

"하면… 다른 곳을 생각하시는군요."

"상황을 보아가며 결정합시다. 그러나 다른 곳에서 혈막의 막주가 나와도 마찬가지요. 내 생각에는… 밀문이 취할 수 있는 가장 최선의 방책은 밀문의 이름이 사라져도 문도들의 목숨을 온전히 지킬 수 있는 수단을 찾는 것이오."

"결국 밀황께선 밀문을 포기하시는 거군요."

"밀문을 포기하는 것은 내가 아니라 문도들일 거요. 난 아마도 가장 마지막까지 남아 있는 밀문도일 거요."

"……?"

왕사미 등이 이해할 수 없다는 듯 타유를 바라봤다. 그러자 타유가 조금은 냉정한 표정으로 말했다.

"밀문도는 야망을 위해 모인 자들이오. 누군가 새로운 무림의 지배자가 그들의 야망을 이뤄줄 수 있다고 판단하면 아마

두 번 망설이지 않고 밀문을 떠나갈 거요. 아니 그렇소?"

타유가 세 사람에게 물었다. 그러자 삼 인이 부인하지 못한다. 그들도 밀문도의 특성을 누구보다 잘 알고 있기 때문이다.

"그때가 되어서 내가 그들을 잡은들 그들이 내 곁에 머물 리 없을 거요. 더군다나 나도 억지로 문도들을 잡을 생각이 없소. 그러니… 그대들도 각자 혼돈시 이후의 삶을 한 번쯤은 생각해 보는 것이 좋을 거요."

참으로 차가운 말이다. 그에게 충성을 맹세한 수하들에게 할 소리가 아니었다. 그러나 왕사미 등은 타유의 말에 딱히 반발을 하지 않았다. 그들도 알고 있는 것이다. 타유가 한 말이 그들을 위해서 최선의 길이라는 것을. 그러자 갑자기 궁금해졌다. 자신들을 그렇게 떠나보내고 타유는 뭘 할 것인지가.

"밀황께서는 어쩌실 생각이십니까?"

갈목생이 물었다. 그러자 타유가 한참을 생각하다가 대답했다.

"아마도 내겐 두 가지 길이 있을 것이오. 하나는 모든 일을 끝내고 혈막에서 자유로워지는 것, 그리고 두 번째는… 혈막의 주인이 되는 것!"

타유의 말에 왕사미 등의 눈빛이 번쩍인다. 타유에게 야망이 있다면 그들이 타유의 곁을 떠날 이유가 없다.

그들이 아는 타유는 사실 세상의 그 누구보다도 무서운 인물이다. 그는 전대 밀황을 죽인 자다. 오류의 주인들이라 해도 밀황을 죽이는 것은 쉽지 않다. 그뿐인가. 살수의 과거를 지닌 자답게 치밀하고 냉혹한 면도 있다. 이런 인물은 본래 일을 도모하는 데 빈틈이 없기 마련이다.

그럼에도 불구하고 그들이 타유를 자신들의 야망을 채워줄 인물로 확신하지 못한 가장 큰 이유는 그에게 과연 권력에 대한 야망이 있느냐는 것이다. 그런데 지금 타유가 제시한 두 가지 길 중에는 분명 권력에 대한 야망도 포함되어 있다. 그렇다면 그들이 타유를 떠날 이유는 없지 않은가.

"어찌 선택하실지 정하지 못하셨습니까?"

갈목생이 조심스레 묻는다. 그러자 타유가 예상치 못한 대답을 내놨다.

"그 선택은 내가 하는 것이 아니오."

"그럼 누가 밀황님의 행보를 결정한단 말입니까?"

"누가 될지 모르지만 새롭게 혈막의 주인이 되는 자가 결정하게 될 것이오. 그가 나를 놓아준다면 난 혈막을 떠날 것이고, 그가 날 제약하려 한다면 그땐 그를 상대해야 할 것이오. 그를 상대해서 이긴다면 혈막은 자연히 내 손에 들어오지 않겠소? 그렇게 굴러들어 온 혈막을 버릴 수는 없는 일이고."

타유의 대답에 왕사미 등은 난감한 표정을 짓다가 유창이 중얼거렸다.

"누군지 몰라도 잘 선택해야겠군요. 밀황님을 상대하는 것은……."

"언제나 인생은 반반의 가능성이 있소? 그가 운을 시험하겠다면 나도 마다치는 않을 거요. 그나저나 조금 늦게 가려면 어디서 요기라도 합시다."

"조용한 반점을 찾아보겠습니다."

갈목생이 대답을 하고는 다시 앞서 달려나갔다.

*　　*　　*

캉캉캉!

날카롭게 솟구치는 도검의 충돌음 속에 사람들이 메뚜기 떼처럼 모가장을 뛰쳐나왔다. 최근 들어 용담호혈로 변한 모가장이라고는 해도 과거 상가일 때부터 이어지던 상행으로 인해 모가장을 찾는 상인의 수가 적지 않았다.

"무슨 일이오?"

막 모가장을 찾은 장사치들이 혼비백산하여 모가장을 뛰쳐나오는 자들을 향해 물었다.

"제길, 싸움이 일어났소. 그러니 어서 떠나시구려."

"도대체 누가 모가장을……?"

"골육상쟁! 모가장의 두 형제가 제대로 붙었소."

"누번곡에 갇혀 산다는 아우가 왔소?"

"그렇다니까 그러시오. 그것도 아주 대단한 고수들을 몰고 왔더구려. 모가장 사신당의 당주들이 수하들을 이끌고 막아내고 있지만 역부족인 듯하더이다. 에이! 거래나 끝내고 싸울 일이지. 이거 손해가 막심하겠어!"

말을 하던 상인이 투덜거리더니 휑하니 모가장에서 멀어졌다. 그러자 그의 말을 듣고 있던 자가 고개를 갸웃하더니 이내 신형을 돌렸다.

"세상에서 재밌는 게 싸움 구경이라지만 무림인들의 싸움은 너무 위험해. 지난번 용칠이 놈도 무인들의 싸움을 구경하다가 그만 죽고 말았잖아. 이런 때는 피하는 것이 상책이다."

사내가 서둘러 모가장에서 뛰쳐나온 자들에 섞여 모가장에서 멀어졌다.

모가장을 찾았던 자들이나 머물고 있던 자들이 썰물처럼 빠져나간 후에도 모가장에서 들려오는 도검의 충돌음은 멈추지 않았다. 아니, 오히려 보는 자들이 줄어들자 싸움은 더욱 치열해졌다.

모잠은 두 눈에 살기를 담고 자신을 향해 다가오는 모광을 노려보고 있었다. 멀리 뒤쪽에선 어느새 자신의 거처에서 뛰쳐나온 종청영이 팔짱을 낀 채 아들이 모잠을 향해 다가가는 모습을 지켜보고 있었다.

그러나 그녀의 아들 모광이 모잠 앞으로 가는 일은 그리 쉽지 않았다. 모잠 앞에는 새로운 모가장의 실세들, 사신당의 당주들이 늘어서서 모광이 끌어들인 외부의 고수들과 치열한 싸움을 벌이고 있었기 때문이다.

모광이 데려온 외부의 고수는 하나같이 무서운 자들이었다. 그들은 비록 그 숫자가 이십여 명에 지나지 않았지만 근 일백에 달하는 사신당의 고수를 맞아서도 오히려 우위를 점하고 있었다.
특히나 그들의 우두머리 격으로 보이는 네 사람의 무공은 군계일학으로 그들의 손이 한 번 춤을 출 때마다 사신당의 고수들이 여지없이 쓰러져 갔다.
그리하여 싸움이 시작된 지 채 반 시진이 지나지 않아 사신당의 무사들은 온몸에 상처를 입고 모잠 바로 앞까지 밀려났다.
특히 사신당의 당주 중 지왕당주 모불승과 영웅당주 막충은 목숨이 위태로울 지경의 부상을 입었고, 가장 무공이 뛰어나다는 천무당주 위룽 역시 옆구리에 적지 않은 부상을 입고 있었다.
그나마 성한 몸을 하고 있는 것은 천봉당주 민아연이었는데, 그 이유는 그녀가 다른 사람들에 비해 특별히 무공이 뛰어나기 때문이 아니라 무슨 일인지 모광의 세력이 그녀에게만큼은 독수를 쓰지 않고 있기 때문이었다. 어쨌거나 이대로라면 결국 모잠의 세력은 전멸을 면치 못할 지경이다.
"잠시 검을 거두어주시오!"
문득 싸움으로부터 한 걸음 뒤에 물러나 있던 모광이 큰 소리로 입을 열었다.
그러자 모잠을 궁지에 몰아넣던 자들이 검을 거두고 뒤로 물러났다. 모광이 뒤로 물러난 고수들을 향해 가볍게 고개를 숙여 보이고는 천천히 앞으로 걸어 나갔다.
"이놈… 광!"

모광이 앞으로 나서자 모잠이 늑대가 으르렁대듯 소리쳤다. 그러자 모광이 정중하게 모잠에게 고개를 숙여 보였다.

"형님, 오랜만에 뵙겠소."

"감히 네놈이 날 형님이라고 부를 수 있단 말이냐?"

"형님이 날 누번곡에 집어넣을 때 형님도 날 아우라 불렀지요."

"…아무리 권력을 탐한다 한들 감히 외인을 끌어들여 가문을 절단 내다니. 네놈이 그러고도 모가장의 사람이라 할 수 있단 말이냐?"

"형님, 형님은 예나 지금이나 아둔하기는 여전하시구려. 외인을 끌어들여 모가장을 차지한 것은 형님이 먼저 아니오? 그 대단하다는 좌호법, 아, 이젠 밀문의 밀황이 되었다고 하던가요? 그자를 끌어들이기 전에는 이 모광이야말로 모가장의 후계자였소."

모광의 차가운 추궁에 모잠이 할 말을 잃고 그저 모광을 노려볼 뿐이다. 그러자 모광이 다시 말했다.

"형님의 말씀대로 우리 두 형제의 싸움에 타인이 관여하는 것은 그리 좋은 모습이 아닐 거요. 그러니… 내가 제안을 하겠소."

"무슨 말이든 지껄여 보아라!"

"스스로 목숨을 끊으시오!"

"뭐라고? 이런 미친놈이……!"

"그게 형님이 모가장을 위해 할 수 있는 유일한 길이오. 형님이 살아 있다면 아마도 몇몇 모가장의 형제는 형님께 충성을 바친다는 명복하에 나에게 반항하게 될 것이고, 그리되면 적지 않은 형제가 죽게 될 것이오. 그런 비극을 막는 길은 오직 하나, 형님이 스스로 자진하는 것이오."

모광의 말에 모잠이 미처 반박을 하기도 전에 모잠 옆에 서 있던 우호법 구여분이 입을 열었다. 그의 눈은 무척 영활하게 돌아가고 있었는데, 이미 마음속에 어느 쪽에 서야 할지 계산이 끝난 것이 분명해 보였다.

"이공자께 이 구여분이 한 말씀 올리겠습니다."

"아! 우호법이시구려. 과거의 본 문을 세운 사풍객 중 이제 오직 우호법께서만 살아 계시니 실질적으로 우호법께선 이 모가장의 가장 웃어른이라고 할 수 있지요. 그러니 어찌 우호법님의 고견을 듣지 않을 수 있겠습니까?"

이미 상황을 완전히 장악하고 있다고 생각하는지 모광이 제법 여유를 부린다. 그러자 구여분이 그런 모광에게 고개를 숙여 보이고는 서너 걸음 옆으로 물러섰다. 그 모습에 모잠의 눈썹이 꿈틀거렸다. 구여분이 자신의 곁에서 물러섰다는 것은 그가 두 형제의 싸움에서 중립을 지키겠다는 의미일 터였다.

"우호법!"

모잠이 노한 눈으로 구여분을 노려본다. 그러자 구여분이 표정 하나 변하지 않고 입을 열었다.

"장주, 이 늙은이는 평생 모가장을 위해 살아왔습니다. 그러니 제가 어찌 모가장이 멸망하는 것을 보고 있을 수만 있겠습니까? 해서 드리는 충언이니 부디 노엽게 생각지 마시기 바랍니다."

"무슨 말을 하고 싶은 거요?"

"대저 사람이란 아무리 뛰어난 재능을 가지고 있다고 해도 결국에는 시류에 따라 움직일 수밖에 없습니다. 우리 모가장도 다르지 않지요. 장주께서도 보셨듯이 이미 이 싸움의 승패는 결정이 나 있습니다. 사신당을 제외하고 다른 형제들이 싸움에 관여치 않는 것만 보아도 알 수 있는 일 아닙니까? 형제들은 이미 이 싸움의 승패를 알고 있는 것입니다. 해서… 이젠 장주께서 그만 양보를 하실 때인 것 같습니다."

"하하하! 그러니까 그대의 말은 광의 말처럼 나에게 스스로 목숨을 끊으라는 것인가?"

"설마 그럴 리야 있겠습니까? 이공자!"

"말씀하시지요, 우호법!"

모광이 여유 있게 구여분의 말을 받았다.

"대업을 도모할 때에야 형제의 정은 사사로운 것이지요. 그러나 대사가 이미 결정된 마당에 다시 형제의 피를 보는 것은 옳지 않은 일입니다. 허니… 장주께서 누번곡으로 가시는 것으로 해주시면 어떻겠습니까?"

"우호법은 그 입을 닥쳐라! 감히 내게 누번곡으로 가라고! 나 모잠만이 모가장의 주인이다! 모두 들으라! 이 반역자들을 당장 공격하라!"

모잠이 서슬 퍼런 명을 내렸다. 그러나 장내의 사람 중 그 누구도 모잠의 명에 움직이지 않았다. 하물며 사신당의 당주들까지 움직이지 않으니 다른 사람들이야 말할 것도 없었다. 그리고 사실 사신당의 당주 중 모불승과 막충, 그리고 위릉은 더 이상 검을 들 수도 없는 처지였다. 설혹 그들이 살아난다 해도 더 이상 무인으로서는 살아가기 힘들 터였다.

"네, 네놈들이……!"

어제까지만 해도 입안의 혀처럼 자신의 말에 움직이던 사람들이 자신의 명에 꿈쩍도 하지 않자 모잠이 당황과 분노로 얼굴이 벌겋게 변했다. 그러자 구여분이 달래듯 말했다.

"장주, 사람의 인생이란 결국 운명에 순응할 수밖에 없습니다. 이미 가문의 일이 결정되었으니 이공자께 장주의 직을 넘기시고 일신의 안위를 구하는 것이 가장 좋은 방책일 것입니다. 부디 이 늙은이의 충고를 귀담아들으시기 바랍니다."

"구여분… 당신이……!"

모잠이 차갑게 구여분을 노려보며 치를 떤다. 그러자 모광이 잠시 생각에 잠겼다가 입을 열었다.

"생각해 보니 우호법의 말씀이 나쁘지 않군요. 난 사실 형님의 목숨을 거둘 생각이었습니다만… 아무리 존망을 겨룬 사이라 해도 형제는 형제. 조용히 누번곡으로 가시겠다면 목숨을 요구치는 않겠습니다."

모광의 말에 모잠이 미처 대답을 하지 못하고 있는데, 갑자기 멀리 뒤쪽에서 앙칼진 목소리가 터져 나왔다.

"그건 안 될 말이다!"

"어머니!"

모광이 고개를 돌려보니 종청영이 살기가 가득한 눈으로 앞으로 걸어 나왔다.

"그는 죽어야 한다."

"어머님!"

종청영의 싸늘한 말투에 모광이 당황한 표정을 짓는다. 모가장의 문도 중에도 종청영의 등장에 얼굴을 찌푸리는 자가 여럿 있었다. 그러나 종청영은 그런 사람들의 시선에 아랑곳하지 않고 다시 입을 열었다.

"모든 일은 그 뿌리를 뽑아야 한다. 그가 살아 있는 한 넌 언제나 그에 대한 불안감 속에서 살아야 할 것이다. 그리고 그가 죽어야 하는 가장 큰 이유는… 그가 우리 종씨를 멸문에 이르게 했기 때문이다. 난 반드시 그 빚을 받아야겠다."

종청영의 눈빛이 서릿발 같다. 종청영은 과거 모잠이 모흔의 죽음에 연루된 사풍객 종여득의 죄를 물어 종씨 일가를 모가장에서 축출한 원한을 잊지 않고 있었던 것이다.

"흐흐흐, 어머님! 이 가문은 모씨의 것이오. 그런데 그 주인을 죽이고 반란을 주도한 종씨의 원한을 아우에게 갚게 하겠다는 것이오?"

모잠이 실소를 흘리며 물었다. 그러자 종청영이 악을 쓰듯 소리쳤다.

"네놈은 그 입을 닥쳐라! 사실 오라버니께서 장주를 죽였다는 증거도 없었다! 네놈이 그 죄를 오라버니께 뒤집어씌운 것임을 모를 줄 아느냐?"

그러자 모잠이 서늘한 표정으로 종청영을 보며 말했다.

"그럼 천무당주의 말을 믿지 못하겠는 것이오?"

그러자 종청영이 천무당주 위릉을 노려보며 말했다.

"그 사건 이후 모가장에서 가장 출세한 자가 바로 천무당주지. 그러니 그가 너와 짜고 그 일을 꾸몄을 가능성은 충분해!"

누가 들어도 억지인 종청영의 말이다. 그녀의 말에 천무당주 위릉이 검을 고쳐 잡으며 말했다.

"대부인, 나 위릉을 겨우 그렇게 보았다니 섭섭하군요. 이공자께 묻겠소이다. 이공자께서도 대부인과 같은 생각이시오?"

만약 모광의 생각이 같다면 죽음도 불사하고 승부를 결하겠다는 표정이다. 위릉은 모가장에서 무척 중요한 인물이다. 그가 움직이면 그를 따를 수하가 적지 않다. 그러니 모광 역시 대답에 신중할 수밖에 없다.

"뭘 하느냐? 놈들을 모두 죽여 버려!"

종청영이 미처 모광이 대답을 하기도 전에 소리쳤다. 그러자 모광이 살짝 아미를 좁히며 말했다.

"어머니, 고정하시고 잠시 뒤로 물러나 계세요."

"광아! 네가 감히 내 말을 어길 생각이냐?"

종청영이 핏발이 선 눈으로 모광을 노려봤다. 그러자 모광이 평소와 다른 차가운 표정으로 종청영을 보며 말했다.

"어머니, 제 성이 무엇입니까?"

"그야 당연히……."

"어머니, 저 역시 모씨의 피를 받은 사람입니다. 그리고 외숙부께서 아버님을 시해한 것 역시 의심할 수 없는 사실이지요. 종씨가 핍박을 받은 것이 지나친 면이 있기는 해도 그 사실이 변하는 것은 아닙니다. 또한 내가 모가장의 주인이 되려는 것은 모가장을 올바른 길로 이끌어 가문을 번창시키려는 것이지 가문을 절단 내려고 하는 일은 아닙니다. 천무당주가 우리 가문의 오랜 충신임은 누가 모가장의 주인이 되어도 변하지 않는 사실입니다."

모광의 반발에 종청영의 표정이 굳어졌다. 예전 누번곡에 갇히기 전에는 종청영이 하는 말이라면 무엇이든 따르던 모광이다. 그런데 오늘의 모광은 달랐다. 훨씬 차가워졌으며 결코 과거와 같이 고분고분 자신의 말을 듣던 아들이 아니었다. 더군다나 오늘 모광이 자신의 사람들을 이끌고 모잠을 칠 것이라는 사실은 어머니인 종청영에게 알리지 않았던 일이다.

"광아, 넌… 넌… 변했구나."

종청영이 탄식을 흘렸다. 그러자 모광이 고개를 끄떡였다.

"변했지요. 과거 어머님의 말씀에 순종하던 아들은 이제 없습니다. 그렇게 나약해서는 절대로 내가 원하는 것을 얻을 수 없다는 걸 깨달았기 때문입니다. 그러니 어머님, 뒤로 물러나 계세요. 오늘의 일은 제가 알아서 하겠습니다."

"그는 반드시 죽여야 한다."

종청영이 고집을 피운다. 그러자 모광이 다시 입을 열었다.

"그 일 역시 제가 알아서 합니다."

차가운 모광의 대꾸에 종청영이 뭔가 다른 말을 하려다가 이내 입을 다물고는 뒤로 물러났다. 그러자 모광이 모잠에게로 시선을 돌렸다. 그리고는 냉랭하게 물었다.

"형님께서는 누번곡에 가실 생각이 있으십니까?"

"호오! 목숨은 살려주겠다는 말이냐?"

모잠이 비웃듯이 말했다. 그러자 모광이 대답했다.

"과거 형님께서도 그리하셨지요. 당시 나를 죽일 수 있었음에도 살려주시지 않았습니까? 은혜는 은혜대로, 원한은 원한대로 갚아야지요."

"내가 다시 재기할 것이 두렵지 않느냐?"

"아마 그럴 기회는 없을 겁니다. 왜냐하면 제가 한 번 경험한 일이므로 누구보다 형님을 잘 막을 수 있을 테니까요."

"많이 컸구나."

"이렇게 형님 앞에 서지 않았습니까?"

모광이 한줄기 미소를 짓는다. 그러자 모잠이 불쑥 물었다.

"그러니까 모가장을 멸문으로 이끌 생각은 없는 거지?"

"당연한 일 아닙니까? 좀 더 밝은 곳으로 이끌 것입니다. 마도가 아닌 정도로 말입니다."

"네가 데리고 온 사람들을 보고 그러리라 짐작했다. 그러나 너도 알고 나도 알 듯이 상가에 무슨 정사(正邪)가 있겠느냐?"

"모가장은 무가지요."

"그렇게 생각하느냐?"

"아니란 말입니까?"

모광이 의아한 얼굴빛으로 모잠에게 되물었다.

"그동안 내가 느낀 것은 이렇다. 우리 모두가 모가장이 이제 상가가 아니라 무가라고 말한다고 해도 강호의 세가들은 절대 우릴 제대로 된 무가로 대하지 않는다는 것이다. 아마도 널 따라온 저들… 소위 정파라 부르는 그들조차도 우리 모가장에게 원하는 것은 재물이지 무력이 아닐 것이다."

모잠의 말에 모광이 다시 비웃음을 던진다.

"밀문에서 고초를 많이 당하신 모양이군요."

"견디기 어렵더구나. 그래서 네가 또다시 나와 같은 고초를 겪지 않았으면 한다."

"다시 말하지만 전 형님과 다릅니다. 모가장을 강호무림의 전통의 명가로 만들 것입니다."

"그래? 그럼 네게 그 능력이 있음을 증명하거라. 그래야 문도들이 순순히 널 따를 것이다."

"이미 증명이 된 것 아닙니까?"

모광이 주위를 돌아보며 말했다. 이미 싸움의 승패가 난 상황이다. 더 증명할 것이 무엇이란 말인가.

"네 지모와 술수는 증명이 되었지. 그러나… 네 무공은 증명되지 않았다. 상가라면 지모와 술수로 족하지만 네가 원하듯 무가라면 다르다. 네 무공을 증명해야 한단 말이다. 나와 겨룰 배짱이 있느냐?"

모잠의 말에 모광이 살짝 얼굴이 굳었다가 이내 차가운 미소를 흘린다.

"그걸 원하셨군요. 이 상황을 한 번에 반전시킬 기회! 나와의 비무만이 그 기회를 주겠지요. 이럴 때 보면 형님도 제법 심기가 깊으십니다."

"좋을 대로 생각하거라. 하겠느냐?"

모잠의 물음에 모광이 망설이지 않고 고개를 끄떡였다.

"좋습니다. 하지요."

"안 된다, 광아! 굳이 어려운 길을 택할 필요가 없어!"

뒤에서 물러났던 종청영이 소리쳤다. 그러자 모광이 뒤도 보지 않고 종청영에게 대답했다.

"이 또한 모씨 일가의 일입니다!"

단호한 모광의 태도에서 그가 과거와 달리 일문의 주인이 될 그릇이 되었음을 느낄 수 있다. 그런 모광을 보며 모잠의 표정이 굳어졌다. 예전이라면 승부를 자신할 수 있었지만 자신의 도발을 순순히 받아주는 모광에게 지금은 두려움이 느껴졌다.

"모두 물러나라!"

모광이 좌우를 보며 호령했다. 그러자 모잠의 앞을 막고 있던 모가장의 무사들과 모광을 따라온 자들이 모두 뒤로 물러났다. 순식간에 장내에 모잠과 모광 두 형제만 남았다.

"뽑아라!"

모잠이 모광을 향해 소리쳤다. 그러자 모광이 망설이지 않고 검을 뽑았다. 과거 청담에게 한 팔이 잘려 외팔인 모광이지만 검을 들고 서 있는 모습은 태산처럼 단단해 빈틈이 없어 보였다.

그 모습을 긴장한 눈으로 지켜보던 모잠 역시 무겁게 도를 뽑아 들었다. 도갑을 벗어난 그의 도에서 검은 빛이 일렁인다. 한눈에 보아도 쉽게 보기 힘든 보도(寶刀)다.

"좋은 칼이구려."

모광이 모잠의 도를 보며 말했다. 한편으로는 병기의 날카로움에 의지하는 모잠을 비웃는 듯도 했다. 그러자 모잠이 싸늘하게 말했다.

"아우의 목을 베는 데 어찌 허름한 칼을 쓸까. 어디, 네 무공을 보자. 어려선 언제나 나의 칼을 두려워했지!"

모잠이 말이 끝나기가 무섭게 신형을 날렸다. 그러자 그의 옷이 공기로 가득 차 부풀어 오르더니 이내 독수리처럼 허공을 가로질러 모광을 덮쳤다.

순간 모광이 매섭게 검을 앞으로 찔렀다. 그의 검에서 파도가 갈리는 소리가 일어나자 기이하게도 그 사납던 모잠의 도세가 사방으로 흩어졌다. 모광이 단번에 자신의 공격을 파훼하자 모잠이 표정이 딱딱하게 굳어졌다. 모광의 무공이 과거와는 비교할 수 없을 만큼 강해져 있었던 것이다.

팟!

당황하는 모잠을 향해 모광이 재차 검을 휘둘렀다. 그의 검이 살아 있는 생물처럼 꿈틀거리며 모잠의 심장을 베어갔다. 모잠이 당황하며 도를 들어 광폭하게 모광의 검을 내려쳤다.

모잠의 도가 태풍 같은 도풍을 일으킨다. 그런데 기이하게

도 모광의 검이 마치 모잠의 도세를 뚫고 지나가듯 앞으로 전진하더니 한순간에 모잠을 찔렀다.

"읏!"

모잠의 입에서 다급한 신음성이 흘러나왔다. 심장은 피했지만 부풀어져 있던 그의 옷이 크게 베어지면서 가슴 옆에서 옆구리 쪽으로 길게 검상이 만들어졌다. 그 검상을 통해 꾸역꾸역 피가 흘러나오기 시작했다. 그런 모잠을 보며 모광이 차가운 목소리로 말했다.

"형님, 예전부터 형님은 제 상대가 아니었어요. 그저 운이 좋아 아버님의 자리를 물려받은 것일 뿐! 그러니 이제 모든 것이 제자리로 돌아갈 때입니다. 모가장은 제가 잘 이끌 것입니다. 아마도 천하의 풍파가 가라앉으면 모가장은 명문대파로 우뚝 서 있을 겁니다. 그러니 형님께서는 누번곡에서 모가장의 성세를 즐기세요. 그리고……."

모광이 좀 더 싸늘해진 눈으로 모잠을 바라보며 말꼬리를 흐리다가 이내 결심을 한 듯 말했다.

"그리고… 제가 말했지요? 전 형님의 재기를 막을 자신이 있다고. 지금 그 증거를 보여 드리지요. 형님의 목숨 대신 형님의 무공을 폐하겠습니다."

"이놈!"

한순간 모잠의 분노가 폭발했다. 한 번의 격돌에서 모광이 이미 자신의 무공을 넘어섰다는 것은 여실히 드러난 상태이다. 그 상태에서 조용히 물러날 것을 권했다면 어쩌면 모잠은 이쯤에서 도를 꺾고 순순히 누번곡으로 들어갈 수도 있었을 것이다. 그런데 무공을 폐하겠다니. 무공을 없애는 것은 무인에게 죽음보다 더한 치욕이다. 그런데 모광이 그런 치욕을 강요하고 있는 것이다.

"죽음으로 네놈과 맞서리라!"

모잠이 피를 흘리며 도를 들어 올렸다. 그러나 이미 피를 너무 많이 흘려 도를 들고 있는 손이 부들부들 떨린다. 그런 모잠을 보며 모광이 고개를 저었다.

"아니지요. 어떻게 제가 혈육을 죽였다는 오명을 쓰겠습니까. 형님은 그저 무계를 떠나 편히 쉬세요. 그러면 되는 겁니다."

모광이 냉정하게 말을 하고는 다시 모잠을 향해 달려들었다. 그러자 모잠이 힘겹게 도를 들어 달려오는 모광을 내려쳤다. 순간 모광의 검이 벼락처럼 움직였다.

창!

날카로운 충돌음이 일어났다. 그리고 다음 순간 모잠의 손에서 그의 보도가 튕겨져 나갔다. 그러자 모잠의 가슴이 훤히 열렸다.

팡!

비어 있는 모잠의 가슴을 향해 모광이 강력한 일장을 때렸다.

"컥!"

모잠이 입에서 피를 토하며 허공으로 날려가 땅에 고꾸라졌다가 비틀거리며 일어섰다. 그러자 모광이 바람처럼 모잠에게 달려들더니 미처 모잠이 정신을 차릴 사이도 없이 단전에 손을 올렸다.

"악!"

모잠의 입에서 처참한 비명이 쏟아졌다. 그리고는 중심을 잃은 채 어린애처럼 그 자리에 주저앉았다.

"네, 네놈이……!"

모잠이 겨우 고개를 들어 모광을 보며 분노했다. 그러자 모광이 소름 끼치게 부드러운 목소리로 말했다.

"형님, 세상에 무공의 신비로움을 아는 사람은 극소수입니다. 대부분의 사람은 내가기공과 같은 무공과는 아무런 인연을 맺지 않고 살아가지요. 그러니 형님께서 무공을 잃으셨다 해서 세상을 살아가지 못할 것은 없습니다. 마음 편히 가지세요."

"이, 악독한 놈!"

모잠이 다시 소리쳤다. 그러자 모광이 고개를 끄떡인다.

"부인하지 않겠습니다. 전 독한 놈이지요. 그러나 그나마 다행인 것은 제가 마도에서 정도로 돌아섰다는 것입니다. 제가 계속 밀문에 마음을 두고 있었다면 아마도 오늘 형님의 목숨은 이 자리에서 끊어졌을 겁니다. 그러니 운이 좋은 줄 아시고 이젠 세상에 대한 욕심을 버리고 편히 사세요. 원하신다면 여기 계신 소림의 무엄 대사께 청해 부처께 귀의하시는 것도 나쁘지는 않겠지요. 가능하겠습니까?"

모광이 그가 데리고 온 정도의 고수 중 중년의 승려를 보며 물었다. 그러자 승려가 고개를 끄떡인다.

"천하의 살성도 부처께 귀의하면 그 죄를 씻고 피안의 길에 이를 수 있는데 하물며 모가장주시잖습니까? 당연히 가능하지요."

"보세요. 형님, 얼마나 다행입니까? 이제 그만 속세의 욕망일랑 내려놓으세요."

모광의 말에 모잠이 분노를 이기지 못하고 한 줌 피를 토해 낸다.

"컥!"

"저런, 형님, 마음을 다스리세요. 몸 상하십니다."

모광이 정말 모잠을 걱정하는 것처럼 그를 부축하려 몸을 숙인다. 그런데 그때 갑자기 모가장의 정문 쪽에서 지금까지 장내에서 없었던 목소리가 들려왔다.

"참 보기 좋은 모습이군. 아우가 형을 위해 그 무공을 끊고 부처께 귀의를 시켜주다니. 아름다운 모습이야. 그런데 그럴 바에야 아예 그 아우도 형을 따라 절로 들어가는 것은 어떨까?"

갑작스런 불청객의 등장에 모든 사람의 시선이 목소리가 들려온 정문 쪽으로 향했다. 그리고 다음 순간 다시 모든 사람의 입에서 경악스런 음성이 흘러나왔다.

"밀황!"

"좌… 호법이야!"

모가장의 모든 사람이 타유를 안다. 그리고 또한 그들 모두는 타유가 밀문의 주인임을 안다. 그리고 다시 하나, 그의 결심에 따라 모가장의 운명이 결정된다는 사실 역시 모르는 사람은 없다. 그 타유가 이 묘한 상황에 모습을 드러낸 것이다.

타유가 나타난 이상 모가장의 운명은 다시 혼돈 속에 빠졌다. 모가장이 어찌 될지 예측할 수 있는 사람은 아무도 없었다. 더군다나 이젠 모가장의 주인이 모잠이 아니라 모광이다. 그리고 그가 데려온 사람들은 정도의 고수. 이런 상황에서 타유가 모가장에 어떤 영향력을 행사할 수 있을지도 의문이었다.

"밀황께서 납시셨다! 밀문도들은 밀황님을 영접하라!"

타유의 앞으로 갈목생이 나서며 큰 소리로 외쳤다. 그러자 장내에 있던 사람 중 이십 여 명이 나는 듯이 달려와 타유 앞에 부복했다.

"밀황을 뵙습니다!"

타유 앞에 무릎을 꿇은 자들은 모가장에 음양으로 나와 있던 밀문도였다. 좋게 말하면 모잠을 돕기 위해 나와 있는 자들이고, 나쁘게 보면 모가장의 행보를 감시하러 나온 자들이었는데 모광과 정파고수들의 등장에 자신의 안위를 걱정하던 그들에게 타유의 등장은 그야말로 하늘에서 내려온 구명줄이나 다름없었다.

"모두 일어나라!"

타유가 무심하게 명을 하자 부복했던 밀문도들이 자리에서 일어난 후 타유 뒤쪽으로 호위하듯 늘어섰다. 그러자 타유가 거리낌 없이 걸음을 옮겨 모잠과 모광 형제가 있는 곳으로 다가갔다. 순간 모광이 자신 모르게 모잠에게서 멀어져 그가 데려온 정파고수들 곁으로 물러났다. 아무리 모광이라 해도 밀황 타유를 두려워하지 않을 수 없었던 것이다.

"몸이 많이 상했구려."

타유가 모잠을 내려다보며 말했다.

"밀… 황!"

모잠이 힘겹게 타유 앞에 무릎을 꿇는다. 그러자 타유가 모잠을 한참 동안 내려다보다가 다시 입을 열었다.

"장주의 몸은 회복할 수 없소. 그건 나로서도 어쩔 수 없는 상태요. 대신 장주의 부탁을 들어주겠소. 그를 어찌하면 좋겠소?"

타유가 시선을 들어 모광을 바라봤다. 순간 타유의 눈에서 흘러나온 차가운 안광이 모광의 동공을 뚫고 들어왔다. 모광이 흠칫 놀라며 다시 두어 걸음 뒤로 물러났다. 그때 타유의 귀에 모잠의 목소리가 들려왔다.

"그가 나의 목숨을 살려주었으니 나 역시 그의 목숨은 살려주어야지요. 대신 그가 나의 무공을 빼앗았으니 그 역시 무공을 잃었으면 합니다. 그리되면 그는 자신의 소원대로 불가에 귀의할 수 있겠지요."

"장주는 어찌하시려오?"

타유가 모잠에게 물었다. 그러자 모잠이 당황스런 표정으로 타유를 바라봤다. 그야 당연히 모광이 물러가면 모가장에 남아 있을 생각이다. 그러나 모잠은 타유의 물음과 그의 표정을 보는 순간 자신이 더 이상 모가장에 머물 수 없음을 깨달았다. 무공이 없는 장주는 모가장에서 더 이상 의미가 없었다.

"아! 내 대에… 모가장이 세상에서 사라지는구나."

모잠이 나직하게 탄식을 흘렸다.

"조용히 살 곳을 마련해 주겠소."

타유가 말했다. 그러자 모잠이 희미하게 실소를 흘렸다.

"어딘들 살 곳이 없겠습니까?"

"좋소. 그 이야기는 나중에 합시다. 먼저… 장주의 동생을 불가에 귀의시키는 것이 급한 것 같구려. 모광!"

타유가 나직한 목소리로 모광을 불렀다. 마치 오랫동안 수하로 두었던 자를 부르는 모습니다.

"말하시오!"

모광이 감히 타유의 말을 무시하지 못하고 대답했다.

"꿇으라!"

타유가 명을 내렸다. 그러자 모광이 입술을 깨물며 대답했다.

"난 당신의 수하가 아니오."

"반역인가?"

"난 당신의, 밀문의 수하인 적이 없소."

"그럼… 그대는 모가장의 외적(外敵)이군."

"무슨 소리요! 난 모씨의 혈통을 이은 정통의 후손이오! 외인이라면 오히려 밀황 그대가 외인이 아니오?"

대화가 길어지자 모광이 타유에 대한 두려움에서 조금씩 벗어나기 시작했다.

"그대가 모가장의 정통 혈손이라면 그대의 아버지와 그대의 형, 두 명의 장주가 결정한 사실을 부인하려 하겠는가? 두 장주는 모가장을 들어 밀문에 복속했다. 그 사실을 부정하려는 것은 곧 그대가 모씨의 피는 이었으되 모가장의 후계자일 수는 없다는 말이지."

"모가장은 그동안 잘못된 길을 가고 있었소. 그걸 바로잡으려는 것인데 어찌 그것이 흠이 되겠소. 밀황 그대야말로 모가장의 일에서 물러나시오. 모가장의 운명은 오직 모씨만이 결정할 수 있소."

모광의 반발에 타유가 가만히 모광을 보다가 소름 끼치는 살기를 흘리며 입을 열었다.

"이 정도면 충분한 기회를 주었다고 할 수 있겠지. 모두 들으라! 오늘 모가장이 외적의 침입을 받아 멸문의 위기에 처했다! 나 밀황이 그동안 모가장이 밀문에 충성한 공로를 생각해 오늘의 이 위기를 막아주겠다! 모가장의 운명은 반역도를 처리한 후 결정한다!"

"명을 받듭니다!"

타유를 맞이했던 밀문도들이 큰 목소리로 대답한다. 겨우 이십 명의 대답이었지만 그 대답이 마치 장내를 타유가 완전히 장악한 것 같은 분위기를 만들어냈다. 그러자 타유가 다시 모광의 뒤에 늘어선 정파의 고수들을 보며 입을 열었다.

"그대들 중 우두머리가 누군가?"

타유의 물음에 앞서 모광과 모잠의 귀의를 두고 말을 섞었던 중년 승려가 앞으로 나서며 말했다.

"이 몸은 소림의 무엄이라 하오. 쟁쟁한 명성의 밀황을 이렇게 뵐 줄은 몰랐소이다. 만나 뵙게 되어 영광이오!"

무엄이 승려답지 않게 은은한 투기를 드러내며 합장을 한다. 한눈에 보아도 뛰어난 무승임이 드러나는 소림승 무엄이다.

최근의 무림에서 사람들의 입에 가장 많이 회자되고 있는 이름을 들라면 단연 새로운 밀문의 밀황 타유다. 사천의 한 가문 식객으로 출발한 그의 무림행은 채 삼 년도 되지 않아 신비의 무림 세력 혈막의 한 축인 밀문의 밀황 자리에까지 도달해 있다.

혈막이라는 세력에 대해 잘 모르고 있던 무림인조차도 오히려 타유라는 이름을 먼저 알고 그로 인해 혈막의 무서움을 알게 되는 경우도 적지 않았다.

덕분에 이제 혈막은 천외천이라거나 혹은 신비의 장막에 가려진 비밀 결사의 세력이라 불리기에는 어울리지 않게 세상에 널리 알려지게 되었다. 타유가 의도한 것은 아니지만 그로 인해 혈막이 빠르게 세상에 드러나고 있는 것이다.

아마도 그런 면에선 다른 혈막 오류의 주인들이 타유를 크게 원망하고 있을 상황이다.

아무튼 당금 강호에서 가장 주목받는 밀황 타유였으므로 호승심이 강한 무인이라면 누구라도 한번 보고 싶어 했고, 또 누구라도 한 번은 손속을 겨뤄보고 싶어 했다. 소림의 무승 무엄 역시 다르지 않았다. 무를 수도의 한 수단으로 생각하는 무승이라지만 일단 무의 길에 들어서면 호승심만은 억누르기 어려운 법이다.

"소림의 무엄이라……. 모르는 자군."

타유가 고개를 돌려 왕사미를 바라본다. 상대에 대해 설명을 하라는 의미다.

"그는 소림이 자랑하는 사대금강불 중 한 사람입니다."

"금강불?"

"고된 수련을 통해 금강불괴지신을 갖게 된 고수라고 알려진 자들입니다. 지금도 여전히 수련에만 매달려 있어 강호에 출도한 적은 없다고 알고 있는데……."

왕사미가 경계 어린 빛을 보인다. 혈막의 고수 왕사미가 경계하는 자라면 고수다.

"소림의 행보인가, 의천맹의 행보인가?"

타유가 무엄에게 물었다. 상대는 소림의 고수, 그러나 그를 상대하는 타유의 말투는 오만하다. 혈막 오류의 주인이라면 당연한 일이지만 그 말을 듣는 무엄으로서는 불쾌한 일이 아닐 수 없었다.

"이 일은 우리 친우들의 일이오. 의천맹의 일은 아니오!"

"친우라 함은 누굴 말하는 거지?"

그러자 잠시 침묵을 지키고 있던 모광이 나섰다.

"밀황은 잘 생각하시오. 이분들은 정도의 기백을 대표하시는 후송백림의 영웅이시오."

순간 타유의 눈이 반짝인다.

"후송백림이라……. 송백림의 후신이란 말인가?"

"그렇소. 과거 천하를 바로잡기 위해 강호에 나섰던 송백림 의사들의 뜻을 잇는 분들이오. 비록 당신이 밀황이라 해도 결코 이분들을 쉽게 상대할 수는 없을 것이오. 더군다나 그대는 수하를 몇 끌고 오지도 않았구려. 그러니… 이제 모가장을 그만 놓아주시구려. 그리고 왔던 곳으로 돌아가시오. 그리한다면… 오늘 서로 피를 보는 일은 없을 것이오."

모광이 후송백림의 고수들을 믿고 호기를 부린다. 그런 모광을 보며 타유가 싸늘한 미소를 머금는다. 타유가 모광의 말은 무시하고 다시 승려 무엄에게 말을 건넸다.

"부인하지만 결국 의천맹의 가지군."

타유의 말에 무엄이 다시 고개를 젓는다.

"분명히 말하지만 우린 의천맹의 형제들과는 다르오. 우린 악인을 상대하는 데 손속에 사정을 두지 않소."

"마뇌 하순이 야망을 드러낸 것인가?"

타유가 혼잣말처럼 중얼거렸다. 그러나 그의 말은 무엄과 다른 후송백림 고수들 귀에 똑똑하게 들렸다.

타유의 그 한마디 말을 들은 후송백림 고수들 사이에 작은 파문이 인다. 마뇌 하순의 이름이 가져온 파문이다. 그들의 동요를 본 타유는 자신의 짐작을 확신했다. 송백림이라는 이름으로 다시 무림에 새로운 조직을 만들어낼 수 있는 사람은 몇 없다. 그중 정파의 중견 고수들을 모아 송백림의 후신을 만들 수 있는 자는 오직 하나, 의천맹의 수뇌인 마뇌 하순밖에 없었다.

“그가 답답했나 보군. 하긴 정파의 노고수들은 그의 의도대로 움직이지 않았겠지. 그는 명석하기는 해도 성정은 다급한 편이라더군. 그 덕에 과거 송백림이 백혈랑에게 멸망한 것인데… 그 버릇을 고치지 못한 건가?”

타유가 마치 하순의 머릿속에 들어갔다 나온 사람처럼 말한다. 그의 입에서 하순에 대한 생각이 흘러나올 때마다 후송백림 고수들의 동요는 더욱 커졌다.

“밀황께서는 어찌 그분을 그리 잘 아시오?”

무엄이 물었다. 혈막 오류의 주인이 하순에 대해 이렇게 상세하게 알고 있는 것은 무척 위험한 일이기 때문이다.

“그도 나를 이 정도는 알고 있을 것이오. 어쨌든… 그는 또 다시 위험한 길을 가고 있군.”

“그분은 현명한 분이오. 세상은 변하고 있소. 혈막도 밀문도 이젠 그만 무림의 역사에서 사라져야 할 때요.”

무엄이 사뭇 도전적으로 말했다. 그런데 타유의 반응이 기이했다. 그는 무엄의 도발에 크게 노하거나 동요하지 않았다. 마치 그의 말을 인정하는 것처럼 순순히 고개를 끄떡였다.

“그럴지도 모르지.”

"……?"

뜻밖의 반응에 무엄이 타유의 의도를 몰라 오히려 당황한 빛을 보인다.

"혈막이 암중에서 무림을 지배한 지가 수백 년… 그 수명이 다했을 수도 있지. 세상에 영원한 것은 없으니까. 사실 혈막 오류의 몇몇을 제외하고는 초기 혈막을 결성했던 자들의 후손은 거의 남아 있지 않은 상황이기도 하고. 나만 해도 초기의 혈막과는 전혀 상관이 없는 사람이니까. 그러니 혈막이라는 이름은 세상에서 사라질 때가 되었다는 것도 틀린 말은 아니야. 그러나……."

타유의 눈에서 한순간 전율적인 살기가 흘러나왔다가 사라졌다. 그러자 소림이 자랑하는 무승 무엄조차도 그 살기에 놀라 온몸이 굳었다.

"혈막이 사라진다고 그 자리를 마뇌 하순이 대신할 수는 없다. 그는 그만한 그릇은 아니거든. 그런 자를 추종해 모인 그대들은 참으로 위험한 선택을 한 거지."

"그분을 모독하는 것은 그분을 두려워하기 때문 아니오?"

무엄이 차갑게 되물었다.

"후후후, 그대는 정말 두려운 자를 만나본 적이 없나 보군. 근자의 이 혈풍이 끝나고 나면 그대 앞에 정말 두려운 자가 나타날 것이다. 그러니… 그자를 보고 싶다면 자중하라. 하순은… 그 지모가 천하제일을 다툴 만하지만 성정이 성급하니 한 무리를 이끌 자는 아니다. 그는 모사이지 우두머리가 아니야. 그 옛날 공명과 봉추가 지모를 다투었으되 봉추가 요절한 것은 결국 그의 성정이 다급한 면이 있었기 때문이지. 그러니 그대들은 봉추를 따를 것이 아니라 공명을 찾아야 할 거야."

"밀황을 이해할 수 없구려."

"무얼 말인가?"

"왜 우리에게 그런 충고를 하는 것이오? 우린 그대의 적이 아니오?"

"오늘 귀찮은 일을 덜기 위함이지. 그대들이 더 이상 모가장의 일에 관여치 않고 물러가겠다면 나도 그대들을 이대로 보내주겠다. 그러나… 계속 밀문과 모가장의 일에 관여한다면 그대들은 오늘 당장 마뇌 하순의 성급한 결정이 어떤 결과를 가져오는지를 미리 알게 될 것이다. 이제 난 모광의 무공을 거둘 것이다. 그리고 아직 모가장은 밀문의 것이다. 이 사실을 부정하는 자는 누구든 죽는다! 모광!"

타유가 싸늘한 목소리로 모광을 불렀다. 그러자 모광이 다시 두려움에 몸을 떤다. 그는 미처 타유에게 대답을 할 용기도 내지 못했다.

"와서 꿇어라!"

타유가 모광에게 차갑게 명을 내린다. 그러나 모광은 두려운 눈으로 타유를 바라볼 뿐 움직이지 않는다.

"다시 한 번 기회를 주지. 꿇어라. 그러면 하나 남은 팔은 성히 두마. 그러나 다시 한 번 명을 거역하면 넌 오늘 나머지 한 팔과 무공을 잃고 평생을 살아가야 할 것이다. 난… 인내심이 길지 않아."

타유가 모광을 쏘아보며 말했다. 그러자 모광이 엉겁결에 앞으로 걸어 나오려다 이내 실태를 깨닫고는 입술을 깨물며 검을 들어 올렸다. 이미 돌이킬 수 없는 일이라고 생각하는 듯했다. 그리고 한편으로는 여전히 그의 뒤에 있는 후송백림의 고수들을 믿고 있는 모광이기도 했다.

"모광, 너의 운명은 결정됐다. 그리고 그 결정이야말로 사실은 내가 원하던 것이지."

타유가 한줄기 냉소를 흘리고는 모광을 향해 걸어가기 시작했다. 타유의 말은 진심이었다. 타유는 모광이 자신에게 대항해 주길 원했다. 청담과 금석촌에 대한 복수에는 금석촌을 촌민들에게 돌려주는 것 이상의 것이 필요하다고 느끼는 타유였다.

타유가 다가서자 모광이 주춤거리며 뒤로 물러났다. 마지막 용기를 내 타유에게 대적하려 했지만 상대는 당대의 밀황이다. 더군다나 그는 타유가 모가장에 들어온 순간부터 그의 행적을 두 눈으로 보아온 사람, 누구보다 타유를 잘 알고 있는 사람이다. 그러니 타유에 대해 본능적인 두려움을 느낄 수밖에 없었다.

스릉!

타유가 단천마검을 빼 들었다. 단천마검이 찰나의 순간 그 도신을 드러내며 번쩍였다가 이내 그 기운을 타유의 몸 안으로 밀어 넣고 평범한 도색을 되찾았다.

팟!

타유가 모광과의 거리가 오 장여로 좁혀졌을 때 가볍게 땅을 찍고 몸을 날렸다.

쿠왕!

한순간 타유의 검에서 벼락 치는 듯한 소리가 일어났다. 야천구검의 유일한 중검의 초식 제팔초가 펼쳐졌다. 천하의 모든 기운이 단천마검에 몰리는 듯 갑자기 장내가 어둑해진 느낌이 들었다.

콰아아!

단천마검이 천지의 기운을 품고 폭포수처럼 모광을 향해 떨어져 내렸다. 모광의 얼굴이 파랗게 질렸다. 각오는 하고 있었지만 타유의 검은 도저히 그가 감당할 수 없는 힘을 지니고 있었다.

"아!"

모광의 입에서 자신도 모르게 나직한 탄식이 흘러나왔다. 어쩌면 그는 앞서 타유가 한 제안을 받아들이지 않은 것을 후회하고 있는지도 몰랐다. 그러나 그렇다고 이대로 죽을 수는 없다. 모광이 검을 들어 자신의 이마를 횡으로 막았다. 그러나 이미 전의를 상실한 그의 검은 사시나무 떨리듯 떨고 있다. 이대로라면 타유의 단천마검은 그대로 모광과 그의 검을 단번에 반으로 가를 것이다. 죽음의 공포가 모광을 덮쳐온다.

그런데 그 순간 모광의 기대대로 그가 타유에게 반항할 힘을 주었던 자들이 움직였다.

"멈추시오!"

한순간 소림의 무엄이 사자후를 터뜨리며 타유와 모광 사이로 뛰어들었다. 그리고는 그가 병기로 사용하는 선장을 불쑥 단첨마검 앞으로 밀어 넣었다.

콰릉!

천번지복이 일어나는 듯 강렬한 굉음이 모가장을 뒤흔든다.

"으으!"

충돌음의 강력함에 놀라 공력이 약한 자들이 절로 손으로 귀를 막고 뒤로 물러났다.

쿵쿵쿵!

연이어 다시 큰 체구의 승려 무엄이 예닐곱 걸음 뒤로 물러났다. 그리고는 놀란 눈으로 타유를 바라봤다.

"금강부동의 신법을 밀어내다니… 과연 밀황이시오!"

무엄의 입에서 진심 어린 감탄의 말이 흘러나왔다. 그런데 사실 놀라기는 타유도 마찬가지였다. 타유의 시선이 자연스레 무엄이 들고 있는 선장으로 향했다. 무쇠로 만든 무엄의 선장에는 작은 흠집이 나 있었는데 당연히 타유의 단천마검에 의해 만들어진 흠집이다. 그러나 그렇다고 그 흠집이 선장을 자를 만한 것은 아니었다.

'단천마검의 날카로움을 이겨내다니… 보통 선장이 아니군. 아니, 금강불괴의 술을 연마했다더니 그 힘인가?'

타유는 자신의 검을 막아낸 무엄의 무공보다도 단천마검을 견딘 그의 선장이 더 대단하게 느껴졌다. 그가 금강불괴의 수련을 한다는 것은 강력한 외가기공에 더해 흔들리지 않는 내가기공을 연마하고 있다는 것인데 그 수련이 극에 이르러 선장을 단천마검으로부터 지켜낸 것일 수도 있고, 선장 자체가 특별한 쇠로 만들어졌을 수도 있었다.

'어쨌든 두 번의 기회를 주는 것은 좋지 않아.'

타유가 내심 독하게 마음을 먹었다. 그는 과거의 타유가 아니다. 그는 밀황이다. 밀황은 독보적인 존재여야 한다. 그러니 승려 무엄에게 두 번의 기회를 줄 수는 없었다.

"좋은 선장이군."

타유가 무엄을 보며 말했다.

"오늘 밀황의 무공을 대하니 나의 부족함을 알겠소. 어째서 혈막이 수백 년간 천하를 지배했는지 내 오늘에서야 그 이유를 알았소."

"난… 혈막에 든 지 얼마 되지 않은 사람이지. 그러니 혈막이 세상을 지배해 온 것은 나와 상관없는 일이야. 그러나 어쨌든 오늘은 밀문의 문주로서 그대를 베어야 할 것 같군."

타유의 검이 모광에게서 무엄에게로 향했다. 그러자 무엄이 선장을 들어 올렸다.

"밀황과 같은 고수를 상대할 수 있다면 이 무엄, 오늘 죽어도 여한이 없소."

"과연 소림이라. 천년의 전통을 자랑할 만하구나!"

무엄의 호기를 칭찬하며 타유가 무엄을 향해 질주했다.

웅웅웅!

타유가 휘두르는 단천마검이 허공에서 맹렬한 도풍을 일으켰다. 한여름 폭풍 같은 도풍이 무엄을 덮쳤다. 그러자 무엄이 마주 선장을 휘둘러 타유의 도풍에 대항했다.

우웅!

무엄의 선장에서도 강력한 기풍이 일어났다. 그 강력함이 타유의 검풍에 못지않다. 사람들은 이 놀라운 두 고수의 격돌을 혼이 빠진 듯 바라보고 있다.

그런데 다음 순간 모두가 예상치 못한 일이 벌어졌다. 한순간 타유의 검풍이 씻은 듯이 사라지더니 그의 검이 외롭게 무엄의 선장이 일으키는 기풍 속으로 빠져들어 간 것이다.

그건 마치 강력한 회오리에 빨려 들어가는 가냘픈 나뭇가지와 같은 모습이었다. 그래서 얼핏 보면 단번에 타유의 패배로 싸움이 끝날 것 같은 상황이었는데, 다시 한 번 싸움은 사람들을 경악에 빠뜨렸다.

"욱!"

타유의 검이 무엄의 기풍 속으로 빨려 들어가는 그 찰나의 순간이 지나자 갑자기 무엄이 일으킨 선장의 기풍이 사라지더니 그의 입에서 나직한 신음성이 흘러나왔다.

"아!"

장내의 모든 고수의 입에서 나직한 탄성이 흘러나왔다. 어느새 타유의 검이 무엄의 어깨를 찌르고 있었던 것이다. 그것도 선장을 움직이는 오른쪽 어깨였으므로 무엄의 선장이 움직임을 멈춘 것은 당연한 일이었다.

첫 번째 격돌에 비해 두 번째 겨룸의 승부가 너무나 허무하게 갈렸기에 무엄도, 그리고 두 사람의 싸움을 보던 사람들도 모두 당황할 수밖에 없었다. 그러나 그건 기실 그들이 타유가 수련한 검법이 중검이 아니라 살수의 쾌검이라는 사실을 잊고 있었기 때문에 벌어진 일이었다.

그런데 타유는 연이어 다시 사람들을 놀라게 했다.

쑥!

한순간 타유가 무엄의 어깨에서 검을 빼내더니 벼락처럼 신형을 날려 모광의 어깨 위에 날아내렸다.

"흡!"

모광의 입에서 자신도 모르게 다급성이 흘러나왔다. 타유가 이렇게 빨리 자신을 공격할 것이라고는 전혀 예상치 못한 모광이다. 모광이 급하게 검을 휘둘렀다. 그러나 워낙 창졸간에 벌어진 일이라 그의 검에 제대로 된 힘이 실릴 수 없다.

차앙!

검과 검이 제대로 격돌치 못해 신경을 건드리는 마찰음이 흘러나왔다. 단천마검이 모광의 검을 긁어댔다. 그러자 불꽃이 튀며 모광의 검이 두부처럼 으깨어진다.

서걱!

소름 끼치는 절단 음이 일어났다.

"악!"

모광의 입에서 고통스런 비명이 터져 나왔다. 모광이 검을 버리고 주춤거리며 뒤로 물러났다. 그의 팔이 어깨 위에서 흔들렸다. 그나마 하나 남아 있던 팔이다. 힘줄이 상한 것이 분명한 듯 보인다. 그런 모광을 향해 다시 타유가 다가서더니 가볍게 그의 단전을 왼손으로 쳤다.

퍽!

물 포대 터지는 소리가 흘러나왔다.

"크악!"

모광의 입에서 다시 비명이 터져 나오고 급기야 한 사발의 피를 토해냈다. 그러더니 이내 다리에 힘이 풀린 사람처럼 제풀에 그 자리에 주저앉았다. 그러자 타유가 모광이 흘린 검을 들더니 번개처럼 먼 뒤쪽에서 하얗게 질려 있던 종청영을 향해 던졌다.

타유가 던진 검이 무서운 속도로 날아가더니 미처 종청영이 피할 사이도 없이 그녀의 몸을 꿰뚫었다.

"악!"

종청영의 입에서 단말마의 비명 소리가 터져 나왔다.

"어머니!"

팔을 잃고 단전이 파괴된 모광이지만 자신의 어머니가 검에 맞는 모습을 보고는 쓰러져 있을 수만은 없었다.

"죽지는 않는다. 너와 마찬가지로 무공이 사라질 것이다. 난 후환을 남기는 사람이 아니야. 솔직히 말하자면 음모를 꾸미고 복수를 하는 일에 있어서 넌 네 어미를 상대할 바가 아니지. 그런 면에서는 여인이 가장 독한 법이다. 아무튼… 장주!"

타유가 단천마검을 거둬들이고는 성큼성큼 모잠을 향해 다가왔다.

"하, 하명하십시오, 밀황!"

무엄을 물리치고 모광의 팔을 벤 후 다시 종청영을 쓰러뜨린 타유의 무위에 놀란 모잠이 머리를 조아리며 부복한다.

"그대의 청은 모두 들어주었소."

"은혜에 감사드립니다."

"좋소, 그럼 이젠 외인들을 해결할 때인데… 모두 듣거라!"

타유가 주위를 돌아보며 소리쳤다. 그러자 지금까지 타유의 무위에 놀라 혼미한 상태에 있던 모가장의 식솔들이 퍼뜩 정신을 차리고 일제히 대답한다.

"하명하십시오, 밀황!"

장원을 쩌렁하게 울리는 모가장 식솔들의 대답이 잘 단련된 병사와 같다.

"장원의 내분은 끝났지만 아직 모가장의 싸움은 끝나지 않았다! 검을 들라!"

타유의 말에 모가장의 식솔들이 하나둘 검을 들어 올려 정파의 고수들을 겨누었다. 그들과의 싸움에 치명적인 부상을 입은 사신당의 당주들조차도 힘겹게 병기를 들어 올린다. 그 모습을 보고 있던 정파, 후송백림의 고수들 표정이 어두워졌다.

비록 여전히 그들은 무공으로 모가장의 식솔들을 제압할 자신이 있었다. 그러나 모가장의 뒤에는 밀황 타유가 버티고 있다. 타유가 싸움에 개입하는 순간 전세는 역전될 것이다. 아니, 타유는 이미 이 싸움에 개입되어 있었다. 그러니 결국 불리한 것은 자신들이다.

"정녕 파국을 보려 하시오?"

어느새 타유의 검에 찔린 상처를 치료한 소림승 무엄이 긴장한 표정으로 타유에게 물었다. 그러자 타유가 되물었다.

"파국을 원하는가?"

그러자 무엄의 얼굴이 굳었다. 오기가 돋는 얼굴이다. 스스로 치욕을 당했다고 생각하는 모양이다. 그러나 그는 소림의 승이다. 무승이라도 소림의 승이라면 오랜 참선이 준 인내심을 가지고 있다.

"우리야 어찌 파국을 원하겠소."

무엄이 대답했다. 그러자 타유가 차갑게 말했다.

"그럼 물러가라. 가겠다면 더 이상 피를 보지 않겠다."

"그러나……."

"한 가지 분명한 사실을 말해두지. 모가장은 오래전부터 밀문에 속한 가문이었다. 모가장을 도모했다는 것은 곧 그대들이 밀문에 도전했다는 의미가 된다. 밀문은 도전한 자를 절대 용서치 않는다. 그럼에도 그대들을 살려주는 것은 오늘 그대들이 이곳에 온 것이 모광이라는 어리석은 자의 청에 의해서이기 때문이다. 그자는 모가장의 혈손이니 충분히 이런 분란을 일으킬 자격이 된다. 그러나 이제 그 반란이 실패했으니 그대들 또한 이 일에서 손을 떼는 것이 순리, 밀황의 배려는 한 번으로 족하다."

타유의 말에 무엄이 반발을 하지 못한다. 타유의 말 중 이치에 어긋난 말이 없기 때문이다. 오히려 타유의 입장에서 보자면 상대의 사정을 많이 보아주는 것이다. 무엄이 대꾸가 없자 타유가 다시 입을 열었다.

"지금 즉시 이곳에서 물러나라. 물론 모광 모자는 두고 가야 한다. 오늘 그대들을 고이 보내는 것은 내가 자비로워서가 아니다. 모가장은 밀문에 제법 중요한 가문인데 이렇게 풍비박산이 났으니 그를 정리할 시간이 필요하기 때문이다. 만약 돌아가지 않겠다면 난 다른 방식으로 이 혼란을 정리하겠다. 그 방식이 무엇인지는 그대도 잘 알고 있을 것이다."

타유가 싸늘하게 말하며 무엄을 응시한다. 물론 무엄과 같은 자가 타유의 말뜻을 모를 리 없다. 후송백림의 고수들이 물러가지 않는다면 타유는 검을 뽑아 오늘 이곳에 온 후송백림의 고수 전부를 베려 할 것이다. 그것이야말로 밀문에 어울리는 방법이며 가장 빠르고 가장 깨끗하게 이 분란을 정리하는 일이기 때문이다.

"다음에 뵙겠소."

무엄이 굴욕적인 표정으로 말했다.

"대사!"

무엄이 물러가겠다고 하자 땅에 쓰러져 있던 모광이 놀란 표정으로 무엄을 불렀다. 그러자 무엄이 모광에게 포권을 하며 말했다.

"모 시주, 끝까지 도와드리지 못해 미안하오. 그러나… 생각해 보면 애초에 타 문의 분쟁에 끼어드는 것이 아니었소. 그럼… 몸 보중하시오."

차가운 작별이다. 정파의 고수들이 강호의 정의를 세우기 위해 검을 잡는다지만 이럴 때 보면 사마외도의 무리보다 더 냉정한 것이 그들이었다.

"밀황, 다음에 다시 뵙기를 바라겠소."

무엄이 타유를 보며 말했다. 그러자 타유가 냉랭하게 대답했다.

"아마도… 다시 보지 않은 것이 좋을 것이다. 오늘 그대들은 정말 커다란 실수를 한 거야. 후송백림이 존재한다는 것은 그간 무림의 큰 비밀이었을 텐데 이제 세상에 그 이름이 알려졌으니 혈막이든, 혹은 정파의 고수들조차도 그대들을 주시하고 견제할 것이다. 그러니 이 얼마나 어리석은 일인가. 겨우 모가장 하나를 얻자고……."

타유의 말에 무엄의 얼굴에 그늘이 진다. 이 또한 타유의 말이 틀리지 않았다. 지금까지 후송백림은 정파의 고수들 사이에서도 철저히 비밀로 지켜진 조직이었다. 그런데 우연찮게도 이곳에서 밀황을 만나 그 존재가 세상에 드러났으니 그들로서는 난감한 일이 아닐 수 없었다.

"돌아가서 마뇌에게 전하라. 송백림의 전철을 밟지 않으려면 자중하라고!"

타유의 경고에 무엄의 얼굴이 붉어진다. 마뇌 하순에게 한 경고지만 마치 자신에게 한 것처럼 들렸기 때문이다.

"꼭 그리 전하겠소."

"좋아, 그럼 즉시 이곳을 떠나라!"

타유가 재차 재촉했다. 그러자 무엄이 입술을 깨물더니 이내 신형을 날리며 소리쳤다.

"모두 갑시다! 오늘의 일은 여기까지요!"

차가운 밤공기가 사람들의 몸을 움츠리게 한다. 그러나 그보다 더 차가운 것은 사람들의 마음이다. 두려움과 불안감이 사람들의 심장을 얼어붙게 만든다. 장원의 너른 공터에 수십 개의 횃불이 타오르고 있었지만 그 열기로도 사람들의 언 마음을 녹이지 못했다.

"꿇려라!"

타유가 태사의에 앉아 차갑게 명을 내렸다. 그러자 두 팔을 쓰지 못할뿐더러 무공까지 잃은 모광과 그의 어미 종청영이 타유 앞에 무릎이 꿇려졌다.

"장주는 앞으로 나오시오."

다시 타유가 말했다. 그러자 역시 무공을 잃은 모잠이 살기를 담은 눈으로 모광을 노려보며 타유 옆에 섰다. 그는 무척 심각한 부상을 입어 다른 사람의 부축이 없으면 제대로 설 수도 없는 처지였지만 어쨌든 모광에 대한 분노로 인해 그 아픔을 잊고 그들의 치죄하기 위해 타유 옆에 선 것이다.

"저들을 어찌하면 좋겠소?"

타유가 모잠에게 물었다.

"가장 고통스럽게 죽이겠습니다."

모잠이 대답했다. 그러자 타유가 고개를 저으며 말했다.

"그래도 장주의 혈육이 아니오. 세상의 비난을 받을 것이오. 깨끗하게 목숨을 거둡시다."

"아닙니다. 사람의 역사에서 반란을 일으킨 자는 혈육에 상관없이 고통스런 최후를 맞았습니다. 이유는 단 하나, 후대의 반란을 경계하기 위함이지요. 오늘 저들에게 아량을 베풀면 누구라도 밀황께 흉한 마음을 품을 수 있을 것입니다."

자신의 복수심 때문이건만 모잠이 슬쩍 타유를 끌어들인다. 타유가 그 속내를 모를 리 없지만 고개를 끄덕이며 대답했다.

"그도 그렇구려. 음, 장주의 생각이 고맙소. 그러나 사람을 죽이고 살리는 일을 어찌 한순간에 결정하겠소. 시간을 두고 생각해 봅시다. 모두에게 좋은 방도가 또 있을지 누가 알겠소."

"그건… 알겠습니다. 밀황께서 그리 말씀하시니 일단 저들을 옥에 가둔 후 천천히 생각해 보는 것이 좋겠습니다."

"좋소, 저들에 대한 처분은 가능한 한 장주의 뜻에 맡기겠소."

"은혜에 감사드립니다."

모잠이 그 자리에 무릎을 꿇었다. 그러자 타유가 모잠을 부축하는 자들을 보며 말했다.

"뭣들 하는 것이냐? 장주의 몸이 성치 않은데… 어서 안으로 모셔라!"

타유의 명에 모잠을 부축하던 자들이 두려운 얼굴로 얼른 모잠을 일으켰다. 그러자 타유가 모잠을 보며 말했다.

"장주의 상처가 깊소. 그러니 얼른 제대로 된 치료를 해야 하오. 향후의 일은 일단 장주의 몸이 회복된 이후에 논의합시다."

"모, 모든 것을 밀황의 뜻대로 하십시오."

모잠이 아주 오래전부터 타유의 심복이던 자처럼 말했다. 그도 그럴 것이, 지금 그가 믿을 수 있는 사람은 오직 타유밖에 없었다. 단전이 파괴되어 모든 무공을 잃은 모잠이다. 그런 몸으로는 절대 모가장을 이끌 수 없다.

그러나 그럼에도 불구하고 그가 모가장의 주인으로 남을 길이 하나 있었다. 그건 바로 타유였다. 밀황 타유의 명이 있다면, 그가 지목하는 고수들이 자신을 지켜준다면 그는 비록 무공을 잃었지만 여전히 모가장의 장주일 수 있는 것이다.

그래서 모잠은 금방이라도 쓰러질 것 같은 고통 속에서도 타유의 곁을 떠나려 하지 않는 것이다.

"먼저 몸을 추스르시오, 장주."

"알겠습니다. 배려에 감사드립니다."

타유가 재차 권하자 모잠이 고개를 숙여 보이고는 이내 사람들의 부축을 받으며 자신의 거처로 물러갔다.

"그들은 옥에 가두라!"

타유의 명이 떨어지자 모광 모자가 모가장의 고수들에게 이끌려 자리를 떠났다. 그렇게 모잠과 모광을 장내에서 떠나보낸 타유가 잠시 침묵을 지키다가 이내 입을 열었다.

"우호법!"

순간 자신을 부르는 소리에 화들짝 놀란 우호법 구여분이 얼른 타유 앞에 나와 섰다.

"하명하십시오, 밀황!"

구여분이 늙은 몸으로 허리를 굽힌다. 과거에는 모가장의 가장 존경받는 고수이던 사풍객의 일원으로, 모흔이 죽은 후 모잠의 시대에는 타유와 어깨를 나란히 하던 모가장의 우호법으로서 권력의 정점에 올라 있던 구여분이 늙은 노복처럼 타유에게 굽실거리고 있다.

"지금 장원 내에서 대소사를 관리할 사람이 그대밖에 없소. 사신당의 당주들도 큰 부상들을 입어 사당주를 제외하고는 어찌 될지 모르는 상황이니 말이오. 그러니… 그대가 사당주와 함께 식솔들을 잘 돌봐주시오."

"그, 그러겠습니다."

구여분이 마치 자신이 모가장의 장주라도 된 듯 고개를 숙이며 대답했다. 그러자 타유가 다시 입을 열었다.

"모두 들어라!"

"예, 밀황!"

모가장의 식솔들이 일제히 대답한다.

"모가장은 지금 큰 위기에 처해 있다. 이럴 때일수록 모두 제자리를 굳건히 지켜 안정을 찾는 것이 중요하다. 그 이후에야 모가장의 앞날을 논의할 수 있을 것이다. 나 밀황은 모가장이 향후 진로를 결정할 때까지 이곳에 머물 것이니 그대들은 세상을 두려워 말고 자신의 할 일을 하도록 하라."

"알겠습니다, 밀황!"

"또한 장원의 수뇌는 각자 향후 모가장의 앞날에 대해 깊이 고민해 보기 바라오. 이에 대해서는 닷새 뒤 다시 모여 논의하겠소. 그때… 모가장에 대한 나의 생각도 말하리다."

"밀황님의 명을 받듭니다!"

모가장 식솔들의 대답이 장원 곳곳으로 흘러 나간다. 그 모습을 보고 있던 모가장의 오래된 가솔들은 이제 이 모가장에서 모씨의 세월이 끝났음을 직감적으로 느끼고 있었다.

第五章 모든 것의 시작과 끝인 곳으로

수선경

배 한 척이 은밀하게 성도에 도착했다. 배는 성도의 여러 포구를 이용하지 않고 한적한 강기슭에 멈춰 타고 있던 사람들을 내려놓았다. 배를 타고 온 사람은 모두 십여 명. 복색은 다양했지만 하나같이 굳은 표정을 짓고 있었다.

"이대로 모가장으로 가시렵니까?"

문득 배에서 내린 사람 중 거친 북방인의 모습을 한 중년 사내가 무복을 입은 중년 여인에게 물었다.

"그분이 와 계실까요?"

"아마도 그러실 겁니다. 그렇지 않으면 왜 모가장으로 오라고 했겠습니까?"

"음, 무슨 생각이실까요?"

여인이 고개를 갸웃하며 중얼거렸다. 그러자 사내가 대답했다.

"아마도 이참에 모씨의 모가장을 끝장내시려는 것 같습니다. 그러니 반드시 사령주께서 그곳에 계시기를 원하신 겁니다."

여인은 상원의 사령주 복묘상이다. 그녀가 성도에 모습을 드러냈다는 것은 천산이마 갈륵이 타유의 제안을 받아들였다는 말이 된다.

그리고 그녀를 따라온 자들은 사령에서 그녀의 심복으로 있던 자들 중 상원을 떠나길 원하는 고수들이다. 더불어 타유가 그녀를 위해 남겨두었던 모가장의 무사, 아니, 더 이상 모가장의 무사가 아닌 타유의 충복이 된 사람들도 함께였다.

"차 대협, 이곳 지리에 밝으시죠?"

복묘상이 차간에게 물었다.

"눈을 감고도 길을 찾을 수 있습니다."

"좋아요. 그럼 은밀히 모가장으로 가는 길을 열어주세요. 그곳의 사정을 알아야 어떻게 모가장에 들어갈지 결정할 수 있을 테니까요."

"알겠습니다. 걱정 마십시오."

오래전 이미 타유의 심복이 된 차간이 대답한다. 그러자 그때 복묘상의 옆에서 중년 사내 한 명이 혼잣말처럼 중얼거렸다.

"그나저나 무상님이 걱정되는군요."

사령에서 오랫동안 복묘상과 함께 동고동락한 고수 누불이다.

"잘 헤쳐 나가실 거예요. 다행히 문상과는 인연이 깊은 분이시니……."

"설마 문상에게 그런 야심이 있을 줄은 몰랐습니다. 지금도 믿어지지 않는군요."

누불이 고개를 절레절레 흔든다.

"그는 천산이마예요. 야심이 없다면 상원에 그렇게 오랫동안 머물 이유가 없죠."

"그가… 무상님을 해하지는 않을까요?"

누불이 걱정스레 물었다.

"그러지는 못할 거예요. 이번에 비록 무상께서 그와 약간의 의견 충돌이 있기는 했지만 그래도 여전히 상원 내에서 문상의 무력은 무상님에게서 나오는 것이니까요. 더군다나 아무리 그라 해도 함부로 천마성의 힘을 상원에 끌어들일 수는 없어요. 그랬다가는 상원은 그 순간 와해되어 버릴 거예요."

"어째서 말입니까? 천마성의 고수들이라면 오히려 더 상원의 상가들을 압박할 수 있을 텐데요?"

"상원의 주인들이 이번에 그에게 양보한 이유는 그가 지배하는 상원이라도 여전히 상원의 상가들에게는 이득을 줄 수 있기 때문이죠. 그런데 천마성의 고수들이 상원에 들어오는 순간 상원의 상가들은 이득보다는 위협을 느낄 거예요. 당연히 모래알처럼 사방으로 흩어지겠지요. 그래서 그조차도 자신이 천산이마임을 당당히 밝히고 천마성의 고수들을 끌어들일 수는 없을 거예요. 물론 이제 눈 밝은 사람들은 그가 천산이마임을 눈치챘겠지만 말이죠."

"그렇군요. 그렇다면 안심입니다. 그러나… 무상께서 마음이 많이 상하신 듯하여 걱정입니다."

누불이 여전히 무상 목우를 걱정한다.

"사실 나도 걱정이 되긴 해요. 이젠 연세도 많으셔서……. 이번 일이 잘되면 차라리 무상 어른도 모셔 와야겠어요."

"하긴 상원 같은 곳에서 늙어가기에는 안타까운 분이시죠."

"가요."

복묘상의 말에 일행이 차간의 뒤를 따라 강변을 걷기 시작했다.

"그게 정말인가요?"

어두운 밤, 작은 객잔에서 복묘상이 놀란 눈으로 차간을 바라보며 되물었다.

"그렇습니다. 모씨 일가가 몰락한 것이 확실합니다. 형제끼리 생사결을 벌였다고 하더군요. 정파의 고수들이 모광을 도와 모잠에게 대항했는데 그분께서 그들을 막으셨다고 합니다. 그러나 그 일로 모가장의 주요 고수가 대부분 큰 부상을 당해 성한 자가 거의 없답니다. 지금은 겨우 우호법 구여분과 천봉당주 민아연이 식솔들을 건사하고 있다는군요."

"정파가 움직였다는 건 무슨 말인가요?"

복묘상이 물었다.

"그것이… 참으로 기이한 일입니다. 송백림이 다시 강호에 출현한 것 같습니다."

"송백림이라뇨?"

복묘상이 어리둥절한 표정으로 물었다. 그도 그럴 것이, 송백림이 반원의 기치를 들고 일어섰다가 백혈랑에 의해 멸망한 것이 이미 수십 년 전의 일이다. 당시 살아난 자가 거의 없을 정도로 전멸했으니 그 후인이 있기도 힘들다.

"모광을 도와 모가장의 내분에 간여했던 자들이 스스로를 송백림의 후인, 즉 후송백림이라 자칭했다고 하더군요. 그리고 그분께선 그들이 의천맹을 움직인다고 알려진 마뇌 하순을 따르는 자들이라고 지목한 모양입니다. 그 소문이 지금 성도 무림인들 사이에 파다하게 퍼졌고, 이미 사천을 넘어서 전 중원으로 퍼져 나가고 있답니다."

"파장이 가볍지 않겠군요."

"그렇지요. 어쩌면… 정파 내부에 분란이 일어날 수도 있습니다. 의천맹이 건재한데 다시 후송백림을 만들었다는 것은 마뇌 하순과 의천맹 수뇌들 사이에 문제가 있다는 말이니까요."

"의천맹에서 동의한 일일 수 있지 않은가요?"

"그랬다면 상원의 눈에 띄지 않았을 리 없습니다. 더군다나 의천맹의 주요 문파들은 사실 송백림을 그리 좋아하지 않았지요. 그들이 자신들을 외적에 굴복한 비겁자라 비난했기 때문에……."

"듣고 보니 차 대협의 말씀이 맞는군요. 아무튼 소문대로라면 우린 모가장의 정문으로 걸어 들어갈 수 있겠군요."

"그렇게 하시겠습니까?"

차간이 조금 놀란 표정으로 물었다. 아무리 변했어도 복묘상은 금석촌의 촌장 복호인의 딸이다. 모가장에서 그녀의 정체가 드러나면 문제가 될 수도 있었다. 그러나 복묘상은 자신의 고집을 꺾지 않는다.

"모가장의 문을 제 발로 밟고 싶었어요."

"알겠습니다. 그럼 미리 그분께 기별을 하겠습니다."

"수고해 주세요."

복묘상의 말에 차간이 고개를 숙여 보이곤 다시 객잔 문을 나섰다.

타유가 천천히 장원을 걸었다. 그가 모습을 드러낼 때마다 여기저기서 놀란 모가장의 식솔들이 급히 고개를 숙이거나 모습을 감췄다. 그들에게 타유는 과거의 좌호법이 아니었다. 강호에서 절대마검으로 불리는 밀문의 주인, 무림의 일대 거마(巨魔)로 인정받고 있는 절대자였다. 타유의 뒤를 언제나처럼 왕사미와 갈목생, 그리고 유창이 따르고 있다.

"어디로 가시는 것인지요?"

문득 왕사미가 물었다. 모가장의 일을 우호법 구여분과 천봉당주 민아연에게 맡겨놓은 타유는 그동안 자신의 거처에 머물며 전혀 밖으로 나오지 않았다. 그런데 오늘은 아침 일찍부터 거처를 나와 모가장을 거닐고 있는 것이다. 그러니 왕사미 등으로서는 타유의 행보에 호기심을 갖지 않을 수 없었다.

"혼돈시가 얼마나 남았소?"

타유가 왕사미의 말에 대답하는 대신 엉뚱한 질문을 한다.

"이제 석 달이 남았습니다. 조만간 가한산으로 출발하셔야 합니다."

"그럼 모가장의 일도 서둘러 정리해야겠군."

"정녕 모씨를 완전히 장원에서 쫓아낼 생각이신가요?"

"그럴 거요."

"하지만 식솔 중에는 모씨에 대한 충성심이 적지 않은 자들이 있습니다. 당장 천봉당주 민아연만 해도……."

"그녀도 모가장을 떠나게 될 거요."

"예, 천봉당주도요?"

왕사미가 놀란 눈으로 타유를 바라봤다.

"그녀는… 모씨를 배신할 사람이 아니오. 그리고 나 또한 그녀를 베고 싶지 않소. 그러니 그녀가 이곳을 떠나는 것이 모두를 위해 좋소. 어쩌면 그녀는 모씨 일족을 끝까지 따라갈지도 모르지."

"모광과 모잠을 모두 살려서 보낼 생각이신지요?"

왕사미가 불안한 표정으로 물었다. 두 사람을 살려 내보내면 언젠가는 반드시 모가장을 회복하려 할 것이기 때문이란 생각에서였다. 그러나 타유는 생각이 다른 듯 보였다.

"그들이 함께하면 그들은 더욱더 고통스러울 것이오."

"다시 큰일을 도모할 수도 있습니다."

"그건… 세상의 인심을 잘 모르고 하는 소리요. 물론 무공을 잃었다고 해도 그들은 재기할 수 있소. 세상의 거부 중 무공을 모르는 자도 여럿 되니 말이오. 그러나 모잠 형제는 재기할 수 없소."

타유가 단언하듯 말했다.

"왜 그렇게 생각하시는지요?"

"그건 그들이 이미 세상의 인심을 잃었기 때문이오. 재기를 하려면 많은 사람의 도움이 필요하오. 대체로 보자면 한 가문이 몰락했다가 다시 재기하는 경우 대부분은 그들이 번성하던 시절 많은 사람에게 은혜를 베풀었던 과거를 가지고 있소. 그 은혜가 다시 그들에게 재기할 힘을 주는 것이오. 그러나 모가장은 어떻소?"

타유가 왕사미에게 물었다. 그러자 왕사미가 고개를 저었다.

"그런 은혜를 베푼 적이 없지요. 오히려 가혹하게 상대를 몰아붙여 원한이 많은 모가장이지요."

"그들이 세상에 나가면 아마도 지금보다 더 처절한 굴욕을 맛보게 될 것이오. 그들에게 쌀 한 톨 줄 사람이 남아 있지 않을 테니 말이오. 아마도… 그들을 연명하게 할 수 있는 사람은 천봉당주가 유일할 거요. 난 그녀까지 막을 생각은 없소. 물론 나의 이 결정도 한 사람의 동의가 필요하지만 말이오."

타유의 말에 왕사미 등이 놀란 표정으로 타유를 바라봤다. 지금의 타유는 밀문에서, 그리고 강호에서 절대자 중 한 명으로 군림하는 사람이다. 더군다나 밀황이 된 이후 그는 누구의 눈치도 보지 않고 자신의 의지대로 행보를 이어왔다. 그런 그가 모가장의 식솔들에 대한 처분을 누구에게 허락 받는단 말인가. 도대체 그런 인물이 세상에 존재하기는 할까 하는 의문이 생길 수밖에 없었다.

"그분이 누구신지요?"

왕사미가 궁금함을 참지 못하고 물었다. 그러자 타유가 대답했다.

"지금 그분을 만나러 가는 거요."

타유가 모가장의 정문 앞 공터를 서성였다. 어느새 아침저녁으로 서늘한 바람이 불고 있었다. 가을의 문턱이다. 인간사는 하루하루 전쟁의 연속이지만 계절은 어김없이 제 갈 길을 가고 있다.

'고단한 인생이다.'

타유는 문득 자신의 삶이 무척 무겁게 느껴졌다. 청풍이 실종되고 난 이후의 삶은 더더욱 무거웠다. 어느 한곳 마음 둘 곳이 없는 그다.

'제수씨를 만나면 절반은 그 짐을 내려놓게 되겠지.'

타유가 기다리고 있는 사람은 복묘상이다. 타유는 이번 기회에 모가장의 현판을 아예 내릴 생각이었다. 모씨 일족을 모가장에서 내보내고 그 기반을 이용해 새로운 상가를 만들어 복묘상에게 맡길 생각이다. 그리되면 그것이야말로 과거 금석촌이 모가장으로부터 겪은 그 처절했던 고난을 완벽하게 되갚는 일이 될 것이다.

그렇게 금석촌의, 청담의 원한을 씻고 나면 타유가 지고 있는 짐의 절반은 더는 셈이 된다. 그리되면 타유는 좀 더 홀가분하게 혼돈시로 향할 수 있을 터였다.

"누가 옵니다."

문득 갈목생의 목소리가 들린다. 타유가 그 소리에 고개를 돌려보니 과연 모가장으로 이어지는 너른 관도 저 끝에 십여 명의 사람이 모습을 나타냈다.

그들은 빠르지도 느리지도 않게 타유가 있는 곳으로 다가왔다. 그리하여 그 거리가 십여 장에 이르렀을 때 왕사미 등도 복묘상의 존재를 알아봤다.

"저 사람은……?"

왕사미가 복묘상의 등장이 조금은 뜻밖이라는 듯 놀란 표정을 짓는다. 그건 갈목생과 유창도 마찬가지였다.

물론 타유가 천산이마 갈륵, 그러니까 상원 문상과 거래를 통해 상원 사령주를 자유롭게 풀어주어 그녀를 모가장으로 오게 한 사실은 그들도 알고 있었다. 그러나 모씨 일족을 처분하는 데 동의를 얻어야 하는 사람이 복묘상일 것이라고는 전혀 생각지 못하고 있었다.

"어서 오십시오."

타유가 왕사미 등의 의문을 뒤로하고 복묘상에게 다가서며 말했다. 그러자 복묘상이 훌쩍 말에서 내린 후 공손하게 타유에게 인사를 했다.

"불러주셔서 감사합니다. 타… 밀황!"

복묘상이 타유의 이름을 입에 올리려다 말고 밀황이라는 말을 입에 올렸다. 주위에 사람의 눈이 많았다. 사정이 어찌 될지 모르는 상황에서 타유와 자신의 친분을 세상에 드러내는 것은 조심스런 일이었다.

"초대에 응해주셔서 감사합니다."

타유가 정중하게 복묘상의 인사에 답례한다. 그 정중함이 복묘상의 생각대로 아직은 세상에 자신들이 관계를 온전히 드러낼 때가 아님을 말해준다.

"그런데 무슨 일로 천녀를 초대하셨는지요?"

사실 복묘상으로서도 제일 궁금한 일이다. 타유가 천산이마갈륵과의 거래를 통해 자신을 상원에서 자유롭게 해준 것은 충분히 이해할 수 있는 일이다. 그러나 상원을 떠난 자신을 모가장으로 부른 이유는 복묘상으로서도 이해할 수 없었다.

"제가 특별히 부탁드릴 일이 있어서 이리로 초대를 했습니다. 일단… 안으로 들어가시지요."

타유가 복묘상을 장원 안으로 이끈다. 그러자 복묘상이 의아한 표정을 지으면서도 망설이지 않고 모가장의 문을 넘었다. 그리고는 감회 어린 시선으로 모가장을 둘러본다.

모씨 일족의 싸움 이후 무거운 암운이 드리운 모가장에는 한 올의 생기도 느껴지지 않는다. 마치 죽음의 사당에 들어온 듯한 느낌이 들 정도이다.

'과연 정말 모씨가 몰락했구나.'

한편으로는 통쾌함이 느껴지면서도 다른 한편으로는 씁쓸함이 느껴진다. 백 년도 가지 못할 영화를 위해 금석촌을 공격한 것이 더욱 원망스럽다.

"오면서 들으니 모가장에 큰일이 있었다고 하더군요."

걸음을 옮기며 복묘상이 물었다.

"골육상쟁이 일어나 모가장의 근기가 크게 흔들렸지요."

"안타까운 일이군요."

"사람의 탐욕은 언제나 이런 파국을 만드는 법이지요."

"들어가시지요."

타유가 복묘상을 자신의 거처로 안내했다. 타유는 과거 밀문 사왕 이궐령이 머물던 안가에 거처를 정하고 있었다.

안가로 들어서자 기화이초가 만발한 정원이 보인다. 그 정원을 따라 걸으니 고즈넉한 기와집 한 채가 나타났다. 타유는 복묘상을 대청으로 이끌었다. 어느새 대청 위에는 찻상이 마련되어 있다. 이 역시 어울리지 않는 모습이다. 밀황이 되기 전이나 된 이후에도 타유가 차를 마시는 것을 거의 본 적이 없는 왕사미 등이다.

대청에 오르자 타유가 손을 들어 복묘상에게 자리에 앉기를 권했다. 그러자 복묘상이 망설이지 않고 타유의 맞은편에 앉았다.

"난 차를 즐기지 않지만 사령주, 아니, 이젠 복 여협이라 불러야 되겠군요. 상원을 떠나셨으니……."

"편하실 대로 부르세요."

복묘상이 빙그레 미소를 짓는다. 복묘상이 자리에 앉자 타유가 신중한 표정으로 입을 열었다.

"제가 복 여협을 모가장으로 초대한 이유가 궁금하시겠지요?"

"그렇습니다. 제가 평소 상원을 떠나길 원한다는 사실은 밀황께서도 알고 계셨기에 문상을 설득해 절 자유롭게 해주신 것은 이해할 수 있습니다. 그런데 상원을 떠난 절 왜 굳이 모가장으로 부르셨을까 무척 궁금하군요."

"말씀드렸듯이 제가 아주 특별한 부탁을 드리려고 합니다."

"말씀하시지요. 저로서야 밀황께 큰 은혜를 입었으니……."

"이 모가장은 밀문에 무척 중요한 곳입니다. 이곳에서 나오는 재물로 인해 그간 밀문은 강호에서 활동하는 데 큰 도움을 받았습니다. 그런데 이제 모씨 일족이 골육상쟁을 벌이는 통에 모가장은 몰락 직전에 와 있지요. 솔직히 말해 난 모씨 일족의 운명에는 아무런 관심이 없습니다. 그러나 상가로서의 모가장은 그 몰락이 아쉬운 일이지요. 딸린 식솔도 적지 않고……."

"그렇기는 하지요."

복묘상이 대답했다.

"그런데 이번 싸움으로 인해 모가장의 유능한 인물이 대부분 죽거나 혹은 회복 불능의 부상을 입었습니다. 그래서 저에겐 지금 이 모가장을 지켜내고 다시 상가로서의 성세를 회복시킬 사람이 필요합니다. 난 그 일을… 복 여협께서 맡아주셨으면 합니다."

"제가 그 일을요?"

복묘상이 크게 놀란 눈으로 타유를 바라봤다. 그녀는 진심으로 놀라고 있었다. 타유가 자신을 모가장으로 부를 때는 단순히 모가장에 대한 복수가 끝나는 것을 보여주려 함이라고 생각했지 모가장 자체를 자신에게 맡기려 한다는 것은 꿈에도 생각지 못한 것이다.

"복 여협은 상원의 사령주로서 상가의 일에 능통하실 뿐 아니라 무공도 뛰어나시니 이 모가장을 맡기에 충분한 능력을 지니고 계시다고 할 수 있지요."

"그러나… 전 외인입니다. 모가장에는 여전히 뛰어난 자들이 남아 있지 않나요? 물론 얼마 되지는 않겠지만. 또한 장원의 사람들도 외부인은 저를 결코 반기려 하지 않을 것입니다."

복묘상이 진심으로 걱정하는 표정으로 말했다. 그러자 타유가 단호한 목소리로 대답했다.

"전 이 기회에 모가장의 현판을 내릴 생각입니다. 모씨 일족은 곧 이 장원에서 나가게 될 것입니다. 또한 그동안 모가장이 무가로 성장하기 위해 외부에서 끌어들인 무인들 역시 모가장을 떠날 것입니다. 원하는 자들을 밀문에 받아들이겠다고 하면 그들이 모가장에 남을 이유가 없지요. 자신들의 야망을 펼치기에는 모가장보다 밀문이 훨씬 좋을 테니 말입니다."

"무가로서의 모가장은 없애겠다는 말씀이시군요."

"그렇습니다. 내가 며칠 장원의 식솔들을 살펴보니 과거 모가장이 표국이었던 시절부터 이곳에 있던 사람은 대부분 무가 이전의 모가장을 그리워하더군요. 그들로서야 외부의 고수들이 들어온 이후 모가장에서 뒷전으로 물러나게 되었으니 당연한 일이지요. 더군다나 하루가 멀다 하고 혈겁이 벌어지는 무가에서의 삶이 결코 녹록하지는 않았을 겁니다. 그러니 모가장을 다시 예전의 상가로 되돌리겠다면 그들 역시 반대하지는 않을 겁니다."

"그래도 모씨에 대한 애정이 남아 있지 않을까요?"

"그 또한 이번의 골육상쟁으로 정이 다 떨어졌을 겁니다. 모씨 일족을 제외하면 모가장은 여전히 상재에 뛰어난 자를 많이 보유하고 있습니다. 거기에 강호의 상권에 대한 권리가 유지되고 있으니… 아니, 그 상권들은 포기해도 됩니다. 가급적 외부의 상가들과 충돌을 피하는 것이 다시 자리를 잡는 데 좋을 테니 말입니다."

"하면 세가의 재력이 많이 줄어들 텐데요."

타유의 뒤에서 시립한 채 이야기를 듣고 있던 왕사미가 말했다. 그러자 타유가 말했다.

"외양은 줄어들겠지만 내실은 훨씬 충실해질 거요. 그렇게 십여 년만 지나면 강호의 그 누구도 무시할 수 없는 상계의 거목이 될 수도 있소."

"어떻게 그게 가능한지……? 상권들을 포기한다면 불가능한 일이 아니겠습니까?"

왕사미가 다시 물었다. 그러자 타유가 짧게 대답했다.

"금석촌이 있지 않소?"

"아! 금석촌!"

왕사미가 나직하게 탄성을 흘렸다. 듣고 보니 그러하다. 사실 최근 모가장의 재력은 거의 금석촌을 통해 나오고 있었다. 무가로 변신하면서 표국이던 시절의 거래는 흐지부지한 상태였다. 그럼에도 모가장은 표국 때보다 더 많은 부를 축적했는데, 그 이유는 누구나 알고 있는 금석촌이다. 그러니 그 금석촌이 건재한 이상 모가장은 언제든 다시 천하 상계의 중심이 될 수 있었다.

"그간 모가장은 무가로서의 성장을 위해 막대한 금력을 소모하고 있었소. 그러나 무가란 재물이 아니라 오직 무력에 의해서만 성장이 가능한 것이오. 모씨 일족은 그걸 무시했지. 그러니 일단 모씨 일족이 물러나고 모가장이 무가로서의 업을 내려놓으면 금석촌에서 들어오는 막대한 재력만으로도 모가장은 금세 천하의 거부로 성장하게 될 것이오. 이후 포기했던 상권들을 천천히 회복하면… 물론 복 여협께서는 상원에 오래 머무셨으니 천하의 상가들과 거래를 트는 데에도 유리할 것이오."

"아, 그래서……!"

왕사미 등이 타유가 복묘상에게 모가장을 맡기려는 진정한 이유를 알았다는 듯 탄복한다. 그러나 그들이 어찌 타유와 복묘상의 속마음을 알겠는가. 두 사람은 모가장을 이름을 없애고 금석촌의 형제들로 하여금 모가장의 주인이 되게 함으로써 과거 모가장에 의해 몰락했던 금석촌의 복수를 완벽하게 이루려는 것이다.

"맡아주시겠습니까?"

타유가 복묘상에게 물었다. 그러자 복묘상이 고개를 끄덕인다.

"재미있는 일이 되겠군요."

허락한다는 뜻이다. 그러자 타유가 신중한 어조로 말했다.

"이번에 모가장이 무림과 인연을 끊고 상계로 복귀할 것을 선언하면 우리 밀문도 모가장의 일에는 일절 관여치 않을 것입니다. 밀문이 관여치 않는다면 모가장은 온전히 새로운 상가로 태어날 수 있겠지요. 하나 반면에 모가장을 업신여겨 새로운 적들이 생겨날 수도 있습니다."

"그건 능히 헤쳐 나갈 수 있을 겁니다."

복묘상이 대답한다.

"물론 암중에 밀문에 약간의 도움은 주셔야 합니다. 밀문도도 굶어 죽을 수는 없으니까요."

타유가 나직하게 말했다.

"당연한 일이지요. 아무리 이름을 바꾸고 무림과 인연을 끊는다고 해도 모가장은 영원히 밀황님의 것일 겁니다."

"하하! 자, 이제 모가장의 운명은 결정되었으니 우리가 움직일 때가 된 것 같군."

타유가 왕사미 등을 보며 말했다. 그러자 세 사람이 포권을 해 보인다.

"준비를 하겠습니다."

무거운 침묵이 모가장을 뒤덮었다. 타유가 모가장의 내분을 수습한 지 여러 날이 지난 날 밤이다. 타유는 모가장의 전 식솔을 장원의 중앙에 있는 너른 마당에 불러 모았다.

평소에는 모가장과의 거래를 위한 상인들로 가득 찼던 마당에 오늘은 모가장의 식솔이라면 아궁이에 불을 지피는 자까지 모여들었다.

"모두 모였는가?"

타유가 주위를 돌아보며 물었다. 그러자 재빨리 우호법 구여분이 나서며 대답했다.

"명대로 말을 알아듣는 자는 어린애까지도 모두 불렀습니다."

"좋아, 그럼 오늘 이 장원, 아니, 이곳에 모인 사람들의 운명을 결정한다."

타유의 목소리가 워낙 차갑고 강렬해서 사람들은 새삼스레 타유에 대한 두려움으로 얼굴이 굳어졌다.

"먼저 사람을 가르겠다. 모가장이 상가이던 시절부터 이 장원에 머물렀던 자들은 좌측으로, 무가(武家)로 변신한 이후에 모가장에 들어온 자들은 오른쪽으로 모이라!"

타유의 명에 사람들이 어리둥절한 표정을 지으면서도 명에 따라 좌우로 갈렸다.

좌측에 선 것은 당연히 대부분이 도검을 들지 않은 상인의 복장을 한 자들이고, 우측에 선 자들은 눈빛이 형형한 무사이다. 잠깐의 소란 뒤에 다시 침묵이 찾아든다. 사람들의 시선은 여전히 타유의 입에 고정되어 있다. 그리고 그들의 기대를 저버리지 않고 타유가 다시 입을 열었다.

"이 중 모씨 혈족은 앞으로 나서라!"

타유의 명에 이십여 명의 사람이 좌우측으로 갈라진 모가장 식솔들 사이로 걸어 나왔다. 그들의 눈에 숨길 수 없는 불안감이 역력하다. 도대체 타유가 하고자 하는 일을 가늠할 수 없기 때문이다.

"가져오라!"

모씨의 혈족들이 앞으로 나서자 타유가 뒤를 돌아보며 명을 내렸다. 그러자 갈목생이 커다란 목함을 가져와 마당에 놓았다.

"열어라."

다시 타유의 명이 이어진다. 갈목생이 목함의 뚜껑을 열었다. 순간 눈부신 은병들이 장내를 밝힌다. 족히 수천 냥은 되어 보이는 양이다. 물욕이 있는 자들이 침을 삼키는 소리가 조용히 흘러나왔다. 그러나 누구도 앞으로 걸어 나와 은병에 손을 대는 자는 없었다.

"오늘날 모가장은 존폐의 위기에 처해 있다. 그 이유는 모두 알고 있을 것이다. 골육상쟁! 모씨 혈족의 골육상쟁이 모가장이 위기에 처한 이유다. 모가장은 모씨로부터 시작되었다. 누구도 그걸 부정하지 않는다. 그러나 또한 오늘날 그 모씨로 인해 몰락의 위기에 처해 있다. 장주의 적통은 모두 무공을 잃었다. 아마도 그중 누구도 제대로 된 삶을 살긴 어려울 것이다. 그러니 묻겠다. 다시 방계의 혈족이라도 모씨의 성을 가진 자에게 모가장을 맡기고 싶은 자는 앞으로 나서라."

타유의 쩌렁한 목소리에 사람들이 몸을 떤다. 그러면서도 연신 타유의 눈치를 살핀다. 타유의 내심이 어떠한지 알아야 그들도 움직일 수 있을 것이기 때문이다. 그러나 일단 질문을 던지고 난 타유는 굳게 입을 닫았다.

그렇게 얼마나 지났을까. 장내의 사람 중 십여 명이 목함 앞에 나와 있는 모씨 혈족들에게로 다가섰다. 대부분 나이가 지긋했는데 오랫동안 모씨 일족을 모셔온 가신들이다.

그들을 제외하고는 그 누구도 모씨를 위해 앞으로 나서지 않았다. 그들은 이제 모씨가 더 이상 이 장원의 주인이 아님을 본능적으로 느끼고 있는 것이다.

"좋아, 모두 보았듯이 모씨의 전통이 이어지는 것을 바라는 자는 식솔 중 일 할도 되지 않는다. 그러니 난 모두의 뜻에 따라 오늘부로 모가장의 현판을 내린다."

"아!"

"음! 결국……."

여기저기서 탄식이 흘러나온다. 비록 그들의 역사가 계속되는 것은 원치 않았지만 그래도 모씨의 현판이 내려지는 것은 모가장의 식솔들에게는 안타까운 일이었다.

"밀황께 한 말씀 드리겠습니다."

그런데 문득 한 여인이 앞으로 나서며 입을 열었다. 천봉당주 민아연이다.

"말해보구려, 천봉당주."

타유가 마치 기다리고 있었다는 듯 천봉당주의 말을 받았다. 그러자 민아연이 격해진 감정을 고스란히 드러내며 말했다.

"비록 오늘날 장주 일가의 내분으로 모가장이 위기에 처하기는 했으나 그래도 이 장원은 모씨의 것입니다. 이런 식으로 모가장을 폐문하는 것은 결코 받아들일 수 없습니다."

"그럼 어쩌면 좋겠소?"

"비록 장주께서 무공은 잃으셨지만 목숨에는 지장이 없으십니다. 그러니 누군가 옆에서 그분을 돕는다면 충분히 모가장을 이끌어 나가실 수 있을 것입니다."

"그렇소? 그런 방법도 있겠구려. 그런데 누가 그를 돕는단 것이오? 우호법, 그리하겠소?"

타유가 불쑥 구여분에게 물었다. 그러자 구여분이 재빨리 눈동자를 돌리더니 이내 고개를 저으며 말했다.

"저로서는 천명을 따를 수밖에 없다고 생각합니다. 제 생각에는 이미 하늘이 모씨 일가를 버린 듯하니 장원의 운명을 그들에게 맡겨둘 수는 없을 것 같습니다."

이미 타유의 뜻을 읽은 구여분이다. 시류를 아는 그가 어떤 선택을 할지는 불을 보듯 뻔하다.

"우호법은 아니고… 그럼 누가 그를 도와 이 거대한 장원을 이끌겠소?"

타유가 다시 민아연에게 묻는다. 그러자 민아연이 입술을 깨물며 말했다.

"부족하지만 제가… 제가 그리하겠습니다."

그러자 갑자기 그의 말을 듣고 있던 왕사미가 앞으로 나서 차갑게 말했다.

"천봉당주에게는 그럴 자격이 없소!"

"왜 내게 자격이 없다는 것이오? 난 모가장의 천봉당주로서 오늘 이곳에 모인 사람 중 우호법을 제외하고는 모가장에서 가장 중요한 위치에 있는 사람이오!"

민아연이 차갑게 대꾸했다. 그러자 왕사미가 한줄기 비웃음을 흘리며 말했다.

"물론 모가장에서 그대의 지위가 높은 것은 알고 있소. 그러나 그대는… 오늘의 파국에 일정 부분 책임이 있는 사람이 아니오? 그대는 전대 장주가 죽기 전이나 그 이후에도 줄곧 이공자 모광과 대부인 종청영을 위해 움직였소. 이공자는 그대의 덕에 목숨을 부지할 수 있었고, 또한 그대의 비호 아래 오늘날 이런 파국을 일으켰소. 그러니 어찌 그대가 모가장의 운명을 결정할 자격이 있겠소?"

"난 결코 이 반란에 동의하지 않았소!"

민아연이 노한 듯 소리쳤다.

"물론 그대가 모광의 반란을 함께 모의했다고는 말하지 않겠소. 그러나 적어도 그가 모반을 획책할 기회를 준 데에는 일조했다고 할 수 있을 거요. 종여득이 전대 문주를 시해했을 때 모광과 종청영의 목숨을 구명한 것은 그대가 아니오?"

왕사미의 추궁에 민아연의 얼굴이 벌겋게 상기되었다. 왕사미의 말이 틀린 것은 아니다. 그러나 그것이 어찌 오늘날 모광의 반역에 일조한 것이 된단 말인가. 그리하여 민아연이 다시 왕사미의 말에 반발하려는 순간 타유가 손을 들어 두 사람의 말을 막았다.

"됐소. 두 사람의 뜻은 모두 잘 알겠소. 내가 결론을 내리겠소. 천봉당주, 모씨 일족에 대한 그대의 충성심은 사람들의 존경을 받을 만하오."

"그리 말씀해 주시니 감사합니다."

민아연이 타유가 자신의 뜻을 받아줄 수도 있다는 생각에 머리를 조아린다.

"아무튼 그대는 끝가지 모씨 일족을 따르겠다는 것이구려?"

"아무래도 그것이……."

"좋소, 내가 어찌 주인을 향한 그대의 충성심을 비난할 수 있겠소. 솔직히 나로서도 다행이란 생각이오. 무공을 잃은 장주와 그의 아우를 아무런 대책 없이 세상으로 내보내기가 망설여졌는데 그대와 같은 충신이 따르겠다니 마음 편이 세상으로 내보낼 수 있을 것 같소. 그대는 모씨 일족을 데리고 내일 즉시 이 장원을 떠나시오. 앞에 있는 은자라면 어딜 가든지 풍족히 먹고살 기반은 마련할 수 있을 거요."

"밀황!"

너무도 뜻밖의 말에 민아연이 놀람과 분노를 담은 눈으로 타유를 불렀다. 그러자 타유가 냉정하게 말했다.

"모씨 일족으로 인해 이 장원의 식솔들은 그동안 무척 고단한 삶을 살았소. 그런데 이제 와서 다시 이들에게 모씨 일족을 따르라고 강요할 수는 없는 일이오. 이들은… 그대와 같은 충신은 아니니까. 모두 들어라!"

"하명하십시오!"

모가장의 식솔들이 다시 고개를 숙여 대답했다.

"모씨 일족은 내일 중으로 장원을 떠난다. 그들을 따를 자들은 함께 떠나도 좋다. 애초 모 장주가 원한 대로 모광 모자를 죽일 생각도 했으나 그 일은 역시 모씨 일족 스스로 장원을 떠난 후 결정하는 것이 좋을 것이다. 더 이상 이 장원에서 모씨의 피를 보기를 나는 원치 않는다. 더불어 모가장은 오늘부로 무가(武家)의 업을 내려놓는다. 다시 과거의 상가로서 새롭게 태어날 것이다. 그러니 그대들 역시 장원을 떠나야 한다."

타유가 우측에 늘어선 무인들, 모흔이 모가장을 무가로 만든 이후에 장원에 들어온 자들을 보며 말했다.

"미, 밀황! 저희더러 어디로 가란 말씀이신지요?"

개중 중년의 사내가 앞으로 걸어 나오며 사정하듯 말했다. 이렇게 한 가문에서 내쳐진 자들의 운명이란 강호의 낭인이 되는 것 말고는 없다.

"그대들에게 선택할 수 있는 기회를 주겠다. 물론 무조건 모가장은 떠나야 한다. 무인인 그대들이 상가인 모가장에 남아 할 일은 없다. 대신… 그대들이 원한다면 밀문에 들 기회를 주겠다. 물론 모두 밀문도가 될 수 있는 것은 아니다. 여기 세 사자의 시험을 통과한 자들만이 밀문에 들 수 있을 것이다."

"감사합니다, 밀황!"

우측에 서 있던 자들이 얼굴에 희색이 만면해지며 그 자리에 부복해 타유에게 머리를 조아렸다.

사실 모가장의 무사들에게 밀문이란 천외천의 세계였다. 그동안 밀문에서 나온 고수들에게 주눅 들어 제대로 말조차 붙이지 못하던 그들이 아닌가. 그런데 그런 밀문에서 자신들을 받아주겠다니 모씨 일족의 몰락이 오히려 그들에게는 큰 행운인 것이다.

장내의 분위기가 일변하는 것을 보며 민아연이 나직한 한숨을 내쉰다. 그녀도 알고 있었다. 더 이상 모씨의 모가장은 희망이 없다는 것을. 전대문주 모흔이 끌어들인 자들이 지금 밀문에 들 수 있다는 기쁨에 희열에 빠져 있다. 그들이 모시던 주인은 무공을 잃고 강호로 내팽개쳐질 처지임에도 말이다.

사상누각, 금력과 야망의 유혹으로 받아들인 외인들로 만들어진 무가 모가장은 이렇게 한순간에 허물어질 만큼 나약했던 것이다. 그러고 보면 밀황 타유의 결정이 옳을지도 모른다는 생각이 드는 민아연이다. 무사들은 모가장을 떠나도 장사치들은 여전히 모가장에 남아 있을 것이기 때문이다. 애초에 모가장에 무가란 어울리지 않는 옷이었던 것이다.

"모가장은 누가 맡게 되는 겁니까?"

민아연이 모씨가 떠난 모가장의 주인이 궁금해진다. 설마 밀황이 직접 모가장을 다스리지는 않을 것이기 때문이다.

"적당한 사람을 모셔 왔소."

"벌써… 그리되었군요."

모든 것이 타유의 치밀한 계획하에 이뤄진 일임을 확인한 민아연이 씁쓸한 미소를 지었다.

"모두 들어라!"

"하명하십시오, 밀황!"

모가장의 식솔들이 일제히 대답한다.

"내일부터 모가장은 무가가 아닌 상가다. 향후에는 그 누구도 모가장을 강호무림의 일에 끌어들이지 못할 것이다. 그런 자가 있다면 그는 곧 나 밀황의 적이다. 더불어 향후에는 밀문의 그 누구도 모가장의 행보에 간섭하는 일이 없을 것이다. 모가장은 새롭게 태어난다. 새로운 주인에 의한 새로운 상계의 가문으로서 말이다. 그를 위해 그대들을 보호하고 새로운 모가장을 만들어가실 분을 초대했다. 나오시지요!"

타유의 말에 어둠 뒤쪽에서 복묘상이 걸어 나왔다. 그러자 사람들이 시선이 일제히 복묘상에게로 향했다.

"이분은 상원의 사령주를 이끌던 복 여협이시다. 그러니 상계의 움직임에 대해서는 천하에서 가장 밝은 분 중 한 분이시다. 모가장이 상가로서 본색을 되찾고 상계의 큰 가문이 되도록 그대들을 이끌어주실 것이다. 또한 이제 모가장의 현판을 내렸으니 새로운 이름의 현판을 걸겠다. 가져오라!"

타유의 명에 이번에는 유창이 거대한 현판을 가져왔다. 잠시 후 사람들은 그 위에 쓰인 글씨를 횃불 아래에서 확인할 수 있었다.

청복원(淸福園)!

이름의 의미를 아는 사람들은 그리 많지 않으리라. 죽은 청담과 금석촌의 촌장을 이어온 복 씨 성을 따서 만든 새로운 모가장의 이름이니 말이다.

타유가 유창에게서 현판을 받아 들었다. 그리고는 그 위에 새겨진 글씨를 잠시 바라보더니 갑자기 현판을 들고 훌쩍 허공으로 치솟아 올랐다. 비룡처럼 솟구친 타유가 모가장의 장주가 거처하던 대전의 상부에 단번에 현판을 걸었다. 지금까지는 모가장의 현판이 걸려 있던 자리다.

그렇게 한 가문이 막을 내리고 있었고, 또한 누군가의 복수가 일단락되고 있었다. 대전 아래 공터에서 타유가 건 현판을 바라보는 복묘상의 눈가에 한 줄기 이슬이 맺힌 듯 보이기도 했다.

폭풍 같은 시간이 흐르고 있었다. 모가장의 현판이 내려지고 청복원의 현판이 오른 날 밤이 지나자 떠나는 자들과 그들을 보내는 자들의 이별의 시간이 찾아왔다.

가장 먼저 모가장, 새롭게 청복원이라는 이름을 가지게 된 장원을 떠난 자들은 당연하게도 모잠과 모광 두 형제였다. 그들은 자신의 혈족을 포함해 몇몇 가솔을 데리고 청복원을 떠났는데 대략 오십여 명은 족히 되어 보이는 인원이었다.

장원을 떠난 그들의 운명은 누구도 알 수 없었다. 어쩌면 몇 리 가지도 못하고 다시 두 형제가 다툴 수도 있었다. 두 팔이 없는 모광의 곁에는 종청영이 살벌한 시선을 한 채 따르고 있었는데 그나마 그들이 위안을 삼을 수 있는 것은 천봉당주 민아연이 몇몇 수하를 이끌고 그들을 따라가고 있다는 것이다.

만약 모잠과 모광이 더 이상 서로 반목하지 않고 민아연의 보필을 제대로 받아들인다면 그들은 어딘가에서 그나마 다시 살아갈 터전을 일굴 수 있을 것이다. 타유가 내어준 은자가 그들에게 힘이 될 것이기 때문이다.

그러나 타유는 이미 그들의 종말을 알고 있었다. 두 형제는 절대 서로를 용서할 수 없을 것이다. 그들은 그들의 목숨이 다 할 때까지 싸울 것이고, 아무리 민아연이 대단한 충심을 가지고 있다 하더라도 결국은 그 싸움에 지쳐 그들 곁을 떠날 터였다.

그리되면 모씨 일가의 운명은 보지 않아도 알 수 있는 일이다. 그들은 종내 모든 사람으로부터 버려져 천하를 정처 없이 유랑하다 길 위에서 쓸쓸히 생을 마감할 것이다. 그것이 타유와 복묘상이 모씨 일가에게 행한 최후의 복수였다.

모씨 일족을 그렇게 떠나보낸 후에는 한동안 무인들의 비무가 이어졌다. 모가장에는 쓸 만한 무인이 일백여 명 있었는데 그들 중에서 다시 고르고 골라 삼십여 명을 뽑았다. 그리고 그들은 타유가 약속한 대로 밀문의 문도가 되었다. 그 소수의 영광을 뒤로하고 나머지 무인들은 몇 푼의 은자를 지급 받고 청복원을 떠났다.

다시 상가로 본분을 정한 청복원에 무사는 필요 없었다. 아니, 무사는 여전히 필요했다. 그러나 상가인 청복원이 원하는 무사는 무가이던 모가장이 원하던 무인들과는 전혀 다른 형태의 인물들이었다.

청복원은 아마 가끔씩 인연이 닿아 청복원을 찾아온 무인들을 가문에 받아들일 것이다. 그렇게 청복원에 들어온 무인들은 모가장의 무인들과 달리 청복원에 대한 강한 충성심을 가지게 될 것이고 자신의 인생을 청복원에 맡기는 사람이 될 터였다.

그렇게 모가장이 흩어졌다. 그리고 그 자리에 새로운 이름, 새로운 사람들이 들어섰다.

청복원, 기이한 이름이었으나 그 연유를 알고 보면 이해가 가는 이름이다.

다시 며칠이 지나자 금석촌에서 일단의 사람이 청복원으로 들어왔다. 대략 이십여 명의 사람이었는데 그 선두에서 일행을 이끄는 사람은 노대석수 교궁이었다. 그리고 그를 호위하는 자들 중에는 천소관 등 금석촌이 은밀히 기른 무인들이 섞여 있었는데 그들이야말로 향후 청복원의 동량이 될 인재였다.

그렇게 복묘상의 곁에 새로운 사람들이 모여들기 시작할 무렵, 다시 한 무리의 사람이 청복원을 떠나갔다. 그들이 청복원을 떠나는 날 다른 사람들이 떠날 때와 달리 청복원의 모든 사람이 나와 그들을 전송했다.

떠나는 사람은 밀문의 고수들이었다. 어쩌면 영원한 이별일 수도 있었다. 밀황 타유가 더 이상 밀문이 청복원의 일에 관여치 않겠다고 선언했으므로 다시 밀문의 고수들이 청복원에 나오는 일은 없을 것이다.

물론 가끔 청복원이 약속한 금자를 받기 위해서 밀문의 고수들이 청복원의 사람들을 만날 수는 있을지 모르지만 어쨌든 그날 밀문은 공식적으로 청복원으로부터 온전하게 떠나갔다.

"저분은… 왜 그 길을 가려 하실까요?"

문득 금석촌의 대석수 교궁이 멀어지는 타유를 보며 입을 열었다. 그러자 복묘상이 대답했다.

"남은 자들을 위해서지요."

"우리를 위해서란 말입니까?"

"밀문이 건재한 이상, 아니, 혈막이 건재한 이상 금석촌은 언제나 그들의 위협에 노출되어 있으니까요."

"그들이 아니더라도 금석촌은 천하의 야망가들이 눈독을 들이는 곳이지요."

"물론 그래요. 그러나 밀문과 혈막처럼 노골적으로 욕심을 드러낼 곳은 많지 않지요. 아무튼… 우리도 스스로를 위해 힘을 길러야지요. 두 번 다시 과거의 일을 반복하지 않으려면요."

"그래야겠지요. 음, 그나저나 저분을 다시 볼 수 있을까요?"

"돌아오실 거예요. 반드시."

복묘상이 굳게 입술을 깨물며 말했다.

* * *

철썩철썩!

강물이 파도처럼 일어나 뱃전을 때린다. 부서진 포말이 안개를 일으키며 청풍의 얼굴을 씻어준다.

"뭘 그렇게 생각해요?"

문득 청풍의 뒤에서 조명이 물었다.

"잘 계실지……."

"어머니요?"

조명이 다시 묻자 청풍이 고개를 끄떡인다. 그러자 조명이 청풍의 손을 잡으며 말했다.

"잘 계실 거예요. 상원은 무림과는 또 다르잖아요. 곧 강 대협이 좋은 소식을 가지고 오실 거예요."

"미안한 일이에요."

"그러게요. 강 대협은… 중원행을 원치 않았는데 이곳에 와서는 가장 많은 일을 하시네요."

그때였다. 문득 배 아래쪽에서 굵은 사내의 목소리가 들린다.

"미안하다면 술이나 한잔 사주시구려!"

"아! 돌아오셨군요!"

청풍과 조명이 고개를 숙여 보니 배 아래에 어느새 강검산이 탄 작은 쪽배가 닿아 있다. 강검산이 손을 한 번 흔들어 보이고는 훌쩍 몸을 날렸다. 그러자 건장한 체구의 강검산이 단번에 청풍과 조명의 배 위로 날아올랐다.

"고생하셨어요."

조명이 강검산을 보며 말했다. 그러자 강검산이 어깨를 으쓱하며 대답했다.

“손발이 고생을 하기는 했는데 소득은 별로 없소이다.”

그러자 조명의 낯빛이 어두워졌다.

“소득이 없다시면… 그분을 만나지 못하신 건가요?”

조명의 말에 강검산이 시선을 청풍에게로 돌렸다. 그리고는 정색을 한 표정으로 말했다.

“어머님께서는 상원을 떠나셨다고 하네.”

“상원을 떠나요? 어떻게……?”

청풍은 상원의 생리를 정확히 알고 있다. 상원의 외족은 한 번 상원에 발을 들인 이상 상원을 떠날 수 없다. 목숨을 두고 가는 경우라면 모를까. 그런데 사령주인 어머니가 상원에 없다는 것은 변고가 생겼다는 의미다.

“그것이… 자네가 말하기를 상원의 외족은 절대 상원을 떠날 수 없다고 했지 않은가?”

“그렇지요.”

“그런데 자네 어머니께서는 상원에서 자유로워지셨다고 하더라고. 그래서 성도로 가셨다고 하더군.”

“성도요?”

성도라면 모가장이 있다. 마음이 급해진다. 혹여 복수를 생각하고 성도에 가셨다면 극히 위험한 일이다.

“그런데 어떻게 어머님이 상원을 떠나셨을까요?”

조명이 고개를 갸웃하며 중얼거렸다. 그러자 강검산이 대답했다.

“가서 보니 상원의 사정이 듣던 것과는 많이 다르더군. 그 상원의 원주가 최근에 바뀌었더라고."
"원주가요? 누가 원주가 되었죠?"
조명이 다시 묻는다.
"문상이었던 자가 상원의 원주가 되었다고 하더구려."
"문상이라면… 갈륵!"
"아무튼 그자가 원주가 되면서 자네 어머님께 자유를 준 모양이야. 아무래도 모종의 거래가 있던 것 같은데……."
"어쨌든 어머님이 상원에서 자유로워지셨다면 잘된 일 아닌가요?"
조명이 청풍에게 물었다. 그러자 청풍이 조급한 표정으로 말했다.
"서둘러 성도로 가야겠어요."
"하지만 혼돈시가 열리는 가한산으로 가는 길과는 방향이 달라요."
조명이 대답했다.
"서두르면 성도에 들렀다 갈 시간은 되죠. 어머님이… 모가장에 복수를 하려 하신다면 위험하실 수도 있어요."
청풍의 말을 들은 조명은 더 이상 반대할 수만은 없다는 것을 깨달았다.
"기왕에 가려면 서둘자고!"
강검산은 이미 배의 닻을 끌어올리고 있었다.

* * *

"왜 그분을 뵙지 않은 거죠? 살아 계신 것은 알려 드려야 하잖아요?"

청복원을 뒤로하고 성도를 떠나는 청풍을 이해할 없다는 듯 조명이 물었다. 그 뒤쪽에서는 강검산이 대도를 천으로 둘둘 말아 어깨에 메고 두 사람을 따라오고 있다.

"지금은 뵙지 않는 것이 좋겠어요."

"도대체 왜요?"

조명이 다시 물었다. 그러자 청풍이 대답했다.

"무사하신 걸 알았으니 되었어요. 금석촌도 되찾고… 제가 살아 있는 걸 아신다면, 그래서 제가 가한산으로 가는 것을 아시면 분명 절 따라오실 거예요."

"그렇지만……."

그때 불쑥 뒤따르던 강검산이 입을 열었다.

"풍 아우가 자신이 살아 있음을 전하지 않은 것은 잘한 일이오. 혼돈시에서 우리 세 사람의 목숨이 어찌 될 줄 누가 알겠소. 한 번 죽었다 살아온 자식, 두 번 죽는 꼴은 부모로서 감당할 수 없는 일이지."

"우리가 죽을 거란 말인가요?"

조명이 화가 난 표정으로 강검산을 돌아보며 소리쳤다. 그러자 강검산이 너털웃음을 터뜨렸다.

"하하하! 꼭 그렇다는 말이 아니라 그럴 수도 있다는 말이라오. 그래서 나도 중원으로 올 때 마누라와 자식에게 유람을 다녀오겠다고 말하지 않았소? 물론 말은 그리했어도 눈치 빠른 마누라가 모든 것을 다 알고 있을 테지만. 에이! 기왕 이리된 것, 다시 말해 뭐 하겠소. 제수씨, 얼른 길이나 서둡시다. 이제 혼돈시가 두 달밖에 남지 않았으니."

『수선경』 10권에 계속…